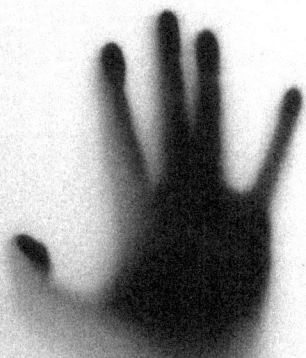

WU
MIAN
REN

林初◎著

无面人

百花洲文艺出版社
BAIHUAZHOU LITERATURE AND ART PRESS

图书在版编目（CIP）数据

无面人 / 林初著. -- 南昌：百花洲文艺出版社,2021.3
ISBN 978-7-5500-4194-3

Ⅰ.①无… Ⅱ.①林… Ⅲ.①长篇小说 – 中国 – 当代 Ⅳ.①I247.5

中国版本图书馆CIP数据核字（2021）第035452号

无面人

林初 著

出 版 人	章华荣
总 策 划	徐　辉
选题策划	水龙吟编剧工作室
责任编辑	郝玮刚　蔡央扬
书籍设计	黄敏俊
制　作	何　丹
出版发行	百花洲文艺出版社
社　址	南昌市红谷滩区世贸路898号博能中心一期A座20楼
邮　编	330038
经　销	全国新华书店
印　刷	广东虎彩云印刷有限公司绍兴分公司
开　本	710mm×1000mm 1/16　印张 19.5
版　次	2021年3月第1版第1次印刷
字　数	270千字
书　号	ISBN 978-7-5500-4194-3
定　价	52.00元

赣版权登字　05-2021-113
版权所有，盗版必究

邮购联系　0791-86895108
网　址　http://www.bhzwy.com
图书若有印装错误，影响阅读，可向承印厂联系调换。

楔　子

　　早晨7点10分，苏星辰的手机响了，她迷迷糊糊地抓起手机。

　　"喂。"

　　"股东名册拿到了吗？"电话另一头传来男人的声音。

　　"拿到了，"苏星辰连忙起身，睡意也在一瞬间消失，"董秘挺配合的。"

　　"太好了！"她听到一阵激动的呼吸声。

　　"我已经到公司了，你也抓紧，交易不等人。"

　　"这就来。"

　　挂掉电话后，苏星辰觉得心脏狂跳不止，从凌晨2点飞机落地浦东机场到现在，她睡了不到4个小时，这样高压紧张的工作她经常担心自己猝死。她光脚跑到洗手间，流水线一般10分钟洗漱完毕换好衣服，拎起包带着那份特地飞到海南取来的股东名册出了门。

　　金色的朝阳透过玻璃幕墙洒在林道的办公室，玻璃墙单独隔离出了他的办公室，此刻他坐在老板椅上，盯着电脑屏幕上的那个公告，公告内容显示：天尘生物将于明日复牌，该公司于明日解禁，股东有权对该公司股票进行抛售。他的背影看起来瘦弱单薄，短短的寸头很是利落，一双眼睛既透着40岁中年男人的沉稳，又带着青年人的固执和骄傲。面前摆放了五个屏幕，身后的墙上挂着一幅巴菲特的画像，印在这个微笑的小老头下面的是那句经典的：别人恐惧我贪婪，别人贪婪我恐惧。

　　"林总！"

　　林道抬起头，只见苏星辰穿着一件褐色的风衣气喘吁吁地站在门口。

　　"坐。"

苏星辰将手里的股东名册递给林道，旋即坐在对面的椅子上。林道快速地翻着那几页纸，突然目光在一页内容上停了下来，又将目光锁定在了一个名字上，眉头越拧越紧，几分钟后，他抬起头，目光里带着忧虑。

"怎么了？"苏星辰问，"有什么异常吗？"

"他给你名册的时候没说什么吗？"

"没说太多，"苏星辰在脑海里回忆那天拿股东名册的画面，"无非就是问您最近怎么样之类的。"

林道注视着窗外摇摇头。

"这票停牌前资金突然放量，"林道回忆着上周五的走势说，"明显不是散户，而且我刚看了股东名册。"他脸上露出了一副古怪的表情，带着一丝笑又带着一丝嘲讽，"也许是上市公司找到合作伙伴了。"

"合作伙伴？"

"对，一明一暗，互利共生。"

"可是他们怎么知道我们的操作，"苏星辰感到好奇，"并在上周五拦截了筹码？"

林道看着苏星辰没有说话，那眼神仿佛蒙了一层雾，雾后面是什么，苏星辰从来都猜不透，过了许久他开口：

"有可能是分析出来的，也有可能，"林道向上推了一下眼镜，"是我们内部人泄露消息出去。"

苏星辰眼睛快要从眼窝掉出来，她往玻璃墙外看了一眼，几个同事已经就位了。

"不一定是咱们交易部的人。"林道继续说，"知道我们仓位的人都有可能。"

交易部的仓位配置情况，向来都是保密的，除了内部人士以及公司几个大老板清晰地了解，其他人都只能靠道听途说来猜测。

"可是内鬼会有什么好处呢？"

"利益输送。"林道将双手抱在胸前，"将一个池中的水引向另一个水池。"

"那这些跟今早的公告又有什么关系？"

"动手都要有个时机。"

"您是说今天？"苏星辰感觉喉咙发热，一双桃花眼瞪得老大，脸色很是苍白。

林道坐在那里默不作声，许久才开口："你先出去吧，账户准备好，等我指令。"

"好的。"

从林道的办公室出来后，阳光已经洒满了整个办公室，其余的六个同事已经到齐了，苏星辰回到座位上，对着面前的三个电脑屏幕开始了准备工作。

9点30分股市开盘。

果然天尘生物表现非常疲软，两个亿的卖单，所有资金都在借着利空出货。天尘生物是林道管理的基金第一重仓股，如果亏损严重，那么整个产品利润都将面临巨幅下跌，这样一来不仅公司业绩和名声受损，林道基金经理的位置也要重新定夺。苏星辰望向林道的办公室，他还是无比镇静地盯着屏幕。

下跌4个点了，苏星辰开始紧张了起来，再不卖，万一跌停，就是想出货也出不去，那样一来半年来的利润一天就亏掉一半。

这时林道从办公室走出来，他坐在苏星辰旁边的电脑前敲了敲桌面："先放两个大单试探下。"

"好。"

苏星辰手指在键盘上飞快地移动，分别在两个价位挂了1000万。不到两分钟，这两个单子就被买走了，买势强劲，但价格却在下跌。

林道嘴角露出一丝微笑："有人在收筹码。"

收筹码就是在流通的市面上去买这只股票。

"那我们不给他就是了。"苏星辰说。

"不，给他，再挂5000万。"

5000万指的是5000万的人民币卖单，目的是卖掉价值5000万元的股票。

苏星辰有些尴尬又有些惊讶，但还是快速地执行了指令，又分别在不同价位挂了合计5000万卖单，结果不到十分钟单子又被吃掉。

"涨上来了。"苏星辰说，"而且队列整齐，每笔买单都是500手。"

"再放5000万，向下做线，速度要快。"

再放5000万的卖单，将股票的价格打下来，这样股票的走势图就呈现一个向下的曲线，一般这种打压股票的手法生效速度都很快。

"好。"

她又快速地敲上了5000万卖单，完了！苏星辰看着走势图一口凉气吸到了头顶：用力过猛，只见图形像一根针一样被苏星辰打到了跌停。

林道瞪了她一眼："说你多少遍了，太鲁莽。收敛点，让情绪发酵一会儿。"

苏星辰皱起了眉头，半小时后，无数的散户小资金被带了出来，跌停板上的资金量越来越大。

"可以了，现在我们掌握了主动，跌停往上收，一个亿。"

往上收指的是买进股票，大幅买进会做出向上走的曲线。

"买入？"苏星辰被搞得云里雾里。

"嗯。"

"好。"

20分钟后。

"全部成交了。"

"好，现在对方也摸不透我们的想法，暂时不会轻举妄动，今天大盘不好，你看着其他账户减减仓。"说完他转身回了自己办公室。

那份股东名册安静地躺在办公桌上。

"也许是他回来了。"

他心里有个声音，仿佛从另一个世界传来，脑海里也显现出一个身影，仿佛也来自世界的另一头。穿越了无数个牛熊，几乎从未失手的林道此刻有些惴惴不安，如果是单纯的利益角逐还好，可如果真的是他。

林道拉上了百叶窗，觉得今天的阳光有点刺眼。

1

苏星辰一边看着股票一边在脑海中把每个人盘查了一遍，交易部一共八个人，无论在交易上还是职业规范上都经过专门的培训，职业操守要求他们对账户信息严格保密。两年前，她初来交易部的时候，也是一步步培训过来的，要想成为一个职业操盘手，努力、天赋和性格三要素缺一不可。

她的天赋最早是被林道发现的，她对数字很敏感，做事又胆大心细，骨子里争强好胜，又是个工作狂，只是有时候有些鲁莽、欠考虑，但也正是这一点使她做起交易来不勾留不粘连，既能快速手起刀落，又能放慢贴合市场，因此不到两年就升为了交易部的首席交易员。

上周五他们本来打算加仓天尘生物，可是一个突然而莫名的涨停将成本拉高了10%，而且抢筹码速度很快，根本不给他人买入机会。林道觉得情况太异常了，这股票他跟了四年，股性很熟悉，于是临时派苏星辰去上市公司拿股东名册，用于查询新进的资方情况。

"跳水了！跳水了！"交易室里传来了一个惶恐的声音。

交易室正中央的大屏幕上，沪深A股的走势呈一个陡峭的斜坡直指地面，自选池里的股票由大片的红过渡到大片的绿。苏星辰看着下跌的沪深指数，脑海里回忆起一周前的那个交易。

一周前的交易室里，沪深指数涨到了近期的最高位，交易室的屏幕上一片红红火火。

"星辰，E866跌到4.2元了，有大单在抛。"

郑翔在一旁说道，这个平日里和苏星辰配合最多的搭档比苏星辰早来了三年。他为人诚恳幽默，十分谨慎，但有时由于过分拘谨，交易上显得畏畏缩缩。

"买多少了？"苏星辰问。

"一个亿。"郑翔声音略带焦急，"还有一个亿没买，现在有大资金外流，我担心后面大跌。"

"那现在买不是正好吗？我们接了他们的筹码。"马可说道，他和苏星辰年纪相仿，刚来交易部半年，是资历最浅的交易员。

"但是大盘已经涨了一周了，现在接货成本有点高，万一后面跌下来，损失就更惨重了。"郑翔说。

"我觉得应该观望，先不要轻举妄动。"年龄最大的交易员老秦说。

"林总呢？不如问问他的指示。"郑翔提议。

"有事出去了。"苏星辰说。

她脑海里多空观点在斗争：泥沙俱下，现在买的话确实容易当接盘侠，如果买完即跌，只会挫伤信心，而买完即涨却可以提振士气，也可以证明这是一只真正强势的股票；现在卖的话又没有累积足够多的利润，一买一卖赚的钱还抵不过手续费，可这样却能规避掉风险；保持观望确实会比较稳妥，但是却不痛不痒，苏星辰更加不喜欢这种毫无参与感的安逸。

"要我看就全部接下来，管他成本，"马可不屑一顾地说，"反正这票林总说了要做长线，拿着呗，一直耗到赚钱。"

"还真是初生牛犊不怕虎，"郑翔说，"你当股票是白菜？说囤货就囤货，占着仓位不赚钱，损失的那叫机会和时间成本。"

"那你说怎么办？你一会看涨一会看空，墙头草好歹还有个方向呢，你倒是指个方向啊。"马可的语气充满嘲讽。

"我给你掐指算算得了，还是用高德地图给你导一导？"郑翔也毫不示弱。

"别吵了。"苏星辰抬头对其他人说，"我们卖。"

"你可想好了，"郑翔瞪大眼睛，"筹码出手有可能接不回来。"

"能回来。"

苏星辰站起来，走到交易室中央巨大的屏幕前，上面显示着沪深A股走势，她指着大盘的日线走势图，用手在屏幕上画了一道向下的直线。

"涨一周了，应该会有个技术性回调，我们现在撤，不单是规避风险，"她认真地说，"也是借大盘下调趋势，等待遍地筹码的时刻。"

"可是，即便是下调，也没必要都送出去，保守些持仓观望，不至于丢了全部筹码，万一涨的话，踏空甚至比割肉更难受。"老秦说，也许由于年龄最长的原因，他总是显得老成持重。

"不，我们要利润最大化，保守很安全，但是也丧失机会。"苏星辰的声音很坚定。

"要不卖一半吧？"郑翔说道。

"不，全放。"

"可是这票盘子没多大，一个亿的卖盘会造成轰动。"郑翔的声音有点激动。

"就是要造成轰动。"苏星辰的眼神变得犀利甚至带着一点冰冷，"敲出带血的筹码，舍不着孩子套不着狼。"

"可是顺着市场会出现踩踏。"马可说。

"那样最好。"苏星辰露出一个狡黠的笑容，"我纠正你一下，这不是顺势，是引导，我们是领头羊，不是待宰的羔羊，一人2000万，现在就卖。"苏星辰不再过多解释。

"好的。"几个人异口同声开始在键盘上敲击代码，没人再去反驳，他们很清楚苏星辰一旦做了决定十头牛也拉不回来。

自上周苏星辰下令放掉全部的货到今天为止，E866跌了将近 25%，这证明她上周的判断是正确的，此时正是遍地筹码的好时机，虽然此刻沪深指数正在下跌，她心里却很激动，E866的机会来了，她快速扫了一眼电脑上的持仓情况。

"马可，你来操作E457；老秦E442；阿涛E893，各减一半仓位。"

"收到。"几个人回复道。

"郑翔你和我一起，买进E866。"

"买进？刚林总可说的是减仓。"

"没错，我们各一个亿，抓紧，还有一个小时收盘。"

"好。"

苏星辰左手在键盘上飞快地敲击着代码，右手点击着交易账户上的几栏选项，包括代码输入、金额输入、提交等等。

"星辰，E457没人收。"马可说道，"量太小。"

"什么价格？"

"8块7，前五都没人收。"

"那就别管价格了，挂前十，有要货的就放给他，这票赚了30%了，利润够厚，闭着眼睛卖。"

"好的。"

"结束了你帮老秦出E442，这票有反弹趋势，贴着市场慢慢出，别急。阿涛，E893怎么样了？"

"出了五分之一。"

"太慢，这票抛压太大，不能等，要抢在别人前面，一个单挂上去让别人吃货好了。"

"好，马上。"

"郑翔，你买了多少了？"

"1000万了，成本3块。"

"继续。"

"星辰，跌停了。"郑翔慌张的声音传过来。

"E866跌停了？"

"不是，天尘生物跌停了。"

"什么？"

苏星辰连忙打开天尘生物的走势图，真的跌停了！苏星辰看了一眼持仓账户，却惊讶地发现，在林总刚才的一番指挥下，账户的盈利竟然增加了1%。她长吁了一口气，心里暗暗赞叹林总的交易技术。跌停也说明林总的判断是对的，有大资金想要故意打压价格，苏星辰的机构是天尘生物在这个市场上最大的买家，股价下跌，损失最重的便是他们。

她抬头望了一眼，所有人都在忙碌地完成交易指令。她一想到那个走漏消息的人就在这间办公室，对所有的交易细节了如指掌，就觉得脊背一阵凉，仿佛有无数双眼睛盯着自己。

狙击我们股票的人是谁？走漏消息的人是谁？明天还会继续跌吗？这一个个问题迷雾一般笼罩在苏星辰头顶。她心里有种说不出的感受，曾经觉得不现实的事情如今分分钟发生着，25岁的她第一次觉得人性远比自己想象中要复杂得多。

林道站在一幅黑白光影的画前注视了好久，那是一只鸟踩在水面上振翅欲飞，白色的光洒下，周围的黑暗显得如此夸张，仿佛再不飞起就要被水面和黑暗吞噬。

"来多久了？"

从林道背后款款走进来一个人，此人西装笔挺，衣着质地讲究，常年打高尔夫晒成的小麦肤色使整个人容光焕发。

"10分钟。"

"嗯，你向来准时，这次是什么事？"

林道坐在西装男子对面，这是一个又大又宽敞的办公室，装修厚重奢华。

"曹总，你们是不是有两个亿的天尘生物？"

曹总点燃了一只雪茄，吐了一口烟："你不是都知道吗？"

"好，那近期不要卖。"

"理由是？"

"这票我承诺你会有不低于20%收益，但是短期可能会被杀得很严重，只要几家大资金稳住不动，狙击手就没有可乘之机。"

"对方是谁知道吗？"

"大概知道。"

林道低下头："此刻最重要的事是不能出现囚徒困境，如果有一个大资方跑掉了，就会引起恐慌。"

"好，"曹总透过缭绕的烟雾眯缝着眼睛看着林道，"我向来信你，你也从没让我失望过。"

"谢谢抬爱，没什么事我先走了。"

"等等，"曹总叫住了他，"上次我说的事你考虑得怎么样了？"

林道低头沉默了几秒，略带歉意地看向曹总。

"现在还不是时候。"

曹总点点头："你够专业，但是还缺胆量，但凡你想通了，随时来找我。"

"好。"

离开了曹总的办公室，林道看了眼手机上的股票走势，便向着公司的方向走去，太阳落山了，可是真正的博弈却刚刚开始。

2

一辆黑色的劳斯莱斯缓缓地开在陆家嘴环路下面，经过上海中心，穿过中央绿地，缓缓地停在了宏博大厦门口。车门打开，一个纤瘦苗条、珠光宝气的女人从车里走了出来，向宏博大厦的门口走去。从进入旋转玻璃门开始，一路上便不停地有人停下来，向她鞠躬问好。那一副墨镜隔离的不止紫外线，还将外界的一切与她隔离，所有的声音问候到她这里就像遇到了一个黑洞，有来无回，她旁若无人地向前走，高跟鞋踩在纤尘不染的地砖上嘎嗒嘎嗒作响，仿佛将整个上海滩都踩在了脚下。伴随着一路的"霍总好"，电梯升至28楼，女人刚出电梯，刘秘书便接过她手里的包。

"一楼的大厅怎么回事？"霍总语气冰冷地说道，"我不说了不许摆绿植？客户看了不吉利，换几盆红的来。"

"也许是新换的物业经理不清楚状况，我等下就去沟通。"刘秘书小心翼翼地说，她长得胖乎乎矮墩墩的，脸上挂着一副硕大的眼镜，笑起来眼睛严丝合缝，密不透风，总是一副憨态可掬的模样。

"顺带把上次那个风水大师找过来，摆放位置和朝向让他指点指点。"

"可是，"秘书一脸认真地说，"上次那个大师，刚指点完股市就暴跌。"

霍总停下来转过头用威胁的目光盯着刘秘书，刘秘书低下头："我一会儿就去办。"

霍总转身继续朝办公室走去，到了办公室，里面有一个人已经在等她。里面人见到霍总进来，立即起身："老板。"

霍总没应声直接走到老板椅前坐下了，刘秘书跟在她后面拿着本子准备记录和上报工作。霍总的办公室大且宽敞，红木桌椅，真皮沙发，靠墙的地方放着一个红酒柜和几盆硕大的盆栽，使得办公室生机盎然，仿佛一个植物园。所有的物件看起来都干净且考究，仿佛都在俯视着你说：我很贵！此刻她坐在天鹅绒老板椅上，齐耳短发贴在脸上，嘴唇很薄，看起来刻薄又犀利，白色的西装上衣袖口印着唐三彩花纹，看起来洋气又不失传统韵味。这个宏博证券的总经理一人管理着四个部门：营业部、交易部、研究部和投行部，尽管整个宏博大厦都属于宏博证券集团，但宏博只用了三层，其余楼层全部租了出去。这是霍总的安排，目的是节约开支、增加营业外收入，在她的精明领导下，单是宏博每年收的租金就足以养活上上下下几千人。

"那两个大客户撤资的原因是什么？"霍总威严的目光盯着付总说。

"我也不太清楚。"付总抬起头有条不紊地回答，"对方撤得很干脆，直接线上赎回，连人都没来公司。"

"你就这么放人走了？"霍总眉毛往上一挑，旋即端起刘秘书磨好的咖啡淡定地啜了一口。

付总的一只手在桌子下用力地捏了下另一只手："要不我再去好好沟通下，请他们在滨江一号吃个饭。"

"那对方要是坚持撤资呢？"

"那就继续邀请，"付总那副销售的执着劲儿上来了，"多沟通几次。"

霍总从鼻腔里发出一声冷笑："怎么你以为多摸摸老虎脖子，"她一脸嘲讽地看着付总，"它就能变成猫咪了？"

付总不再说话，只是双手互相捏得更紧了。

"要干一件事，最好就一次性干成它。那些上亿的大户哪个不比你精明？会在你身上浪费时间？一次不成，你觉得还有第二次机会吗？"

"我尽量一次拿下。"付总那两张手掌简直要着火了。

"早干什么了？！"霍总音调提高了三度，冷不丁的高音吓得刘秘书哆嗦了一下，"你就不该让他们撤资，我们已经错失了挽留客户的最佳时机。"她拿起咖啡，就好像要威胁那杯咖啡一样，"要想与虎谋皮，就要比老虎多算几步。"

"是我的错，霍总，"付总低下头态度十分恭顺，"我来承担一切后果。"

这时霍总脸上露出了满意的神色，像刚刚饱餐完一顿一样。

"我是在教你，"霍总脸上挂起了一点点得意，"谁的年终奖和业绩挂钩呢？"

"谢谢霍总。"付总——这个营业部的老总——已经完全臣服了，"我会拼全力留住这两个大客户。"他的眼神里闪烁着破釜沉舟的坚定。

"很好，这有四张高尔夫赛的票，你帮我给他们，说我亲自邀请，他们可以带朋友和家人来，票不够再跟我申请。另外，"霍总转身朝向刘秘书，"你帮我在滨江一号订一家餐厅，比赛结束立马就去，菜上好。"

"好的，比赛结束立马就去，菜上好。"秘书重复了一遍霍总的话，像个复读机。霍总白了她一眼。关于刘秘书，公司上下的人都在议论她什么时候会被霍总开掉，她看起来和霍总实在不搭，霍总圆滑精明细节控，而刘秘书蠢笨粗鲁爱忘事，看起来憨憨傻傻，每次霍总盯着她的眼神都像要吃人一样，可这一胖一瘦、一高一矮的搭档竟然相安无事了许多年，看热闹的都离职了，可刘秘书稳如泰山。

"都出去吧。"霍总打开电脑，准备办公。

两人起身往外走，突然刘秘书放慢脚步，像是想到了什么事情，她转过身来：

"霍总。"

"什么事？"霍总看着刘秘书，眼神像要把她烧化了。

刘秘书带着一脸为难的"忠贞"，有点结结巴巴地说："您确定……确定……再去找那个风水大师吗？"

不知道霍总是真的生气，还是为了吓唬秘书，只见她一下子从椅子上跳起来，秘书吓得哆嗦了一下，连忙转身从门口溜出去了。

两个人都出去后，霍总调整了下呼吸，清了清嗓子拨通了一个电话。

"老板。"霍总的声音从喉咙深处发出，听起来非常温和。

"媒体的事你们那边处理得怎么样了？"电话那头传来男人的声音。

"目前还在处理。"

对方停顿了一下，似乎这个答案令他不太满意："那什么时候结束？"

"恐怕要月底前。"霍总声音里带着歉疚，"要找到合适的借口才行。"

她听到对方在电话里轻微地叹了口气："哪那么复杂，直接甩给林道。"

霍总抿了抿嘴唇，脸上露出一丝言不由衷的表情，她沉默了几秒。

"请您放心，"霍总身体不由自主往前微微探了下，"这件事关系到大家的利益，我会妥善处理。"

"好，集团委派的人也快回来了，"电话对面的声音变得越来越冰冷，"真的要抓紧了。"

霍总低下头微微叹了口气："好的。"

"他背后有财团吗？"

"应该是没有的，"霍总微皱了下眉头，"这世上没有人比我更了解他。"

"那就好，先这样吧。"

"好。"

挂掉电话后，霍总长长地舒了一口气，旋即打开抽屉，拿出一个本子，翻到最中间的那一页，被她画得像地图一样的一张计划表，上面密密麻麻标注着不同的时间应该完成的任务。

霍总已经45岁了，结了婚却一直没有孩子，关于她没有孩子这件事，一直以来是公司员工茶余饭后的八卦，也成了她恶魔形象的栖身之源。每当她又下达了什么严苛指令，下属间总免不了提上那句：没孩子的老女人真可怕，她再不要孩子，怕是就永远不会有孩子了。

再强势能干的女人，也总免不了被"孩子"标签化的命运。一个女老板要是性格暴戾，情绪不稳定，或是业绩下滑，都会被归结于"孩子"问题，没孩子就是缺乏母性，有孩子就是被分散了太多的精力。就连应聘工作，什么时候生孩子都是招聘官最关心的问题。

但是霍总不管这些，她的心里仿佛有一道闸门，只要一关闭，任何八卦、情绪，甚至人性统统被拦在门外。你可以说她不性感、不可爱、不温柔，但她一定是整个宏博最辛勤和兢兢业业的员工。

3

夜色的浓重映衬得灯火格外辉煌，上海的夜亮得有些过分了，苏星辰坐在出租车副驾驶位置，街道两旁的路灯与这个城市一样能量十足，晃得她睁不开眼。连续的出差、盯盘、熬夜让她的眼睛又红又肿，有些承受不住这大半夜热情的光明，于是她顺手摸出了包里的墨镜戴上了。刚准备小憩，就听见出租车司机发出嘿嘿的笑声，尽管司机努力地压抑着情绪，可那几声笑还是从喉咙里漏了出来。困意袭来，她顾不得周围的眼光：听不到音乐的总以为跳舞的疯了。

到家已经半夜，她直奔卧室，一头栽倒在床上，迷迷糊糊就睡着了，梦里全部是天尘生物像打了鸡血一样噌噌噌涨停了，而且好多个涨停板，她"咯咯咯"地在梦里发出了笑声，蒙蒙眬眬中感觉眼前有人影晃动，一下惊坐起来。

"做什么美梦呢？这么开心。"母亲对她说，"怎么不脱衣服呢？"

刚被惊醒，苏星辰没认出眼前的人来，等到思绪一点点从刚才的梦境中抽出，才认出母亲来，啊！原来涨停只是做梦，好可惜……唉！太可惜了。不知怎么，委屈、遗憾、恐惧和压力趁着疲惫的当儿一股脑儿涌上来，高度紧张后放松下来的身体，像松掉盖子的可乐瓶，轻轻一摇晃，所有的情绪砰地喷发出来，她哇的一声哭了。

母亲吓坏了，连忙过来抱她。

"辰，你怎么了？"

她抽抽噎噎有些说不清楚话。

"妈，我好累，"她抱着母亲的肩膀不住地流眼泪，"怎么会那么累啊？"

母亲声音里充满心疼，她抚摸着苏星辰的肩膀："辰啊，累就换一份工作吧，"母亲也快要流出眼泪，"都是妈对不起你。"

苏星辰哭着哭着又睡着了，这一回没有再做梦。

可是凌晨睡意正浓的时候竟然被两只天鹅的叫声吵醒了，确切地说是一只天鹅和一个人。最近老是有个神经病在凌晨的时候，去和楼下池塘里的黑天鹅聊天，天鹅怎么叫他就怎么叫，可天鹅的声音细腻，他的声音粗犷，而且怎么叫也不在天鹅那个优雅的调上，听得她心烦意乱，睡意全无。于是穿上拖鞋"咚咚咚"跑下楼，打算给"鹅叫男"上上课。

走到楼下池塘边，只见一个高瘦的身影站在水边还在和天鹅聊天。

"喂，别叫了。"

苏星辰气汹汹地过去说，天鹅见到苏星辰过来赶紧游开了。

"大早晨的，你还让不让人睡觉？！"

男人回过头，看上去30岁左右的，眉清目秀的，就是气色有些病怏怏。

"抱歉吵到你，""鹅叫男"带着一脸歉意，"但是这天鹅真的很有灵性，会回应你，什么都听得懂。"他眼神里闪烁着惊喜，似乎在迫不及待找人分享那份新发现。

病得不轻啊！苏星辰心里想。她看了看黑天鹅，它歪着小脑袋在水池中央偷瞄苏星辰，可爱的样子让她瞬间消了气，她很想笑。

"那你也不能大清早在楼下扰民啊，"苏星辰强绷着脸，"都连着一周了。"

"不好意思哦，我以后注意。""鹅叫男"低下头一副很不好意思的样子，腼腆又害羞，搞得苏星辰像个恶人。

"或者你叫得好听点，像它那样也行。"苏星辰指了指远处的黑天鹅。

"我在努力啦，不过你真的应该尝试一下，""鹅叫男"眼睛里又露出兴奋的目光，带着一脸天真，"和它们聊天，能减压。"

"我不需要减压，我没压力。"苏星辰带着同情的语气说，"怎么你平时压力很大吗？"

男生又低下头，眼底闪过一丝犹豫："还行，有的时候会比较抑郁，大多数时候还是很乐观的。"

"抑郁"这个词一下子敲在了苏星辰的心上，她发现对面的男生看人的时候眼神闪躲，脸上带着病态的苍白：这男的八成有什么心事，正常人谁会天天和鹅聊天。愤怒在她的心里化作了同情。她想起自己16岁的时候也曾患了抑郁症，足足被折磨了两年，那种痛苦只有亲身经历过的人才能理解。

"我压力大的时候就会去工作，忙得忘了就没压力了，其实压力都是想太多做太少。"苏星辰瞪着大眼睛认真地建议对方，她忘了自己刚刚还因为压力过大而大哭了一场。

"你的建议很棒，""鹅叫男"笑眯眯地看着她说，"不过你也该试试我的建议，真的，你跟它们说句话，就一句。"

他一脸诚恳地坚持，让苏星辰觉得有些没法拒绝。她转头看了看天鹅，由于两人聊天时的冷落，它已经游到了湖的对面，苏星辰尝试着招了下手，喊了声："嗨！Hello。"结果那天鹅也伸长脖子应了一声，然后就一路扑腾着脚掌飞快地游过来，一边游还一边欢快地叫，好像与失散多年的亲人相逢，另一只体型较小的应该是它媳妇，很无奈默默地紧随其后，还有一只更小的baby（宝宝）跟在两只鹅后面也慢悠悠地游了过来。这样一番场景，竟然让苏星辰的内心震撼了下，她没想到天鹅会有这样热烈的回应，感觉自己受到了极大的重视，存在感爆棚，一瞬间竟然有点小感动。天鹅游到她面前，很主动地一声声朝她叫，伸着小脑袋过来蹭蹭，那真是不忍拒绝的热情，于是她摸摸天鹅的头，便和天鹅"聊"了起来，鉴于天鹅不会讲中文，也不会英文，只好讲"鹅文"，于是天鹅怎么叫，苏星辰就怎么叫，5秒之内，她变成了第二个神经病。

"你看，你看，我就说它会回应你吧。""鹅叫男"一脸胜利的表情。

苏星辰有点为这份突如其来的喜悦忘乎所以，她连连点头，一开始的努目直视已经化作了满脸喜悦："你说天鹅这么单纯的小脑袋，不会思考利弊，也不懂什么是喜欢，到底是什么驱使它游向你呢？"

"我觉得是天性，它们只是顺应了天性。"

苏星辰觉得有道理，她点点头："是啊，只要顺应天性，一方池塘困不住自由的驱使；不顺应天性，天地再大也逃不出精神的牢笼。这样一想，还真是人不如鹅。"

"对吧，""鹅叫男"脸上露出了一丝狡黠，"那你常来聊天啊。"

苏星辰看着天鹅，越想越觉得不对劲，她转过头对"鹅叫男"说，"你故意的。"

"什么我故意的。"

"你和天鹅串通好来捉弄别人。"

她想着自己明明是来为民除害的，怎么到头来自己反倒被拉下水了，万一物业来找自己，她要怎么讲得清自己如何"误入歧途"？还是把物业也拉下水？

"哈哈哈！"对面的男生已经笑得前仰后合，"对啊，这天鹅我养的，专门用来算计别人。"

"那你抑郁症也是骗我的喽。"

"我没跟你说我有抑郁症啊。"

"那你干吗大半夜来和天鹅聊天？"

"你刚才不也聊了吗？"

"我？那是因为……"

"你要不要加我微信？"

"不加。"苏星辰要被气死了，"你是从隔壁医院跑过来的吧？"

"欸，还真是。"

苏星辰感觉眼前的男生脑子太诡异了，再聊一会儿自己也要疯了。

"你看见这条路了吗？"苏星辰问。

"啊？"

她指着旁边的一条水泥路说："喏，就这个方向，一直走，出了门右转是疗养院。进了疗养院，左拐50米不到，精神科，再见不送。"

苏星辰说完就往家的方向走去。

"哎，你别走！""鹅叫男"在后面喊她。

苏星辰又折回来指着"鹅叫男"说："我明天要是再听你在下面叫唤，报警抓你！"

说完头也不回地跑回家去了。

4

每天早晨8：30的交易策略会，交易部的所有人都要参加。此刻林道坐在会议室的一端，其余的七个交易员坐在会议桌的两边。

"昨天我们清掉了已获利的三只股票，"苏星辰在一旁汇报交易情况，"另外8866，昨天买入两亿。"

"昨天才买？"林道本来低垂的目光看向苏星辰。

"是，两周前，我们在4块2处抛的，昨天3块钱又接了回来。"

林道点了点头，没有多说什么。

"本来那天大家都挺犹豫的，"郑翔说，"大盘不好，多亏星辰比较坚持。"

"这样一来降低了将近20%的成本。"老秦说，他总显得温和厚重。

"没什么可庆幸的，"林道看着大家，语气平缓地说，"今天的坚持让她收获成功，明天的坚持就可能跌入深渊，判断还是要客观，她这一步确实走得有些险。"

大家互相看看没再说话。苏星辰本来露出的一点儿扬扬自得也赶紧收了回去。

"福祸相依，保持平常心。"林道说，"只是一单漂亮还不够。"

他自己便是一个典范，经手的交易可以保证80%的胜率，这在职业操盘手中是个非常高的数据了。平日里，他少言寡语，温文儒雅，对待每一个人都谦恭有礼，但是城府很深。

大家各自散去后，苏星辰被单独叫到了林道办公室。

"说说你8866的交易吧。"林道坐在电脑面前，看着持仓记录，那上面显示8866当天即为整个账户贡献了5个点的利润，"现在胆子变大了。"

"要么看空，要么看多，"苏星辰重复着林道曾经说过的话，"只有弱者才总是待在灰色地带。"

学得倒挺快，林道心里想。

"要是这票涨了怎么办？你都抛了，岂不难过？"

"综合判断下来，大概率不会。"

"小概率事件也不是不能发生。"

"这……"

"你手起刀落是漂亮，"林道意味深长地说，"可你刚入行也不能太犀利，这次你算运气好的，但也要反思，不然早晚吃亏。即便是坚定多空，还是要给交易留出空间，无论做人做事还是做交易，都要留有余地。"

"我好好反思！"

林道抬起眼皮瞟了她一眼："嗯，跟往常一样，整理成交易总结后发给我。"

苏星辰有些想不明白，明明自己做了一笔漂亮的交易，林道还要她写反思总结，她低着头默不作声。

"不然后面怎么放心让你单独管账户？"林道补充了一句。

"让我单独管？"苏星辰抬起头，有些没反应过来，"你是说我自主管理一个基金账户？！"

"对，你来当基金经理，不过前期金额不会那么大，先拿小账户练练吧。"

"真的吗？"她向前倾了倾身子，双手捏住桌角，眼睛里流露出喜悦和惊讶。

"报告交了再说。"

"好的！"

苏星辰脸上的喜悦已经变成了激动，她的心"怦怦怦"好像要从胸腔中冲出来。这也就意味着她要正式地成为操盘手了，一直以来她都渴望成为像林道那样专业的操盘手。两年前她通过实习进入公司以来表现一直都不错，理科生的她不仅对数字敏感，数据信息分析也很到位，加上做事胆大心细，努力认真，因此很快在七个交易员中脱颖而出，一年前便升为首席交易员，之后又协助林道将交易业绩做到了上海自营盘基金第一名，宏博基金因此上了很多家卖方的白名单，许多客户争相购买宏博的产品。25岁的女操盘手在这个领域不算年轻，却非常少见，因为操盘手这个职业几乎没有女性。

在上海这个充满机遇的地方，光是年轻、聪明、大胆还不够，苏星辰幸而能有林道这样的好老师。她也清楚自己的幸运，于是抓住了这个机会。下午三点收盘后交易员就没什么事情了，可却是苏星辰最忙的时候，她会把当天的交易情况全部总结一遍，将股票池中所有的股票图形再复盘一遍，还要随时关注最新发布的消息。交易部的群里，经常凌晨1点收到一个苏星辰发的公告，凌晨2点又收到一个，同事一度怀疑她是不睡觉的，她只是满脑子都装着交易这件事，因此逮到时间便查看公告并通知大家。

知道自己的幸运让她更加珍惜且感恩，她总想做出一番成绩来，害怕让信任自己的人失望。普通女生对于安稳生活和风花雪月的追求到她这里变得索然无味，许多女孩子每个月发工资了会去血拼，她却把钱全用在了投资和请客吃饭上。说到请客吃饭，苏星辰非常喜欢买单，因为她觉得年轻人攒钱也攒不了多少，但是经常请行业前辈吃饭却可以让自己获得很好的人脉资源。因此对方无论男女、长辈晚辈，买单时她总抢在第一线。人缘颇好又善于学习让她成为了行业内的百事通。

生命的激流险滩使她愈发想要挑战，未知的商业世界更是激发她探索的欲望，东方明珠塔尖的光辉令她沉醉着迷。

"那接下来天尘生物怎么办？"

苏星辰想到这才是近期最关键的问题，她转身往身后的交易员办公室望了一眼，刚好撞见马可的目光，苏星辰一眨眼，见他头又低了下去，她怀疑自己刚刚是不是看错了，马可似乎正盯着林道和自己。

"在最近的半个月内，天尘生物的交易量发生了明显的变化。"

林道将电脑从自己的位置摆到了两人中间，刚好是两个人都能看到屏幕的地方，屏幕上显示着红红绿绿的柱状图，代表着每分钟买入和卖出的量。他指着那些柱状图对苏星辰说：

"这也是我让你上周末去海南的原因。"

苏星辰看着那些红红绿绿的柱状图，这半个月增加的是过去一个月的两倍还多，如果没有大资金刻意为之，在没有利好的情况下，普通散户是不会将股票买出这个成交量的。

"可是我们半年前就买好了，"苏星辰说，"那个时候成本还很低，现在既然有大资金愿意抬轿子不是很好吗？！"

"那么出货的时候到底是你先出还是他先出呢？"林道眉毛微挑，用手指敲着桌面，"而且对方一旦吸足了筹码，就不会去干扰股价吗？"

"所以我们就要比对方多走几步，最好能猜到他们的想法以及接下来的操作。"

"猜？就算是上帝也猜不到啊，"林道说，"你当是警匪片？光靠推测就可以？"

"可是上周我们的操作不就被对方猜到了？"苏星辰低下头沉默了几秒，"难道有人……"

"恐怕是的。"林道说，"知己知彼才能精准打击。"

神仙打架，无非就是利益冲突，如果对方只是想获点利还比较好办，就怕没这么简单。市场上的大鱼就那么几条，一个操盘手的手法是基本不会变的，林道那天提到一句老朋友，这引起了苏星辰的好奇。

"不过对方到底是谁呢？"她问。

林道走向玻璃窗，盯着楼下来来往往的人。

"你还记得囚徒困境吗？"

"当然，我毕业论文就是这个。"苏星辰一脸兴奋地说，"一个著名教授蒲勇健讲过这堂课，叫博弈论。"

"没错，就是博弈。"林道说。

"可是博弈论是要求同伙之间，"苏星辰突然想起了什么，"难道我们，有同伙？"

林道看着她没有说话，那眼神读不出任何信息。

"这个世界只要不是敌人，就都是朋友。"林道还是没有明确告诉苏星辰对手到底是谁，"你凝视深渊的时候，最好变成深渊。"

苏星辰坐在那里思考着这句话。

"没什么事先出去吧。"

"好的。"

苏星辰走到门口，又折了回来："林总，那句话我听过。"

"哪句？"

"深渊的那句。"

林道沉默地看着她。

"我觉得，凝视深渊的时候，我们可以微笑一下，毕竟深渊它没有牙啊！"

林道的目光闪烁了一下，嘴角浮上了一丝隐忍不易觉察的微笑，看着苏星辰离开的背影开始若有所思：这么多年了，他的心里始终有一块灰暗的地带，光照不进来，风吹不进去，一个幽灵一样的鬼魂栖居在那里。如果真的是他回来了，他闭上双眼将头靠在椅背上想道，我就是牺牲掉一切也要把他再打回地狱。

从林道办公室出来后，苏星辰坐在工位上复盘。

这时一只大手将一盒喜糖放在了她面前，苏星辰抬头和一道笑盈盈慈祥的目光撞上了。

这层楼的保洁员王阿姨，时不时地就给苏星辰塞好吃的，有时候是苏打饼、大白兔奶糖，赶上午饭的时候，还把自己烧的糖醋小排拿来跟苏星辰分享。大概每个人都会碰到那样一个中老年阿姨，她们极其热心，见到所有的年轻人都像看见自己的孩子一样，手里有零食一定会塞给你，看到适婚年龄的男女就热心地帮你介绍对象，没脾气并且爱唠叨，讲八卦和管闲事会令她们整个人都处于来劲的状态。

"您这是有喜事啊？"苏星辰看着喜糖问王阿姨。

王阿姨的眼睛变成了月牙状，一脸喜庆地对苏星辰说：

"阿姨最近刚买了一幢房子，离咱们公司不到两公里。以后呀，阿姨就离你们更近了，照顾你们就更方便了。"

苏星辰往嘴里塞大白兔的手停了下来，这楼说买就买，为了更好地做保洁工作买了栋上千万的房产，真是用人民币支撑起的情怀啊！

"王阿姨，您是不是在跟我炫富？"

"哎呀，你这孩子，"王阿姨朝苏星辰挥了挥手，"阿姨都一大把年纪了，比你有钱不正常？不过确实和你有关系。"王阿姨带着一脸顽皮的笑容，"我吧去年听你们在那讨论一只股票，买了不少，到今年翻倍了，还得谢谢你们哪。"

一旁的郑翔一口水喷了出来，苏星辰也瞬间觉得大白兔不甜了，她朝着王阿姨竖起大拇指。果然高手在民间啊，她现在有些怀疑人生。上海富婆真的是个独特的群体，她们有着不亚于商业大佬的资产，尤其是房产，每个人手里都捏了大于一套的房产，但却过着普通老百姓的生活，闲来无事打一份工，就像隐于市井的绝世高手。

"王阿姨，您怎么那么会选股呢？"苏星辰带着一脸佩服，"我们天天讨论那么多，怎么就选上了一只牛股？"

"嗨，我运气好呗。"王阿姨谦虚地笑，嘴角都快挂到耳朵上了，"再说阿姨都炒股30年了，老股民，多少有点判断。"

苏星辰心里有一个大写的服。

"阿姨，以后我得给您打工了，您是股神，教教我怎么选股。"

"别开玩笑了，小苏啊，不过阿姨想让你帮看个股票啊，你交易做得好，肯定什么都懂的啦。"她一边说着一边将手机同花顺软件上的一只股票递到苏星辰面前，"你看这股票明天能涨吗？能涨多少呀？"

苏星辰有点想笑："阿姨，要不我找个大师来给您算算？"

"别开玩笑，帮阿姨看看嘛。"

"可我也不是神仙啊，"苏星辰无奈地说，"再厉害的操盘手也没法精准预测第二天的涨跌呀，阿姨您饶了我吧。"

"行吧行吧，不过阿姨还有个事情啊，"王阿姨露出狡黠的小眼神，凑到苏星辰面前用整个办公室都能听到的耳语说，"阿姨吧有个儿子，比你大四岁，我看你也到了谈婚论嫁的年纪了……"

苏星辰感觉风向不对了。

"阿姨，别开玩笑了，您这么爱炒股，我再天天炒股，涨的时候火山爆发，跌的时候两朵乌云，考虑考虑您儿子的感受。"

苏星辰转过身来打算继续复盘，王阿姨小眼睛一眯，似乎早就料到了这番话语，她露出一个调皮的微笑。

"不会的呀，他也爱炒股，到时候咱们仨一起炒股、交流，不开心吗？"

苏星辰惊讶地转头看向王阿姨："三个人都炒股，那跌的时候就是世界末日了。"

她赶紧扯个别的事儿把王阿姨支开了，回头看郑翔已经笑得前仰后合。

"上海富婆'钦点'你了，你还不乐意。"郑翔说。

苏星辰无奈地摇摇头，正在这时苏星辰手机里来了电话，她接起电话，对面一个女生音调提高了八度："苏星辰，你快来老地方，杨芷晴出事情了！"

5

苏星辰匆匆忙忙赶来小酒馆，这酒馆是她和两个好朋友下班后常来的地方，离公司很近。她一进门便看到两人坐在她们常坐的位置上，杨芷晴将脸埋在季霞的肩膀上，抽抽噎噎的，她刚走近两人，酒精的味道迎面而来。

"这是怎么啦？"苏星辰用手扇着鼻子前面的空气问。

"唉，她今天被扇了一巴掌。"季霞一手扶着靠在肩头的杨芷晴抬头跟苏星辰说。

"被扇了？"苏星辰睁大眼睛问，"被谁扇了？"

"原配。"

"什么原配？谁的原配？"

"还能谁，不就那个基金经理。"季霞的声音里带着不满，"我们见过的呀，一起吃饭的那个前男友。"

苏星辰先是一蒙，接下来一脸疑问："他什么时候有老婆的？"

"我们也是刚知道。"季霞说，"原配今天闹到营业部，骂杨芷晴是个狐狸精，还扇了杨芷晴一巴掌，把霍总都给惊动出来了，现在整个一楼因为这件事都炸锅了。"

"啊？"苏星辰觉得难以置信，"可他，看起来不像那种拈花惹草的人啊。"她歪着脑袋想了会儿，"你不觉得吗？看起来斯斯文文的，像个高中生，那么正派随和。"

"哎！"季霞叹了口气，"我一开始也跟你一样也觉得不大可能，可你想啊，哪个流氓会把'败类'俩字儿写脑门儿上呢，知人知面不知心，女人还是太天真。"

苏星辰觉得胸口发闷，原配撕小三的戏码，在金融行业几乎天天上演。金钱横飞，美女扎堆，因此金融圈儿也成了无数男人猎艳的宝地。这两年她听渣男的故事听得都麻木了，可是发生在朋友身上还是头一遭，她第一次开始同情起小三来，因为她很确定杨芷晴对此毫不知情。

"那他老婆凭什么扇杨芷晴啊？"苏星辰音调提高，气不打一处来，"杨芷晴也是受害者。"

"关键原配也不知道杨芷晴不知情啊。"季霞说，"两头都被蒙在鼓里。"

这一通负能量有着超强杀伤力，苏星辰扶着额头，感觉要窒息了："不行，你让我缓一缓。"

说起这个基金经理，当初追杨芷晴的时候不送包，也不送鲜花，直接问杨芷晴买了哪只股票，杨芷晴说了之后，第二天股票就被打到了涨停板上，当时把季霞和苏星辰都给看愣了，却把杨芷晴激动蒙了，满眼小星星，基金经理在她心目中的形象瞬间变成了郭靖、杨过、令狐冲，手起刀落，称霸江湖。于是有着生杀大权的"英雄"很自然地俘获了佳人的芳心，没想到"英雄"不但会操纵股票，还操纵人心。苏星辰感觉胸膛里有什么东西燃了起来。

"杨芷晴有受伤吗？"

她才想起来关心杨芷晴的状态，杨芷晴坐在那里哭得精疲力尽，肩膀一下下抽动着，餐厅里过往的客人都忍不住往这边看一眼。

"除了挨那一巴掌就没了，"季霞带着心疼的眼神说，"不过都在这哭了快两个小时了。"

苏星辰伸出手轻轻拍了拍杨芷晴，她趴在那里没反应。苏星辰摇着头："藏得这么好，可不是普通的大尾巴狼。"

"唉，更可气的还在后面，"季霞继续说，"渣男现在处于失联状态，还把杨芷晴给'拉黑'了，现在哪哪都找不着。"

苏星辰呷了口面前的柠檬水，似乎那样可以把心头渐渐升起的火压下来。

杨芷晴看起来像只受惊的小白兔，可怜得很。苏星辰和杨芷晴认识快两年了，还从来没见到杨芷晴哭过，杨芷晴性格开朗，十分爱笑，是营业部出了名的大美女，个子高、身材好，脸蛋儿还漂亮。

苏星辰不停地喝水，却感到胸腔里的火越燃越旺：天底下的渣男真是和蟑螂一样多，怎么灭也灭不尽啊！

"你说为什么美女总会遇到渣男呢？"苏星辰问。

"因为渣男擅长讨好，"季霞说，"而美女爱听奉承。"

渣男追杨芷晴的时候，恨不得把自己的心挖出来，现在离开了，却把别人的心也挖走了。他伤害了这么多人，不仅是杨芷晴和原配，还伤害了季霞和自己，伤害了所有真诚期待爱情，满怀信念的人。此刻渣男问题在苏星辰心里已经升华为人道主义问题，她涌起一股两肋插刀为民除害的欲望。

"太气人了。"苏星辰用手拍了下桌子，"太气人了。"此刻那团火简直要从她胸腔里蹦出来，她气呼呼地从椅子上站起来又坐下，深吸了几口气，尽力压下所有火。这两年股市教给她最重要的一课就是不能被情绪操控，现在她要冷静下来，思考策略做空渣男。此刻渣男在她眼里就是一只垃圾股，现在跌穿了，别说割肉，截肢也得截。

　　她旋即坐在杨芷晴旁边，扶起杨芷晴，却被吓了一跳，杨芷晴整个眼睛都肿了起来，眼线晕成了一摊，流着黑乎乎的眼泪，睫毛和眉毛全部乱作一团，像个女鬼。

　　"你认真回答我，你还打算跟他在一起吗？"

　　她本来想问"你还爱他吗"，但又觉得这是个不用问的问题。

　　"这不废话，"季霞拧着眉头，"工作都要没了，打死也不能在一起了啊。"

　　"好，你等着。"苏星辰又一把将杨芷晴推给季霞，迅速掏出手机。

　　"我要让渣男身败名裂！"

　　第二天，苏星辰来到28楼季霞的工位旁的时候，季霞还在那里写券商分析报告。

　　季霞毕业于复旦大学金融系，来宏博工作5年了，是研究部的股票策略分析师，主要任务是面向资本市场出股票分析报告。这是一个面向高级客户的职位，需要很强的专业实力，因此所招之人一般是硕士或博士的学历背景。

　　"今早的新闻你看了没？"苏星辰问。

　　"什么新闻？"她将视线从电脑上转移到苏星辰，季霞今天穿了身灰色的西装，里面是淡蓝色的丝绸衬衫，头发利落地盘在脑后，十分干练，一双杏仁眼不大但很有神韵，眼镜架在纤细的鼻梁上使得整个人散发着优雅和知性的气息。

　　苏星辰将一份报纸摊在季霞桌上。季霞拿起报纸扫了一眼，露出了惊讶的神色，她微张着嘴，看看苏星辰又看看报纸。

　　"你怎么做到的？"季霞问。

　　"你别管了，"苏星辰露出一个狡黠的微笑，"嘿，你觉得怎么样？"

　　季霞仔细地读完了头条，再次抬起头来："这一下都不是跌穿了，简直是被退市了，"她带着惊讶的神情，"你做得也太狠了。"

"你看哪个农民除虫的时候还给害虫留半条命？"苏星辰说，"要么不出手，要么一招制敌。不然等着渣男打击报复吗？"

"渣男竟然有十多个情人，"季霞摇着头啧了一声，"看来咱们的想象力还是有限。"

"关键还能拿着从丈母娘那骗来的钱供养情人，感情这是骗了老中青三代啊，女人心思叫他摸得透透的。"

"还有啊，你看这句，"季霞指着报纸念给苏星辰，"该男子所包养的全部是年轻貌美女子，有的还是自己的下属，以帮姑娘上位为条件，威逼利诱新人，充分发挥了金融高管的'职能'，拒绝他的下属直接被开除，还威胁姑娘如果举报就将不雅视频发布到网上。现在这媒体什么都敢写啊！"

"再敢写，也没有渣男敢做啊。"苏星辰愤愤地来了一句，"四年前已经完婚的男人，供养了十多个情人，这得送多少个涨停板啊，我替股民心疼。"说完夸张地用手捂着心脏。

"好在现在被撤职了，而且终生禁入行业，渣男直接变成渣子了。"季霞说，"不过这样曝光，会不会危及到杨芷晴？"

"放心，我跟我媒体朋友交代了，务必保障杨芷晴的信息不要被泄漏，而且所有受害者信息不得公布，媒体还是要有职业操守的。对了，杨芷晴怎么样了？"

"唉，营业部肯定是留不住了。"季霞叹了口气说，"你也知道霍总那脾气，这么大一件伤风败俗的事肯定要走人的。"

"霍总怎么动不动就开人啊？"苏星辰说，"这不是让受害者遭受双重打击？"

"嘘，"季霞将手指放在嘴巴上，四下看了看，"霍总可不管那些，不然就不是霍师太了。"

"哎！我真担心我哪天也被开了。"苏星辰望着地面说。

　　"别瞎想，你又没做错事，"季霞说，"唉，只是为什么被骗的总是美丽的女人？"

　　"长得丑的，没人骗啊，我从小到大连诈骗电话都没收到过。"

　　"哈哈！"季霞笑了起来，两个小梨涡嵌在嘴角，她性格温和内敛，为人谨慎持重，喜欢穿高级而有质感的衣服，多年的大公司工作经验使得她谈吐专业，举止得体，行业人缘口碑都很好。

　　季霞有种遗世而独立的出尘气质，与杨芷晴的美丽不同，外在不是季霞的致命武器，只是职业生涯的加持，她一门心思在工作和升职上。然而虽然有着深厚的资历，过于踏实和保守局限了突破的脚步，她在各方面都挑不出什么毛病，可就是好得太平庸，这样的分析师在上海一抓一大把，因此来到宏博五年了，一直还是个普通分析师。

　　"有件事情哦，"季霞说，"我有几个朋友想来跟林总探讨下天尘生物这个股票，是你们长期在跟的吧？"

　　"市场上的人都知道了吧，"苏星辰说，"林总将这只票挖得很透。"

　　"嗯，你看方不方便安排一个反路演，大概有三到四个人的样子，都是卖方的分析师和研究员。"

　　"那我要问问林总，"苏星辰笑了，"不过找我们调研就对了。"苏星辰看看手机，"我不跟你说了，例会时间到了。"每周五下午的例会各部门关键人物都要参加。苏星辰虽然工作的时间比较短，但是却成了首席交易员，讨了个巧，成了部门的重要人物。她和季霞、杨芷晴相识于两年前的一场策略会上，那天座位刚好挨着，她又擅长聊天，便扯着两个人聊了一堆有的没的，三个人都真诚且外向，因此慢慢便熟络了起来。

　　"快去吧。"季霞笑着跟苏星辰摆摆手，看着苏星辰的背影陷入了沉思。

　　桌子上的那份印着《某基金高管不止一个情人》的报纸显得格外突兀。

6

霍总今天穿了一身做工精良的白色套装。

她在前面叨叨叨个不停，让苏星辰开始怀疑"语言凝练"这个词，从未在霍总的字典里出现过，同样的话每周都要重复一次，如果把这间办公室的废话、官话、套话、奉承话全部用纸记下来摞在一起，恐怕西伯利亚的原始森林都要被采伐光了。

往日里散会后大家就各自离去了，而今天交易部的人却被单独叫到了霍总的办公室。所谓交易部的人，也就是林道和苏星辰，交易部不像其他部门有那么多的琐事和分工，所以也不需要过多的领导来开会。

此刻，林道坐在霍总对面，苏星辰站在林道身边。刘秘书站在霍总身后，手里拿着本子，偶尔跟苏星辰调皮地眨一下眼睛，苏星辰抬抬下巴，礼貌地眨回去。霍总像凯撒大帝一样，带着她一如既往的气场审视着面前的"安东尼"。

"林总，咱们上半年业绩做得还不错，您有什么想法吗？"

霍总一边说着一边让刘秘书把刚才的会议记录拿给她看，手上的笔在本子上写写画画，还要兼顾电脑屏幕上的内容，恨不得像哪吒一样生出三头六臂来。

"按我们原来的预期，"林道神色镇定地看着霍总，不慌不忙地说道，"追加资金是没问题的，甚至可以更大胆一些。"

"哦？"听到这里，霍总手中的笔停掉了，她推了推滑下来的眼镜看向林道，"怎么个大胆？"

"从最近的各项信号来看，我推测，牛市很可能就要来了，"说到这里林道的眼睛里透出兴奋的光芒，"而且很可能，是个大牛，明年也许是个大年。"

霍总努着嘴巴，将手里的笔戳在下巴的位置上开始思考，空气安静得只听得到鱼缸里的流水声。

"这倒是个好消息呦。"霍总撂下手中的笔,把身子往后一靠,将两手交叉抱在胸前,"不过林总,您得帮我个忙。"

林道默不作声地看着霍总,她说什么都喜欢拐弯抹角,好像直接说出来就会有失体统,显得自己不够有尊严一样。

霍总伸出一只手到刘秘书面前。刘秘书没反应过来,皱着眉头歪着脑袋看她。霍总转过头,瞪着眼睛小声说了声:"信!"

刘秘书才像想起什么了一样慌忙地将一封信递到霍总手里,霍总接过信拍在林道面前。林道有些吃惊,摆在面前的是一张传票。

"你手下被起诉了。"霍总看了看苏星辰。

苏星辰先是怔了一下,旋即眉头拧成疙瘩,带着一脸疑问。

"起……起诉,我的?"

"是……是,是呀。"霍总瞪眼看着苏星辰,面部还带着一丝嘲笑。

苏星辰的脸瞬间红了,感觉喉咙一紧,心里咯噔一下,赶紧拿过那封信拆开来看。

"怎么回事?"林道问。

"让她自己说。"霍总转过身不去看两人,刘秘书本来带着一脸惊讶和同情看着苏星辰的眼神在霍总转身的那一刻迅速收了回去。

"这上面说,"苏星辰抬起眼皮看着林道,拿着那封信的手有点发抖,"我造谣抹黑上市公司荣誉。"

听到这些,林道黑着脸坐在那里不说话。

"我早说过,"霍总将椅子转过来看着林道,"这些上市公司、大老板、财团,我们得罪不起,叫你的人在媒体面前谨慎些。现在可倒好,我活这么大岁数了,还要帮一个小姑娘擦屁股。"霍总激动地拍了下桌子。

两周前有媒体来交易部采访,本来面向媒体发言这件事是林道的任务,那天林道不在,苏星辰就代替林道接受了采访。

"可是,"苏星辰说,"我说的都是实情啊?"

"实话能随便说吗？"霍总抬头瞪了苏星辰一眼，"你知不知道？你的一言一行，代表着你老板，代表着宏博。你当是在学校里说过就完事了？这背后的影响和责任你担得起吗？"

霍总的脸越涨越红，音调也越来越高。

"不是我说你，林道，你也知道你在业界的影响力，那天小姑娘这一句话，对方股价损失了多少。现在上市公司那边都气炸了，整个律师团都搬出来，我看起诉她也就是个开始，你可真是培养了个好兵。"

此刻苏星辰有些站不稳，她心跳加速，紧张得手心出汗，紧咬着嘴唇不知道说什么好。

"现在知道害怕了，口没遮拦的时候想什么了？"霍总看着一脸窘相的苏星辰讽刺地说，"你们老板还真是胆子大，一个乳臭未干的小姑娘也敢放这么大权力。"

"我也只是想提醒投资者，"苏星辰说，"不要买财务造假的公司。"

"劫富济贫是吗？"霍总的眼神带着辛辣的嘲讽，"你当宏博是开门做慈善的？"她冷笑了一声，"同情弱者，弱者给你加油；得罪强者，强者让你出局。"霍总用食指关节敲着桌子，"我说小姑娘，你明白吗？这届年轻人《复仇者联盟》什么的看太多了，你怎么不拿着喇叭到上海中心上面去呼唤正义呢？"

刘秘书站在一旁忍俊不禁。可苏星辰感觉眼前黑压压的一片，她仿佛看见上百个西装革履的人手握着刀怒气冲冲地面向自己，每个人的眼中都燃烧着两个字——出局。

"更可怕的是，"霍总转身望着刘秘书，刘秘书赶紧收起笑容歪着脑袋细心聆听，"你得罪了一家公司，就是得罪了后面的所有利益链，得罪了一家就是得罪十家，得罪十家就是得罪一百家。以后都别想在金融圈混了。"

苏星辰用手扶着桌子，简直要瘫在地上。

"让他们起诉好了，"林道说，"这种起诉我年轻时候收到的多了。"

"可是这次不同，客户要求撤资。"霍总说。

"让他们撤，"林道说，"选择是双向的。"

"你可真够洒脱，"霍总冷笑一声，"刚才还跟我说要追加资金扩大规模。规模上去了，受益的还不是你这个交易部总经理？"

"能让我受益的，"林道不卑不亢地看着霍总，"是业绩！我不需要那么多的观众。"

"不需要观众？"霍总冷笑了一声，"你站在荒野里去呼喊给谁听？要想进入人群的耳朵，就要站在人群当中，我们不仅需要观众，还需要观众的认同。"

"我……我能做点什么弥补吗？"苏星辰现在已经镇定了下来，她真诚地看着霍总说。

"现实点！"霍总的眼神甩过来，恨不得把苏星辰吞了，她刚想继续说。

"不需要弥补，"林道目光非常坚定，"财务造假这是明显的事实，随便找个初级会计都能看出来，皇帝的新装而已，他有权找律师维护，我们有权坚持立场，换作是我，也会这样跟媒体说。"他又转向苏星辰，目光很深邃，"选择了，就要坚定。"

这句话听着那样熟悉，苏星辰从林道的眼神中感受到一股力量，让自己很受鼓舞。

"一头老倔驴，现在又来了头小倔驴。"霍总气急败坏，"你怎么就是学不会圆滑呢？"

"我们做操盘手的，都是真刀真枪靠业绩赚钱，业绩就是名声，至于我说了什么，我的脸是黑的白的还是红的，我是否圆滑都不重要，好好做业绩，真诚对待市场上的数据和信息，客户就会信赖。"

"可是现在市场上都在传说你林道拿了别人利益出来造谣，你知不知道交易部融资全靠名声？那几个大客户相互间都是通气的，上市公司随便打个招呼，集体撤资分分钟的事，我们业绩做得再牛，终究是卖方，你一年能给人转多少钱？一个亿你拼死拼活来个20%收益，不过2000万，不如上市公司一个订单过去，利润最少也有小几亿。你还真拿自己那点交易技术当回事，这个市场资源和人脉才是王道。"

苏星辰听愣了，霍总的言辞像一盆冷水哗地从天空中泼下来，也给她的"三观"进行了洗礼，她觉得耳朵边嗡嗡响，心脏"怦怦"跳。此刻办公室里无比安静，是暴风骤雨过后的安静，又像暴风骤雨即将来临前的安静。

"要是真要撤资，那就让他们撤资好了，"林道说，"我们不强求，这种资金即便今天不撤，总有一天会撤，搞不好还会扰乱市场，我没什么好说的了，应对公关媒体这不是我的工作，我交易上还有事，走。"林道看了看苏星辰。

"你给我站住！"霍总叫住起身往外走的林道，目光里透出凶狠，"你可别忘了，你十年前的官司也是我帮你搞定的！"

空气凝固了，林道背对着霍总，拳头攥了起来。苏星辰和刘秘书都呆掉了，面前的两个人之间似乎有着别人不能知道的秘密。

"没有我，你现在就不是坐在这里了。"霍总冰冷地说，"如果真出事，集团不会站在你这边。"

林道没说话也没回头，径直朝门口走了出去。苏星辰紧跟着林道的步伐出了门。

7

会议室里氤氲着咖啡的味道，苏星辰怔怔地看着开水将杯中的速溶咖啡打散稀释，思绪像升腾雾气一样飘散到了空中。她没有想到自己心直口快、雷厉风行的性格有一天会给自己和身边人造成这样大的麻烦，愧疚的感情涌上心头，让她有些无地自容。

"洒了，洒了，"郑翔一下按掉开水阀，"愣什么神呢？"

苏星辰抬眼皮看了看郑翔，转身走向工位。

"咖啡也不要了。"郑翔举着那杯咖啡疑惑地看着苏星辰，他走到苏星辰工位前，"苏老板，你这是怎么了？"

苏星辰叹了一口气，把刚刚霍总办公室发生的一系列事件跟郑翔描述了一遍。

"怪不得你们今天开了那么久，不过林总是真讲究，"郑翔说着竖起了大拇指，"哎，摊上了个好上司，是件好事啊，你看开点。"

"我就是觉得给林总添了很多麻烦，"苏星辰带着一脸歉意，"他越是个好老板，我就越是愧疚。他越是信任我，我就越是怕让他失望。可是现在，我不仅让他失望，还给他丢脸，有可能还丢饭碗。"

苏星辰用手支着头，感觉像支着一个铅块，沉重无比。

"快别这样讲，"郑翔赶紧安慰她，"林总不是说如果是他也会这样做吗？说明你做得对。"

"可是职场不信英雄主义，"苏星辰想起霍总刚刚的一番话，"我刚才已经非常深刻地认识到了这一点。"

"唉，你们真是不了解林总，"一旁的老秦听了半天突然开口，"其实林总根本就不在乎这些。"老秦是交易部工龄最久的员工，对林总的过往谁都没他了解得多，"你不要单纯地把这理解成维护手下或是英雄主义，林总比你们想象的要复杂很多。他和霍总间的纠葛，谁知道呢？"

"什么纠葛？"两个人异口同声。

"这事儿说来话长，"老秦说，"林总以前创过业你们知道吗？"

苏星辰和郑翔互相望了一眼，又转向老秦，摇摇头。

"那时候，他有一个铁哥们儿，他们合伙做了一个二级项目，规模很大，林总把所有身家都押进去了，但是后来被那个合伙人给坑了，而且被坑得挺惨，欠了好多债。"

"还欠了债！"郑翔惊叹一句。

"没错，而且数额不小，也就是那个时候霍总把林总安排进了宏博。"老秦说。

"这么说霍总还对林总有恩？"郑翔说，"可是按霍总的性格，不像会雪中送炭的人啊。他们什么关系？"

"这个我还真不清楚，不过林总进了宏博后，也没给霍总丢脸，业绩你们也看到了。"

"什么时候的事？"苏星辰问。

老秦仰起头若有所思了一会儿："应该，差不多十年前吧，我是林总来宏博两年后才进来的，也是东听西听才了解到这些。"

苏星辰点点头：怪不得刚才会议的时候，霍总说什么十年前的那件事。可是十年前到底发生了什么事？她想起林道那个复杂的表情以及握紧的拳头，总觉得有些事情在林道心里深深地隐藏着。

"林总会走吗？"苏星辰问。

"不好说，"老秦说道，"大老板背后的利益链都很复杂，每个人都戴着面具。有时候，你所看到的好，也许只是利益蓝图上的一环，装点了漂亮的门面而已，如果真的有利益冲突，再重要的人也会被舍弃。"

"坑他的那个合伙人怎么样了？"苏星辰问。

"说来也奇怪，那个人后来就像失踪了一样，消失了，到处都找不到，"老秦继续说，"后来林总也没再去追究这些责任。"

"为啥不追究责任？"苏星辰瞪大了双眼，"那可是倾家荡产。"

老秦啧了一声："这个我就不清楚了。"

苏星辰若有所思地点点头："看来我这些事真都不算什么。"

"唉，你还是小菜鸟呢，翅膀还得练。林总不会把这些放在心上的，他什么大风大浪没经历过。"老秦说。

苏星辰的心里对林道升起一股敬佩之情。这时刚好林道吃好午饭从门口走了进来，几个人像木偶一样注视着林道，苏星辰的眼中透露出一丝悲壮。

"你们在聊什么？"林道被看得莫名其妙，"热火朝天的，也不复盘。"

林道走过来，几个人赶紧回到各自的工位。

"林总，有几位卖方的分析师想要到我们这里做反路演，"苏星辰说，"关于天尘生物的，您看这个要安排一下吗？"

林道将手抱在胸前，一只手搁在下巴上："我考虑考虑，你先别急着回复。"

"好的，另外，林总，"苏星辰有些忐忑地问，"关于起诉那件事……"

"嗯，"林道鼻腔里哼了一声，"我心里有数，你先把交易策略报告做好，明天给我。"

"好的。"苏星辰说。

"认真工作是你唯一能获得尊重的方式，"每个交易员都在旁边认真听着林道说，"无论发生了什么，事在人为。"

每个人都默不作声，苏星辰突然觉得办公室神圣了起来，和林道有关系的一切都变得神圣了起来。

"你们快来看！"老秦的声音从一旁传来，"天尘生物出现了大宗交易。"

林道几个人赶忙围到了老秦的电脑旁，在翻开的龙虎榜上，天尘生物四个亿的大宗交易位列其中。所谓大宗交易，是指在非交易时间非公开市场买卖双方进行股票交易的行为，金额一般都在千万以上。此刻天尘生物出现了大宗交易，则意味着原来的大资金将筹码交到了别人手里。

林道看着那四个亿的交易量，一种失控的感觉敲击着他的内心，他不确定自己是否该再做些什么。

8

每个人的学生时代大概都存在这样一个异性，你可以对他无话不谈，无所顾忌，对着他无理取闹，可是这个人却也无足轻重。不必说韩骁的性格有多么憨厚老实，也不必说他有着怎样随叫随到的处世方式，更不必说这个全体女生都视为妇女之友的高大诚恳男孩是如何从修电脑、修空调到入党推荐和班级活动，各种大事小情都冲在第一线，单就大学时期他和苏星辰班长与团支书的搭档关系就将两个人变成了无话不谈的铁哥们。

苏星辰发现韩骁这次回来的变化也很大，他穿着西装打着领带，头发很利落地向后梳去，还喷了发胶，和大学时候的运动T恤鸡窝头判若两人，刚见面时她差点没认出来。手腕上还戴着劳力士，这一身行头可以说是非常地"金融"。

韩骁来自一个不错的二线城市之家，虽然父母供他出国读书这几年很不容易，但韩骁一直都是懂事听话的孩子，成绩优异，很少让人操心。大学的时候，他和苏星辰是一对难兄难弟，苏星辰考试没及格，韩骁暗恋表白失败，两个人就跑去外滩看楼、看江、看路人，说来也奇怪，只要一看到波涛阵阵的黄浦江和对面耸入云霄的楼宇，所有的烦恼就都烟消云散了，胸中充满豪情壮志，觉得那个为考试和失恋而仓皇不安的自己十分可笑。那时候俩人都没什么钱，韩骁每次都骑着一辆破山地车一路载苏星辰去黄浦江边。大三那年韩骁出国了，苏星辰也找到了实习，两个人基本上也就断了联系。昨天收到韩骁微信的时候，苏星辰很是惊讶，本以为他会在美国找工作，没想到才待了四年就回来了。

她带着韩骁来到了小酒馆，两人你一言我一语地聊着现在的工作状态和曾经的大学生活，三年没见，话题不断。她了解到韩骁去美国读了个金融硕士后，在华尔街投行工作了两年，今年又被调到亚太地区，在国内负责投行并购业务，他所在的公司平台大，资源好，又被分到了清华北大学子削尖了脑袋才能挤进去的部门，客户基本上都是上市公司和有一定规模的非上市公司。

"你这几年变化真的挺大的，"韩骁看着苏星辰说，"大学那会儿你没这么飒。"

"压力呗，"苏星辰一脸无奈地说，"前几天GH跳楼的，就是因为做期货赔得倾家荡产。股市人性的博弈太激烈，但你们投行应该不会这样。"

"嗯，"韩骁点点头，"你看起来挺疲惫的。"

"这两年同学见到我都这么说，"苏星辰应和道，"可能由于我入行时间太短，总感觉一天追涨杀跌下来，所有的情绪都被股市榨干了，极度的恐惧和极度的开心，那种被放大到极致的情绪是很耗心血的，真正能做到心境平和的人都成佛了。"

"不过老铁，你这变化可真是不小。"苏星辰说，"看起来非常'资本主义'。"

"是吧，"韩骁用手向后捋了一下头发说，"国内妹子可喜欢了呢！"

苏星辰听着这话感觉十分别扭："你祸害几个了？"

"我祸害？我都被吓跑啦！"韩骁带着一脸不可思议，"我还想问你，现在这姑娘怎么都这么主动，恨不得直接把男孩子扑倒了，咱们读大学那会儿不是这样的啊。"

"你上大学那时候，"苏星辰带着一脸嘲讽，"能看吗？"

"你什么意思？"韩骁一脸温柔地朝苏星辰笑，"怎么还给你留下心理阴影了？"

"遮天蔽日，"苏星辰补充道，"不过投行男本来就稀缺，好歹也算金字塔顶端的生物，要我说你在华尔街再待几年，回来那往上扑的更多。"

韩骁很无奈地笑了笑，眼角掠过一丝伤感。

"其实投行的工作真的不是想象中那样。有的项目在荒效野外的厂子里，抬头蓝天白云，低头黄土灰尘，远方田野畜生牧羊人，你——所谓的投行男——西装革履走在乡间小路上，那个画面像极了唐僧，非常讽刺。投行真是个被过度'公关'的行业，墙外的爱看热闹，墙里的不愿拆穿，所有人就都觉得'高大上'了。"

苏星辰听得瞠目结舌。

"哪来的一套一套，我也没觉得心里不平衡，你犯得上这么自黑吗。投行确实是很好啊，多金靓丽还洋气，你要是在我们这种土鳖公司，可没那么多妹子反扑了。"

"现在这个女人怎么都爱洋气的东西？"韩骁皱着眉头，"你来给我解释解释。"

苏星辰觉得韩骁的这个问题很好笑，她想了一会儿回答道："你可以理解为这是一种浪漫的情怀，"她继续补充，"就好像你用了范冰冰同款面膜，自己也变成了范冰冰；你每天和权贵打交道，自己也变得高大上；同理，你找了一个洋气的男朋友，自己也变得洋气了。哪怕吃个煎饼果子，它都是个洋气的煎饼果子；小龙虾看起来都像波士顿产的；花露水闻起来像香奈儿5号。你所看到的事物都会带上你爱的那个人身上的色彩。女人的浪漫，你不懂。"说完她嫌弃地朝韩骁摆了摆手。

"一本正经胡说八道啊！"韩骁的表情突然变得正经了起来，"不过这次刚好有个正事找你。"

"你说。"

"我有个同学想找个券商开户，然后找人来打理股票账户，你看你那边方便不？"

"他自己的钱？"

"对。我这个朋友是个家族企业继承人，我刚回国，在国内的资源可能以后还要多靠你们这些老朋友老同学来帮忙。"

"好啊，我现在不能给你一个确定的答复，得去问问老板。"

"好，看你时间，不过这个人很重要，我以后承揽大业务得靠他，你得帮我好好维护。"

苏星辰眼睛在桌子上停留了几秒，抬起头来看韩骁，眼神里带着几分笃定："以后他得靠我们。"

"你倒是自信。"韩骁给苏星辰倒了一杯酒，"我记得刚上大学那会儿，你总哭，什么事儿都没主意。"

"哎，往事就别提了，"苏星辰拦住韩骁倒酒的手，"够了，我喝不了那么多。"

"阿姨这两年好吗？"韩骁关切地问。

"好，你出国这几年，一吃饺子就想起你。"

"嘿！我就觉得我跟阿姨投缘。"韩骁露出了一个志得意满的笑容。

"主要是你欣赏她的作品，"苏星辰带着无奈的表情说，"她包那饺子我从来都不吃。有一回我外卖点了楼下韭菜鸡蛋的水饺，给她气得，那眼神就像受到了莫大的耻辱。"

"哈哈哈，我看你就是成心气她。"

大学那时候，韩骁经常去苏星辰家蹭饭，苏星辰妈妈是北方人，包的饺子比饭店里的还好吃，韩骁就经常跟苏星辰说想吃阿姨包的饺子了，然后就死乞白赖地来蹭饭。他有一种讨中老年妇女喜爱的特质，当班长的时候经常负责调和女学生和家长间的矛盾，因此经常收到班级里女同学家长从山东邮来的红枣、山西寄来的陈醋、内蒙古运来的牛肉干……

饭后，韩骁要送苏星辰回家，苏星辰想韩骁也不顺路，就谢绝了准备打车回家。

"不行，"韩骁声音里带着坚持，"这回终于不是自行车了，我必须捎你一段。"

他朝着她笑了，露出一口雪白的牙齿，果断地拿过苏星辰的包就往车库的方向走去。这个理由倒是让苏星辰没法拒绝，以前苏星辰坐在自行车后座的时候觉得韩骁真是辛苦了，一骑就要将近一个小时，自己应该抓紧减肥。那是一辆山地车，根本就没有后座，硬被韩骁安了个后座还贴心地加了个坐垫。

那时候两人就开玩笑说哪天能不用再骑自行车，换辆真正的车开开。此刻，她看着韩骁高大的背影挎着她小小的手提包向车库走去，觉得有生之年人不仅要有梦想，还要有足够的耐心，因为青春里吹过的牛和憧憬过的美好，都已经努力在赶来的路上了。

9

夜黑得那样沉，苏星辰睁大双眼捕捉残存的光线，仿佛这样就可以把黑夜看穿，可还是什么都看不到，她凭着感觉跟跄着往前走。心里揣着巨大的恐惧与未知，总觉得身后有庞大的猛兽将要把自己吞噬，在黑暗中摸索的恐惧将她的内心穿了个洞，洞里塞满绝望，剂量太足以至于整颗心开始麻木。

眼睛越来越适应黑暗，依稀感受到星星点点的光，她在害怕的尽头渐渐克服了恐惧，突然有一缕昏黄的光线打了过来，顺着光的方向，她看到了一座小房子，那是她自己的家，内心的恐惧升腾成雀跃，家门口昏暗的灯光柔和而突兀地立在巨大的黑夜里，她飞快地冲向那束光。大门敞开，她跑进去："爸，妈，外公，我回来了！"可是什么回应也没有，只有风呼啸着穿过门廊、家具，以及所有置物器件，它们都熟悉地摆放在原来的位置，可是人都哪去了？她前前后后每个房间都搜了个遍，才确定这里只有她自己。

她再次被恐惧掳获，旋即才想起：外公早已过世了，爸妈也早都搬离了这里，但是他们现在都在哪里呢？没有了家人，这个叫家的地方也只不过是个鬼房子。她鼻子开始泛酸，悲伤一下子漫了上来，站在黑暗中开始号啕大哭，在抽抽噎噎中猛然惊醒，映入眼帘的是洁白的天花板。她望着天花板渐渐回归到现实，可被遗弃的绝望却在心头挥之不去。

总是做同样的噩梦。

她抹去眼角的泪水，在床上坐了起来，心脏"咚咚咚"像要跳出来一样，做梦时候的感情往往比现实生活中更真挚和敏感，心绪没个一时半会儿平复不下来。

厨房里飘来鸡蛋饼的味道，她才觉得肚子很饿，昨晚只顾着和韩骁聊天，没吃什么东西，她起身走到厨房。

"醒啦，小睡猫。"母亲一边熟练地翻着平底锅，一边宠溺地看着苏星辰。

苏星辰很讨厌这个称呼，就好像自己还没长大，她有的时候会跟母亲发火，因为母亲总是叫她小毛驴或者小猫咪什么的，每次她听到后就觉得一身鸡皮疙瘩，然后抗议，可是越是生气发火，母亲就笑得越开心，因为苏星辰发起火来就更像驴了。

"妈，"苏星辰拿了一块鸡蛋饼坐在餐桌前，"韩骁回来了。"

"什么时候回来的？哎！快点叫过来，妈给他包饺子。"星辰妈的声音激动得像自己儿子回来了，"都三年没来吃饭了，你说你们大学那会儿，他一来就能吃两大盘，我一看着就觉得可怜，这在国外三年，哪里能吃到正宗北方水饺呢？"

"在国外都汉堡牛排，"苏星辰不屑地说，"谁吃你这饺子。"她觉得这俩人还真是因为饺子结下了不解之缘，都说有酒友、战友、股友，他俩这算啥？饺友？

星辰妈白了她一眼。

"韩骁可不像你这个白眼儿狼，你那些同学里啊，我看就这个韩骁最好。"

"你才见过几个？"

她太熟悉母亲的那一套话，就跟厨房那套她最爱的厨具似的，没事就拿出来摆弄摆弄，那是苏星辰第一次拿到奖金时给她买的礼物，母亲没别的爱好，就爱做吃的，在厨房里忙忙活活，不仅如此，每次做饭前，必须收拾穿戴整齐，还要化妆。这个时候苏星辰就会问：

"妈，你要出去见谁？"

"不见谁啊，我给你做饭。"

"做饭化什么妆？"

"那不见人还不能化妆了？这叫生活态度。"

母亲一边涂着口红一边说，就好像化了妆饺子见了她会更开心，变得更加美味。她总是要把自己收拾得光彩照人才开始做每一件事情，母亲长得美，还酷爱打扮，即便现在上了年纪，依旧是个美人。苏星辰陪着母亲去逛街，导购小姐都是围着母亲转，完全忽略了她旁边还站着一个更年轻的小姐。

一个鸡蛋饼还没吃完，就听见"咣咣"的敲门声，声音急促而粗鲁，这引起了母女俩的警惕。两人迅速从刚才温馨的氛围中抽离，彼此互望了一眼。母亲走到门口，从猫眼里看了一眼门外，才松了口气开门，一个穿保安服的女人进来要抄水表。

十年了，苏星辰和母亲过着这种警惕的日子已十年了，安稳的生活从家里生意破产清算的那天开始一去不复返。

父亲曾经营很大的粮食公司，却生性好赌，打苏星辰记事以来，他就经常在外面赌钱，她去过几次父亲的赌桌，钱和筹码像小山一样堆在桌子中间，烟雾缭绕的室内每个人都双眼猩红，无比专注。母亲一边抱怨着父亲的嗜赌成性，一边又操持着家中的里里外外。生活不太完美，却也令苏星辰满意。很大的房子，很多的车，很多的人每天出现在苏星辰面前，她以为生活就是这个样子，人的眉目间就该充满善良与笑意。

大概每个孩子都会恐惧平静的生活被打破，未曾受过打击的小心灵会把变故当作末日，生活有多静美，破碎的那天就有多毫无防备。

那天父母同时去寄宿学校看她，让她觉得非常奇怪，因为向来都只有母亲来看她，可那一天父亲也来了，两个人在餐厅里点了一桌苏星辰爱吃的菜，菜品那样丰盛，父母对她格外地关切，以至于后来有人对她莫名地好，会让她有深深的恐惧。母亲殷切地问她最近的情况，父亲在一旁默默不说话，但是却带着微笑地看着她，她突然感受到一股幸福，想永远地留下那一刻的温暖，然而有那么一刻空气突然静止了。

"我和你妈离婚了。"父亲褪去温和的笑容，低着头将脸埋在阴影里，显得整张脸都黑了。

苏星辰愣了好久才反应过来离婚这回事，她看着那一桌菜失去了胃口，想着是不是今天不来吃这个饭，离婚这事儿也就没有了。

被安排去上海读书的前几天，苏星辰停掉了所有的课。有一天中午她在午睡，醒来后看到窗外的太阳明晃晃的，院子里一丝风也没有，世界安静得失去了所有的声音，越是安静，内心就越是嘈杂，就好像收音机失控了，杂音噪音掺和着广播袭击着耳膜和大脑。她觉得心里涌动着一股无名的情绪，绝望像潮水般越涨越高，再也压抑不住。突然她意识到，过去的一切要从她的生命里永远地消失了，爸爸妈妈，同学发小，她可能都再也见不到，昨天的课桌再也摸不到，自己暗恋的男孩子，她也来不及去表白了。两颗眼泪倏地就落了下来，她感觉魂儿都丢了，勉强地向楼下走去，刚好看到母亲坐在沙发上。

"妈。"她唤了母亲一声。

母亲抬头看她，被吓了一跳，苏星辰脸色惨白地扶着墙站在楼梯上。她走过去抱住母亲，伏在母亲肩上痛哭。

"妈，我不想走，我想他们了，你送我回去上学吧。"她带着乞求的眼神望着母亲。

星辰妈听到这里眼睛里也泛出了泪水："别哭，孩子，过几天你就能去上学了。"

可是母亲说的那个学校和她心里的学校相隔着十万八千里啊！她开始号啕大哭。

他们送她去机场的那天，父亲一会儿看看她，一会儿又看看母亲，仿佛有许多话，却一个字都讲不出，眼神被一层灰色的雾笼罩着。有一个时刻，他突然觉得可能有些来不及了，许多话再不讲也许再也没有机会。

"辰。"父亲叫了她一声，苏星辰抬起头看他，"你要永远学会保护好自己，"他声音颤抖着说，"夫妻本是同林鸟，大难临头也会各自飞，无论什么时候，自己要有本事。"

苏星辰看了看背对着她的父亲，又看了看低着头的母亲，不知道父亲的话是说给母亲还是说给自己。如果苏星辰知道那是最后一次见父亲，也是父亲这辈子跟她说的最后一句话，她可能会再说些什么，或者去抱抱父亲，可是她一直都和父亲不好，也没有拥抱父亲的习惯，这成了她心里的一个遗憾。

苏星辰转身走向安检，父亲的目光一直锁着她的背影，她回头，父亲深沉的眼神动了下，倏地抬起手，朝她摆了摆，又停了下来，嘴抿在一起。苏星辰现在可以解读为，他心里揣了巨大的秘密，知道真相将比苏星辰看到的更加破败不堪，于是费尽全力让苏星辰看到一切都是可控的，他那个隐忍的眼神道出了一切，可是在那时的苏星辰看来，一切都很古怪。爸爸用凝重的目光注视着她，妈妈穿着一身黑色的连衣裙，像一朵优雅的黑玫瑰。

苏星辰第一次体会到了揪心的感觉，渐渐地她却感觉麻木了，没有情绪了，像个木偶一样走进安检，再回头，却发现母亲和父亲都变矮了，她看着那两个逐渐消失的、可爱的、慈祥的、爱她的人，转身走向安检。她知道自己长大了。她再也没有回头。

10

窗外下起了雨，硕大的雨点拍在玻璃上，又在重力的指引下滑向地面，天空中时不时地传来雷声。林道站在上海中心最高层的玻璃墙面前，这座中国第一高楼他还是第一次上来，乌云就在眼前飘荡，流速极快，向下望一片阴雨连绵，向上却是阳光和晴空，他刚好站在两个世界的交界处：太高了！他俯视着地面，密密麻麻蝼蚁一般的不是人，而是楼宇。站在上海的最高处，所有的高楼大厦都显得低眉顺眼。巨大的落差感让他胸间荡起汹涌的波澜，那一刻他爱上了这里。

林道回想自己这一路走来，顺风顺水就不要奢望了，逆流的时候能够不逆风，已经算是老天眷顾了。他从河南走出来，是那个年代村里唯一的大学生，尽管在上海这个大都市，他所就读的学校是一所不起眼的大学，可在自己的家乡他却是铠甲满身，荣誉无数的英雄人物。大学以前他没用过电脑，没坐过地铁，没见过灯红酒绿的夜晚。当他渐渐明白同学奇怪的笑容和嫌弃的态度源自一种情绪——鄙视，自卑便杂草一般在心间弥生。

贫穷也许是邪恶的土壤，也许是力量的源泉。

他开始渴望赚钱，超市门口发小广告，餐厅打工，天桥上摆地摊这些他统统都做过，虽然赚了一些钱，可是也仅能稍微改善生活。直到接触了股票，他才知道原来有一种生意，可以坐着就把钱赚了，甚至不需要门槛，他开始渴望通过股票赚大钱。人会鄙视你，股票不会；人会有情绪，股票没有。对他来说，股市的逻辑要比人性的简单规律得多。

没有本钱炒股，他省吃俭用甚至借钱炒股；不懂怎样选股，他买了股票相关书籍，没事就在宿舍里研究。他还去找了与股票交易相关的实习。别人收盘下班后就回家了，他经常在公司待到半夜；别人赚了钱出去改善生活，他继续将钱投入股市；别人亏了钱打算以后不再碰股票了，他却闭门在家中反思自己哪里出现失误，下次要如何避免。就这样一点点从零学起，一步步走到今天。

日复一日，自卑似乎被他遗忘了，人只有完全沉浸在一件事中，才会真正忘却生活的苦楚。他的脸渐渐变得和股票一样，看不出情绪，冷若冰霜的面具成了他的脸、他的皮、他的代言人。

乌云一点点累积，沉甸甸地往下坠，雨滴脱离云团的契约转而归顺了大地。他感到一股烦闷，开始羡慕起雨滴来。

"你也在这里。"循着声音，只见霍总朝他走来，他低着头吸了下鼻子又抬起头："上来看看，之前还没来过。"

"是该常上来看看，"霍总看着旁边一堆堆、一簇簇的游客，脸上写满厌恶，"俗是俗，谁让它独一无二呢。"

两个人找了张桌子靠边坐了下来，点了两杯咖啡。

"十年了，真快。"霍总嘴角露出一个突兀的微笑。

"嗯。"林道望向窗外，乌云越积越厚，仿佛要将上层的阳光全部遮住了，空气突然安静了下来，电闪雷鸣，雨声淅沥。

"到这个月底，那件事的追诉期就过了。"霍总说。

林道本来去端咖啡的手突然停了下来，像受了一记重锤，他收回手臂，靠向椅背，将双手抱在胸前。

"你有什么想法吗？"霍总将身子向前探了探，狐狸般的眼睛打量着林道。

"没有。"

"那就好。"霍总的眼神变得有一点凌厉，"永远不要出什么岔子，成年人的机会就那么几次。"

"起诉的事情你打算怎么处理？"

"交给公关团队吧，目前交易不能少人。"

霍总撇了撇嘴，轻轻叹了口气："上面肯定要个交代，近期你可以不辞退她，后面要给个说法。虽然她交易做得不错，但是大公司，规矩比能力更重要。"

"嗯。"林道低垂着眼帘。

"我知道你不爱听，"霍总端起咖啡，"磨拉完了，驴该杀还得杀。"

苏星辰风风火火地跑到公司，雨下得大，鞋都被浸透了。

她站在霍总办公室的门口，正犹豫着要不要进去，这时刘秘书矮胖的身影从远处走了过来，苏星辰没戴眼镜也感受到了那几乎挂到耳朵上的笑容。

"你怎么来了呢？"刘秘书拍拍苏星辰的胳膊，"淋得像个小傻瓜。"

苏星辰低头犹豫了一会儿："我来把这封信交给霍总。"

"90后还会写信呢？"刘秘书的表情相当惊讶。

"道歉信。"苏星辰解释，"总该有个认错的态度。"

刘秘书有点难以置信："你还真是不了解霍总，进来，我给你上上课。"她说这话的时候语气柔和，完全没有架子。

办公室只有她俩，刘秘书温和的气场让办公室变得温暖了起来，她递给苏星辰一杯热茶："女孩子着凉就不好了。"

"谢谢，"苏星辰接过茶，"你可真好。"

苏星辰很少和刘秘书谈话，两人年龄差距大，但是每次见到刘秘书，她都一副乐呵呵的神情，像个弥勒佛，给苏星辰留下了极好的印象。

"你是不是很怕霍总呀。"刘秘书问。

"有人不怕吗？"

刘秘书笑了笑："你说实话，你就没有好奇过我这样的人怎么会在霍总身边当秘书吗？"

苏星辰怔住了，茶叶在水杯中打着旋儿："您温和敦厚，实至名归。"

"真的吗？"刘秘书指了指自己的太阳穴，"你就不觉得我这里有问题？"

送命题啊！

"没有。"苏星辰斩钉截铁地说。

"你不用不好意思，"刘秘书说，"外面的人怎么想，怎么说我，我心里还不清楚吗？都活这把年纪了。"

"不不不，您看起来非常年轻。"

"哎，你跟我不用这么拘谨，"刘秘书温和地嘱咐，"你看外面像霍总这样的大老板，哪个不是带着体体面面的秘书，可我，又老又矮又胖，脑子也不如你们这帮年轻姑娘。"

"快别这样讲，"苏星辰连忙制止她，"人格魅力不是靠这些来定义的。"

"可别说这些，"刘秘书别过脸去摆了下手，"你知道吗？我跟了霍总有20年了，一开始从一家小公司，一直到现在，可以说她当上老总有多久，刘秘书就存在多久啦。"

"啊？"

苏星辰惊讶地张开嘴巴，20年，那是接近四分之一的生命，整整一个青春啊。

"想不到吧，哈！我一路看着霍总走过来，她的脾气秉性我甚至比她自己还要了解。"刘秘书眼神里流露出一股慈祥来，"她早年经历了蛮多事情的，你们90后还不懂，一个女人在那个年代，想做出一番事情要有多么大的付出。"

说到这里，刘秘书竟然有些动情，苏星辰也有些被感染。到底是什么驱使着刘秘书一直跟随在霍总身边，还如此地维护她呢？苏星辰感到好奇。

"但是我太知道了，我太了解她了，人永远都不是你表面上看到的那样。一个看起来凶神恶煞的恶棍可能是一个充满善意的邻居，一个话不停的开心果有可能是一个抑郁症患者，一个慈眉善目的老实人也有可能是一个工于心计的阴谋家。总之你要多观察，多思考。"刘秘书说。

突如其来的推心置腹让苏星辰的心里升腾起一阵感动。

"瞧，我都忘了说正事了。我可以打开它吗？"刘秘书指了指苏星辰手里的那封信。

苏星辰双手将信递给她，她拆开信封，扫了两眼，又将信折好塞回信封。

"这信，你就不必交给她了，"刘秘书将信递给苏星辰，"只会扣分。"

苏星辰有点不知所措，刚才的感动被"扣分"两个字打散得一丝不剩。

"还不如准备一个弥补方案。而且要考虑周全的弥补方案，霍总在公事上不打感情牌，"刘秘书顿了顿补充道，"起码，要看起来不能像打感情牌，你懂了吗？"她朝苏星辰调皮地眨了眨眼。

苏星辰似懂非懂地点点头，刘秘书笑着拍了拍她的肩膀。

从霍总办公室出来后，苏星辰觉得收获了很多，又觉得一无所获，甚至觉得形势不进反退。此刻所有的人脸和形象在她心中都变得模糊了。

11

邵波一个人坐在吧台前点了杯白兰地，玻璃杯中褐色的液体在微蓝昏暗的冷光下竟散发出一丝柔和。这时，一个长腿姑娘走到了邵波座位边上。

"帅哥，你这么好看，肯定好多人找你要电话吧？"

邵波看了她一眼，将脸转向另一边。

"要和给是两码事。"

这时旁边又来了个女生径自坐在了长腿妹要坐的位置上。

"哎，你干什么呢？我先来的。"长腿妹不高兴了，朝后来妹吼道。

后来妹也不示弱："那谁让你刚才不坐呢？"说着抬头看了看邵波。

两个人在那边推推攘攘地吵了起来，邵波端着酒杯去桌子边找了个位子坐下，这种场景总是在他身边发生，现在连热闹都懒得看。

邵波看起来像个模特，事实上他曾经就是个模特。183的身高，俊秀的脸庞，细长的丹凤眼，以及高挺的鼻梁和细尖的鼻翼，眉目间的比例完美得就像造物主用很细的狼毫笔精心勾勒过，带着些许高冷，让你很难不去注意这张脸。

做模特是两年前他无意中的一个想法，他用了一个月时间将体重从80公斤调整到70公斤，又用一个月时间拍摄模特卡，并安排自己的助理去联系模特公司，后来就顺利地成为了一名小有名气的模特，然而这一切不过是他的爱好与尝试之一。他还喜欢越野、旅行、音乐和读书，喜欢任何没有探索过的事情，对生命的冒险心驰神往。

这时一个人从门口走进来坐到了邵波边上。

"怎么才来。"邵波抱怨了一句。

"堵车啊。"韩骁一脸的无奈，"走吧，就在对面。"

"你叫她过来不行吗？"

"她现在出不来。"韩骁说，"还没收盘。"

"那你等我喝完。"邵波白了他一眼，"我这客户当得也太积极了点。"

邵波习惯于在酒吧或者餐厅谈事情，今天约在公司，场合对他来说有些正式了，如果不是韩骁叫他来，他肯定不会主动到别人的公司去。韩晓这个研究生时期的同学为人厚道，仗义诚恳，因此邵波与他在国外读书期间结下了深厚的友情。

两个人走进宏博大厦的旋转门，径直走向电梯，按下了27层的按钮。周围的人都穿着衬衫西装，而邵波穿着一件豹纹的衬衫，黑色长裤，头上还戴了一顶黑色帽子，这身行头放在别人身上可是要有些不伦不类了，可是穿在邵波身上却很时尚。

电梯缓缓到了27楼，韩骁带着邵波走到了交易部前台，报了名字后，前台的美女直接带他们到了VIP会客室。在会客厅里，邵波盯着窗外看了几分钟，开始觉得有些无聊。这时，苏星辰出现在门口，穿着一件白色的雪纺衬衫，黑色长裤，腰肢纤细，浓密的黑发垂到锁骨，看起来娇小精干，刚进门便露出了一口整齐洁白的牙，笑容有点像向日葵。

"下午好呀。"苏星辰走到两人面前，坐在柔软的真皮沙发上。

"你吃过午饭了吗？"韩骁问苏星辰。

"等会去，刚开完会。"

"这是邵波，上次跟你提到的朋友。"韩骁一边说一边将左手摊向邵波的方向。

邵波从玻璃墙转过身来，走到沙发上坐下，苏星辰在包里翻名片，准备递给邵波。苏星辰今天忘记了戴眼镜，她总是忘记戴眼镜，也总是丢眼镜，所以干脆就不戴了，因此看什么都朦朦胧胧。此刻韩骁满脸笑意地看着苏星辰，邵波已经坐在了对面，苏星辰掏出了一张名片，双手递给邵波，微笑着抬起头。

"你好，我叫苏……'鹅叫男'？"

苏星辰突然呆住了，她怀疑自己看错了，又眨了眨眼睛靠近一看，是那天的男生。

韩骁愣在了那里，邵波却若无其事地笑了。

"又见面了哈。"

"看来不用我介绍了。"韩骁看着俩人的表情说道，"不过，'鹅叫男'是谁？"

邵波笑了笑。

"是个误会。"

苏星辰尴尬得说不出话来，那天被捉弄的场景一直在脑海里挥之不去，怎么会这么巧呢？不过那天他看起来病怏怏的，今天看起来却不大一样。

"就是你在找管理人？"苏星辰问。

"对。最近看了几家。"

苏星辰点点头："那您有什么想法呢？"

"我不太懂。"邵波两腿叉开坐在沙发上，姿势很是随意。

于是苏星辰将手里的资料发给两人，那上面有公司的介绍，她又给两人讲了下业绩以及团队情况，并隆重介绍了林道的过往经验。

"真有这么靠谱吗？"邵波挑了下眉头，"说真的，苏经理，你这讲了这一大堆，无非就是说自己机构选股能力强，但我的同学很多都在金融机构工作，做对冲的、量化的，什么都有，我要是想咨询，一抓一大把，都把自己说得很好呢。"

"星辰这里确实不错，"韩骁帮腔道，"他们公司业绩网上也可以查到排名，很靠前。"

"王者和青铜还是有差距的。"苏星辰补充了一句。

接下来苏星辰讲了一堆有关选股策略和交易技巧的事情。邵波听着，脸上一点反应也没有，甚至连眼珠子也没有转。苏星辰越讲越泄气，她明显感受到邵波听不懂，讲着讲着就停了下来。

"还是交给业绩说话吧。"苏星辰端起面前的咖啡喝了一口，最近睡眠很少，她强打精神，此刻的她烦躁无比。

"具体方案，有吗？"邵波问。

苏星辰还是第一次听说来买基金问操盘方案的，一般客户直接认购产品就是了。

"哪有什么具体方案呢？"苏星辰嘴角挂上了一丝类似于嘲笑的笑容，"基金经理也是跟着行情走，谁能预测到半年后的行情呢？"

邵波皱了皱眉头。

"我要看方案。"邵波向后一靠倚在沙发上。

苏星辰看了看韩骁，觉得有些尴尬。

"我这3000万也不算小资金了，又不是不给你们分钱。"

"3000万的资金，在我们宏博还真算不上大资金。我们那些客户，动辄上亿，上十亿的都有，大家也都没有要方案呀！"苏星辰语气尽量柔和，"不过您要是追加到一个亿我可以问问林总能不能单独立个基金户，再给您一套方案。"

邵波看着苏星辰，原本热情的眼神慢慢黯淡了下来，转而变成了冰冷。

"你是在施舍我吗？"他的目光有些凶。

苏星辰被这样的一盯搞得心慌，愣在那里不知说什么。

"我看起来像乞丐吗？"

邵波语气淡漠却有力，目光冷静且犀利，苏星辰感觉心头唰地一凉，在一旁的韩骁也被吓了一跳。

"我不是这意思。"苏星辰连忙解释，"您误会了。"

"说都说了，还不承认。"邵波说。

"您过于敏感了。"苏星辰甚至不知道自己哪句话说错了。

"不是我敏感，你不懂尊重人啊！你语气好点也就算了，这样讲话，就好像我是个乞丐，还要你施舍？"邵波激动得声音都变了，本来说话语速慢悠悠懒洋洋的，带着港台腔，现在语速很快，吐字也很清晰。

"我什么态度？"本就疲惫的苏星辰也被邵波的反应激怒了，"我这是真诚的态度，你这是无理取闹。"

一旁的韩骁此刻尴尬无比，急忙过去劝解。

邵波转过头觉得不可理喻："你侮辱我，鄙视我，现在还污蔑我无理取闹。"

苏星辰心里想：这个大少爷是不是在家里就不能受一丝委屈？这也太反应过度了。她想道歉，但是又觉得没必要，正常人类都不会这样小题大做。

"这合作不能谈了!"邵波指着苏星辰的鼻子,"要不是看你是女生……"他咬着牙,眼睛开始变红,声音从喉咙深处发出有些颤抖,"算了。"说罢起身就往门口走。韩骁看了苏星辰一眼,一脸焦急赶忙追了出去。

苏星辰也被邵波的反应震惊了,虽然他在生气,可最后那个表情,她觉得邵波好像受伤了,她的心里"咚咚咚"直打鼓。这时刘秘书的那句话突然出现在苏星辰脑海中:"要想办法弥补你的过失。"弥补,也许这3000万就是一个弥补的好机会。她连忙转身去追邵波,在走廊拉住了他,邵波被她一扯愣住了。

"邵先生,咱们好好谈,"一个笑容在苏星辰脸上浮现,"好好谈,我先给您道个歉。"

12

最后一轮面试了。

杨芷晴紧张地在洗手间看着镜中的自己,那双狐媚的眼睛,几乎占掉了整张脸的五分之一,白皙皮肤,小小的瓜子脸,亚麻色的长卷发,无比精致的五官再配上一米六八的身高,凹凸有致的身材,令她走到哪里都是焦点。

她今天穿了一件白色的连衣裙,她不喜欢黑色、灰色这些老气的颜色,尽管在冰冷严肃、黑白灰是标配的金融行业,她还是尽量为自己添加一些颜色。有时候是一条爱马仕的橙色丝巾,有时候是一对蒂芙尼蓝的耳环。她还喜欢化很浓的妆,眼睛一年四季接种着假睫毛,头发的颜色和长短就没消停过,刚刚剪了齐耳波波头,过了一个星期又立马接回黑长直。

人们都觉得长相平平的女孩应该更爱打扮，然而事实却是，越是美丽的女人越爱精心打扮和折腾自己，长相不尽如人意的甚至有种破罐子破摔的架势，直接素面朝天了。

刚刚结束的法国之旅无法给此刻的紧张带来一丝缓解，此刻杨芷晴手心开始出汗，心脏跳动频率似乎也提高了。她补了补口红，深呼一口气走出洗手间。

电梯直达18楼，门一开，便是一幅金碧辉煌的画面，大厅装得富丽堂皇，地砖擦得锃亮，一眼望去，客户服务台是庄重的黑褐色，吊灯硕大无比，镶嵌了无数颗水晶吊坠，两侧还摆了几排真皮沙发，看起来柔软又舒适。

她走向前台，报了姓名后，漂亮的女前台便把她引到了一间江景很好的办公室。她坐下等了没多久，又被叫到总经理办公室。总经理坐在巨大的桌子前，穿着考究，目光炯炯有神。

"请坐，杨小姐。"总经理做了个"请"的手势，杨芷晴身上仿佛有引力一般攫住了他的目光。

他一边翻看着杨芷晴的简历一边打量着她。

"我看了HR的反馈，你以前的客户资源都还不错，可是我们私募基金和你以前面向的客户群体不同，你觉得你以前的资源能转化过来吗？"他的语调厚重而温和。

杨芷晴垂着眼帘思考了几秒，抬头看着总经理说：

"我在宏博的时候，主要职责也是维护原有客户，在开发新客户这一块，我可能……"她本想说自己不擅长，可是突然停住了，"我想我会尽力去转化。"

总经理眼神变得深邃了起来："原有客户是你开发的？"

"一部分是，"杨芷晴说，"还有一部分是公司直接派的。"

总经理点点头，低下头又翻起了那几页简历。

"这样，杨小姐，我有个建议。"他放下了简历。

"您请讲。"杨芷晴将身体向前倾了倾。

"在面对客户这一块，"总经理努了努嘴说，"老实说，我觉得你不大合适，当然你的形象是非常好的，但你的性格，嗯，怎么说呢？有点过于柔软。"

一番话戳中了杨芷晴的心坎儿，她的脸有些红了。

"所以，我的建议是，你要不要考虑来做我的助理？"

杨芷晴抬起头一脸惊讶。

"最近刚好有一位助理要离职了。"总经中肯地说，"这工作没那么累，待遇也一般，但是应该能学到不少东西。"

"可以的！"杨芷晴几乎没有思考就做出了答复，旋即又想到自己这样是不是过于着急了，"我的意思是，能给您做助理是非常荣幸的。"

来这里面试之前，她已经面试了三家客户经理的位置，对方不是嫌弃她资源不够好，就是介意她过往的污点，因此听到总经理助理这个新职位的邀请，她几乎想都没想就答应了。

总经理露出了那种扬扬自得、虚荣心得到满足的笑容："我欣赏你的直爽，那你就去跟人事交接一下吧，她会派其他的助理带你。"

"好的，我这就去HR办公室找她。"杨芷晴对意料之外的顺利有些喜不自禁。

"去吧，我跟她说一声。"

杨芷晴出去后，总经理拿起了电话。

"你还真是幸运！"总助一边打印资料一边看着杨芷晴说，语气酸不溜丢的，"果然美丽就是通行证，曹总这么瓷实一扇门，被你轻轻一推就开了。"

"总经理姓曹吗？"杨芷晴端着刚从总经理办公室端出的那杯水问。

"总经理？"总助一脸嘲笑，"谁跟你说是总经理的？那是公司董事长，曹世刚曹总。"

杨芷晴的一口水差点儿没喷出来。

"要不我说你幸运呢，人家都过关斩将，你直升机一路到终点了，得啦，不说废话，"总助将一摞资料放在她手里，"这部分资料你中午前整理好，放在曹总办公桌上，他午饭后要看。"

"好的，好的，怎么称呼您呢？"

"叶薇。"叶薇穿着一身黑色的西装，微胖，但看起来十分干练。

"这打印机你还用吗？"一个男生对叶薇说，"我有一堆资料要打。"

"我好了，"叶薇看着男生，转头对杨芷晴说，"给你介绍下，咱们公司评论员，方文强。这是新来的总助。"

"这么快找到接班人了，薇姐效率就是高，"方文强打量了杨芷晴一番，"加个微信吧，以后有重要事及时找你。"

"你能有什么重要事？"叶薇瞪了方文强一眼，她将脸侧向杨芷晴，"你可得注意这家伙，想清楚要不要加。"

杨芷晴笑了笑，看着方文强，他个子很高，瘦瘦弱弱的，看起来眉清目秀，脸上还带有一丝调皮的孩子气。

"好的，方前辈，以后请多多指教。"

"啧啧，人漂亮，性格还这么好。"方文强一番赞叹说得杨芷晴脸都红了，却引来了叶薇鄙夷的目光。

加好微信后，杨芷晴抱着那摞资料走到安排好的工位上开始一页一页地核对资料。手机振动，微信来了消息，杨芷晴划开来看，是方文强。

"美女，叶薇给你派什么任务了？"

她刚想怎么回复，又发来了下一条：

"你今晚忙吗？

"有空吗？

"要不要一起吃饭呀？"

迅猛的夺命三连彻底打消了杨芷晴回复的念头，她将手机调成静音放在了一边。

这时一页纸上的内容吸引了她的目光，那上面罗列的全部是一只股票的交易记录，总共有四个亿的金额，这四个亿交易量杨芷晴倒是见怪不怪了，关键是那只股票的名字她好像在哪里见过，在哪里呢？她越看越觉得眼熟，这只叫天尘生物的股票好像有听苏星辰提到过。

13

季霞有些不明白，为什么自己刚进来时没有被提拔得这么快。

她今年32岁了，在宏博当股票分析师也有五年了，可这五年来她一直保持"稳定发挥"，职位既没上升也没下降，年薪也只是按照合同规定每年涨那么一点点。

想想公司接下来想主推的几个分析师里没有自己，一阵深深的挫败感袭来。最近部门刚进来几个年轻貌美的海归，直接被霍总安排成为了TMT（通信、传媒、科技）行业分析师，那可是整个分析师领域最"性感"的板块，也是最活跃的板块。可这个领域的分析师几乎全部由霍总直招进公司，若非家大业大、背景深厚是不会得到霍总青睐的。

每个行业都有金字塔尖，而分析师这个职位的金字塔尖便是每年新财富评选的最佳分析师。有了这个title（头衔），年薪百万不说，各种想要的荣誉、名声、地位接踵而至，各家上市公司主动邀约，各大媒体纷纷报道，真真是这个行业的明星人物了。不过分析师有成千上万，可每年的板块行业最佳只有一人，爬上去的难度堪比西天取经，一路上斩妖除魔不说，还要通过各路"神仙"相助，写报告、拉选票、做公关，公募基金经理、券商经理、私募基金总经理，所有的人都成了拉票对象，因此想成为一名新财富年度最佳分析师一定要达到能力、人脉缺一不可，情商、智商双商在线。

季霞虽说经验和专业度远超这些新人，可人家一进来就有仙气护体，直接占到了季霞奋斗五年的终点线上和自己并驾齐驱，资源比自己好不说，连人都比自己年轻，就那个今早刚被点名提拔的王红妹，人家刚24岁，比自己足足小了8岁。

有那么一瞬间她觉得自己一无是处，名校、保研、海归博士这些耀眼的光环此刻反倒成了美丽的枷锁，让她没有资格成为失败者。

我还不够努力吗？

正在工位上发呆的当儿，新来的分析师王红妹来到季霞的工位前，她穿着一身香奈儿，皮肤白皙，化着最新款的网红妆，看起来青春靓丽又时尚。分析师毕竟是个面向外界的职位，形象还是非常重要的，眼前的王红妹就很符合时下的审美。

"季霞姐，我有看过你的分析报告哦，写得非常专业，我想来跟您请教学习。"

王红妹眨了眨大眼睛，嘴角上挂着动人的微笑，年轻的朝气扑面而来。季霞看了她一眼，这个刚刚被任命为新媒体行业研究员的冉冉新星，已经获得霍总的大力支持，位置在自己之上，现在跑来让自己带，难不成是要向下带？季霞觉得好笑。

"你客气了，我只是比你早了两年，谈不上什么专业不专业的，你再过两年会比我优秀得多。"

季霞恭谦又不失礼貌地说，她的举止永远大家闺秀一般得体，从不显露自己的真正情绪，哪怕她没在听你说话，也会温柔地应和，给予你足够的尊重。

王红妹眼睛里泛出小星星，脸上浮起崇拜的表情："季霞姐我没想到你专业上突出，性格还这么温柔，我好喜欢你。"

"哪里呢，前辈就要有前辈的样子。"季霞说着又露出了那个温婉的笑容：现在的小姑娘怎么上来就喜不喜欢的，这种莽撞的热情让她有些受不了。

"那季霞前辈我们一起吃个晚饭吧,我有好多问题想请教您。"

"不好意思,我晚上约了朋友。"

她觉得王红妹看起来太耀眼,甚至有点晃眼,但是季霞还是好奇她如何能来公司不到三个月就受到霍总如此大力地提拔。

"去楼下喝杯咖啡吧。"季霞露出了一个微笑说道,两个小梨涡嵌在脸上,"我请你。"

咖啡喝完,季霞也了解个七七八八了,这个王红妹确实是家里有矿的主儿,父亲的公司早就有资格上市了,家里人脉资源也早就给小姑娘铺好了路。所以即便是法律系毕业,但是回来就到了个最肥的板块,此刻输在了起跑线上的季霞觉得心服口服。不过看到王红妹和自己不是一挂的,心里反倒感觉平衡了。人有时候就是这样,对于难望其项背、一骑绝尘的人反倒不会嫉妒,而对于和自己半斤八两的,却见不得别人好。

晚上季霞到了小酒馆的时候,杨芷晴和苏星辰已经到了。苏星辰挥舞着双臂跟季霞打招呼,那样子好像几年没见了。

"别挥了,"季霞一边走向两人一边说,"你怎么跟个风车似的。"

苏星辰迫不及待地跟季霞分享了杨芷晴面试成功的消息,又把来龙去脉讲了一遍,听得季霞也跟着兴奋起来。

"这运气真是可以的,"季霞看着眉眼间喜洋洋的杨芷晴感叹道,"也真是因祸得福了,总助不比客户经理差,而且曹总那边我认识,他有三家金融公司呢,你一定能学到不少东西。"

杨芷晴小鸡啄米一般地点头:"我也这样认为,而且新同事都不错,很热情。"

"哪有对大美女不热情的,"苏星辰笑嘻嘻地说,"我看尤其是男同事吧。"

"你乱讲。"杨芷晴低下头害羞地喝了一口大麦茶。

"切，被说中了还不承认，反正今天你买单啊，攒人品。"苏星辰说着翻开了菜单。

"那必须我买单啊，"杨芷晴抬起头用夸张的声音说，"我跟你们讲，今天挑贵的点，便宜了我都不乐意。"

几杯酒下肚后，气氛暖烘烘懒洋洋的，三个女孩交流着最近的生活、工作、感情和遇到的新鲜事。聊到那天报道渣男事件的时候，氛围有点不一样。

"苏星辰，你下手也太狠了，一顿操作，渣男被你轰成了渣子。"杨芷晴说着，眼泪却要下来了。

季霞和苏星辰愣了，看着杨芷晴坐在那里又喜又丧的样子有些发蒙。她是个性情中人，虽然是个大美女，可从来不会恃美而骄，对待男朋友真心付出，对待朋友也真诚直爽。

"对不起，杨芷晴，我当时还是太冲动，"苏星辰握着杨芷晴的手，"如果是现在，我大概率不会那样做。"

苏星辰也觉得伤感，她已经为口无遮拦和冲动付出了代价，可惜这一课她懂得太晚了，她想起刘秘书的那句话，不知道弥补还来不来得及。

"别这样讲，"杨芷晴努力地将泪花吸回去，"你做得没错，我只是一时还走不出，毕竟……"她一口气喝掉了一杯烧酒，"毕竟我还是爱过他。他追我的时候，恨不得把心掏出来，现在走了，连个招呼也不打，却把我的心掏空了。"借着酒精的作用，杨芷晴伏在桌面上哭了起来。

两个人默不作声地拍着她的肩膀，任她的情绪宣泄。苏星辰开始怀疑自己是不是做错了什么，她总是疾恶如仇，以为错的恶就不该存在，因此做事毫不留情，可是现在她开始质疑自己的方式是不是过于极端。

"渣男是该得到点教训呀，"季霞拍着苏星辰的肩膀说，"别多想了，你也算帮咱女人出了口气。杨芷晴你也别难过了，只要新欢够好，旧爱分分钟被炒，那种人不除了他留着干吗？继续祸害女人吗？"

"季霞姐说得对。"杨芷晴抬起头破涕为笑，苏星辰也勉强在凝重的脸上挤出了微笑。

"都别想了，"季霞举起酒杯，"都过去了，女人就得保护女人，走一个。"

季霞在三个人中年纪最大，经常扮演开导别人的角色，自己却很少将麻烦抛给别人。几个人继续谈天说地，说着说着音调就高了起来，引来其他客人的侧目。苏星辰讲到兴奋处就比比画画的，差点打到旁边的季霞，感觉狭小的空间限制了自己的发挥。

"话说曹总都给你派什么任务了？"季霞关切地问杨芷晴。

"嗨，第一天倒是没什么事儿，不过是整理整理资料，不过，星辰，"杨芷晴似乎回忆起了什么一样转向苏星辰，"今天我遇到了一件巧合的事，你猜怎么着，就是我在帮老板准备材料的时候，发现了一份交易单，上面全部是你上次跟我说的那只股票，你说巧不巧？"

"我上次跟你说的？"苏星辰一时间没想起来，她经常跟朋友讲这样那样的股票。

"就是那只叫天尘生物的。"

"你确定？"苏星辰瞪大了眼睛

"确定。"

"多大交易量。"

"大概有四个亿。"

"四个亿！"

和昨天大宗交易走掉的资金量刚好吻合，苏星辰感觉清酒在体内瞬间蒸发了。她的惊讶引得季霞和杨芷晴面面相觑。

"你能不能把这事情再讲清楚点？"苏星辰说。

14

夜深了，刚下过雨的上海夜空总是格外地红，五彩的霓虹和耀眼的白炽灯交织出来的天穹下，看不见一颗星。水汽氤氲在空气中，为城市罩上了一层纱雾般的面具。

林道披着一件风衣，轻手轻脚地在门口处换上运动鞋。

"这么晚还出门？"妻子站在卧室门口看着他。

"有急事，"林道低着头认真地系着鞋带，"抱歉吵醒你了。就在楼下咖啡厅，很快就回来。"

妻子站在那里没有说话，只是看着他，氛围有些尴尬。她和林道是大学同学，也许是林道的踏实和认真打动了她，一毕业，她就和林道结婚了，还生了一对双胞胎。林太太个子不高，微胖，眉目间透露着谦和，眼睛充满神采，仔细一看也是个美人，只是现在有些上了年纪，眼角添了几丝鱼尾纹。

林道用手摸了摸鼻子："要不，你一起去？"

妻子沉默了几秒："不用了，你去吧，"她声音中带着疲惫，"明早我还要去送孩子，你早点回来。"

"好。"

林道走后，林太太看着门口怔了有一会儿。林道经常半夜出门，也经常出差，股票的工作似乎没有休息的时间。因此自己就成了全职太太，她曾是个美术生，学的是服装设计，理想是成为一名服装设计师，可是为了林道的梦想将自己的事业搁置了，这一停就是十年，她再也没有拿起过画笔。

雨后夜里的风透骨凉，林道裹紧了风衣向小区门口走去。他到了一家咖啡厅，见苏星辰坐在门口的椅子上，咖啡馆打烊了，她就坐在外面等他，神情看起来有些焦急。

"怎么这么急啊？"林道一边坐在椅子上一边问，"还神神道道的，明天说不行吗？"

"林总，曹世刚您认识吗？"

听到这个名字，林道怔了一下，旋即沉默了几秒。

"嗯，"他看着桌面，"你哪听来的这个名字。"

"他是不是买了很多的天尘生物。"

林道猛地抬起头，疑惑、不安、惊讶汇聚在林道的眼神里，似乎苏星辰掀开了什么不该碰触的东西。

"我怀疑上周的那笔大宗交易是他走的。"苏星辰继续说，"我怕电话里讲不方便，所以亲自过来了，抱歉打扰您休息。就是我一个朋友今天去面试，很巧的是那个公司就是曹世刚的公司，更巧的是她竟然面上了总助，因为那个姑娘很漂亮，所以这个职位曹世刚几乎想都没想就给她了。"

"说重点！"

"曹总他们大概走了四个亿天尘生物。"苏星辰又补充了一句，"我朋友整理资料时发现的。"说完她用手捂住了嘴巴，暗自责怪自己不该喝那么多酒，表达废话连篇的。

"这么巧四个亿？！"

"对。"

"准吗？"

"准。"

林道用手指敲击着桌面，怔怔地盯着远处的地面。许久后长长地吐了一口气

"就怕之前收筹码的和这次接大宗的是同一家，这样的话对方手里的筹码就太多了。"他盯着远方的地面，"一个囚徒跑了，很有可能导致泥沙俱下。"

"啊！"苏星辰惊讶地叫了一声，"您是说曹总是囚徒之一？"

林道没回答。

"会崩盘吗？"苏星辰问。

"说不准。"林道抬起头，"这件事还有谁知道吗？"

"我的两个朋友，"苏星辰说，"不过我已经嘱咐过她们不要乱讲。"

林道点点头："有些事情，知道的越少越好。"

就这样两人安静地坐了十多分钟，夜越来越深，空气也越来越冷，苏星辰开始双手抱在胸前。

"今天先这样吧，你先回去休息，明天早点去办公室。"

"啊？可是还没想出解决方案，万一明天……"这么重的仓位，要是崩盘，今年业绩就全没了！苏星辰有点慌，可林总看起来怎么不着急呢。

"没办法。"林道目光茫然地看着别处，"目前为止，一点办法也没有。"他的声音带着疲惫和无奈。

"那您也早点休息。"

林道点点头。

回家路上，苏星辰感到前所未有的焦虑，最近发生的事情太多了，葫芦没按下去，瓢就起来了，撕渣男、面临起诉、弥补方案，现在又面临天尘生物的可能崩盘，天哪！她在心里默默地喊了一声，此刻思绪混乱无比，她想着赶紧回家睡一觉，醒来后也许一切就都解决了。

头真痛啊！

苏星辰坐在工位上扶着额头，昨晚喝了酒，又吹了风，一大早头重得像被塞了铅块，她耷拉着脑袋，坐在工位上一副毫无生气的鬼样子。

"哟，怎么了这是？"郑翔把椅子滑到苏星辰工位旁，"蔫儿了。"

"头疼，"苏星辰摇着头说，"喝完酒，还吹了风。"

"哈哈，西北风掺酒里了？"郑翔拿过苏星辰的杯子走向饮水机，"喝热水啊你倒是。"

苏星辰点点头："你是在骂我！"

"测试下影响智商没，喝水！"他将水杯放在苏星辰桌上。

这时林道从门口走了进来："小苏。"

苏星辰放下刚拿起的水杯，小跑着跟着林道进了办公室。

林道坐在椅子上，脸上带着笑意，苏星辰却被这个反常的表情吓了一跳，好像昨晚满脸愁容略带阴冷的林总从来不曾存在。

"先去给我倒杯水。"林道一边开电脑一边说。

苏星辰拿起林道的茶杯去接了杯开水放在林道面前。

"你上次提到，有几家卖方的分析师要来反路演是不是？"林道看了看那杯开水，皱了下眉头将水放到了一边。

"是的。"

"很好，"林道脸上露出了笑容，"那么你今天抽空去安排吧。"

"今天吗？"苏星辰确认自己没有听错。

"对，越快越好。"林道说。

"好的，我应该一会儿就能联系到她。"苏星辰说，她很想问为什么，但是林道一定会让她自己思考这个问题。

"你不要显得很积极，"林道嘱咐，"要用语言引导对方早点来做路演，但是不能很刻意，也不要显得很着急。"

苏星辰坐在那没反应过来，眼神有些迷茫地盯着林道。

"你一着急，别人会怀疑，觉得你有目的性。"林道说，"别人觉得你有目的，就会停下来观察你，而不是积极配合你，悟性这么差呢！"

"好的，我知道了，我理解您的意思了。"苏星辰捏着手指说，"可是我得回工位上再想想怎么说。"

林道将身体向前倾了下，他看着苏星辰的眼睛，"你知道我的用意吧。"

"知道，"苏星辰说，"尽快安排反路演，但不能显得太刻意太着急。"

"还有呢？"

"股价不能跌，"苏星辰说，"即便短期不涨，也尽量不要跌。"

"差不多了。"林道嘴角挂着一丝笑意，"更主要的是，我们要握紧股票，不能被洗出局。不见兔子不撒鹰，把鹰看好了，就不怕被兔子带了节奏。"

15

次日上午10点钟，反路演在宏博27楼的VIP会客厅举行，来的人有三家卖方的分析师和研究员，分别是土星证券的吴强、天池证券的周伟和同和证券的赵彤彤。同公司的业务要进行隔离，因此季霞没有参加这场路演。

林道今天特地穿上了黑色西装配上了领带，不似平日里的格子衬衫。苏星辰在现场准备了调研的资料和矿泉水，路演一般由卖方发起，而反路演一般由买方发起，林道管理的基金是买方，因此组织的是反路演。反路演的规模一般都不大，今天的会议现场一共也就七八个人。昨天苏星辰沟通得很顺利，这几家卖方老早就想在林道这里多了解些天尘生物的情况，林道跟踪了这只票（本书中指股票）五年，对股性和公司内部的熟悉程度不亚于任何一个卖方分析师。今天出席的几位分析师、研究员并非来自很大的卖方机构，天尘生物到目前为止都没有吸引到主流研究所的关注，这是林道一直以来比较头疼的问题，可能由于是边远地区公司的原因，在这个市场上存在很多的争议，即便是真正的黑马，也总有质疑的声音。

参加的研究员一共有三个人，宏博这一方只有苏星辰和林道，会议开始了，研究员开始提问。

"请问林总为什么如此坚定看好天尘生物这家上市公司？"土星证券

的吴强问。

"我们深入考察过上市公司，天尘生物的一家重要子公司，三年前新换了董事长，新董事长从美国回来。虽然年轻，但是科研成果显著，掌握了007号抗肿瘤制剂的生产配方，这几年这种药物在国内铺开得比较顺利，医生教育方面也做得很好。我预测这将带动该公司的股价上涨。因此我们长期看好。"林道回答。

"请问您是实地去调研过吗？"天池证券的周伟问道。

"我们深入跟进这家上市公司有五年之久，我个人以及苏经理曾不止一次去上市公司尽职调研考察。"林道说。

"那么贵公司如此看好这只股票的逻辑是什么呢？"唯一的一个女研究员周彤彤问。

"现在国内的抗肿瘤药物主要还是依赖进口，国外一些治疗癌症的药物效果非常好，一般都是口服，平均下来每年每位患者的消费在30万到50万。"林道不疾不徐地说，"而现在天尘生物公司研制出了007号抗肿瘤制剂，价格是进口药物十分之一，平均下来每位患者每年只要消费几万元，并且医保还可以报销，这样我们老百姓都能消费得起。你听到的为了抗癌而倾家荡产砸锅卖铁的例子还不多吗？"

台下的研究员们表情肃穆，认真地看着林道，林道继续说：

"这个药品研制门槛很高，但天尘生物的研发能力非常强，目前这种药物已经获得药监局批准，即将上市，我们非常看好这只药的未来，相信慢慢可以取代进口，全面占领国内市场。"

"可是目前上市推广的阻力在哪里？副作用有多大？会不会得不到医院和消费者的认可？"吴强继续追问。

"阻力一定会有的，"林道回答，"任何一个时代做第一个吃螃蟹的都不那么容易，投资如果没有前瞻性便也失去了意义。"

调研会持续了一上午，一直到中午12点。林道几乎一直在讲话，平日里寡言少语省下来的话，这会儿倒是全用上了。

他从洗手间里走出来打算到楼下食堂去吃饭，却在走廊尽头看到了霍总，她正在和一个男生交谈，他仔细看了看男生，是马可。一阵疑惑涌上心头，这两个完全没有交集的人会有什么事情商量？

这时霍总看到了林道，眼神里掠过一丝惊慌，她将马可打发走，朝林道走过来。

"听说今天的反路演反馈还不错。"霍总脸上带着笑意。

"还可以。"

"年底排名看来又有望了。"

"霍总和我们交易部的人有私交吗？"

霍总笑了笑："那倒谈不上，不过你也多带带新人，交易部又不只苏星辰一个人喽。"说完她朝电梯走去。林道看着霍总离开的身影，目光变得凝重了起来，他改变了原来走往食堂的方向，也朝着电梯走去。

林道的车在曹世刚的办公楼下开了一圈又一圈。最终还是找了停车位停了下来，他来到曹世刚办公室，曹世刚刚好在那里晒着太阳抽雪茄。

"卖了？"林道没有感情的眼神看着他。

"早知道瞒不过你。"曹世刚将雪茄的烟圈喷向空中，"不过你这消息也太灵通了。"

曹世刚还是有点惊讶，知道这事情瞒不过林道，但是没想到他竟然这么快就知道了。

"可是为什么呢？"林道问，"黎明前的一刻。"

"你也知道黎明前有多黑暗。"曹世刚说，"我也很想和你站在一起，但有些势力，我们都得罪不起。"

"基本的逻辑，不会因为任何资本势力的搅局而发生改变。"林道说，"这是一只被严重低估的股票，即便现在不涨，以后也会涨。"

林道的表情那样认真，曹世刚却笑了起来。

"可是我的资金等不及了，我已经拿了半年，"曹世刚的眼神凌厉了起来，"够意思了，给了你半年的时间，可是到目前为止你什么都没有让我看到。"

"我知道，"林道身子向前倾，将手放在桌子上，"但是不会再等多久了，再有三个月，只要我们能够等到下季度的报告出来，就可以打个翻身仗，我保证结果一定让你满意。"

曹世刚猛烈地吸了一口雪茄，眯缝起眼睛看林道。

"就只有这些？"曹世刚问，"单纯的基本面向好能有多大的势头呢？这个市场资金为王，你要比我清楚很多，可是现在资金都不愿追逐这家公司，基本面再好没人捧你又有什么用呢？"

"那是因为他们不懂，"林道开始怒吼，"那些逐利的人何曾真正关心过一家企业的成长，为了赚钱就算掏空了这家公司也在所不惜，可是，"他拍着桌子，"逻辑啊，企业成长，业绩上涨才是投资真正的逻辑，劣币驱逐良币才是这个市场真正的悲哀。"

"你倒是有情怀了，"曹世刚带着一脸嘲讽，"却要我们为你的情怀买单。资本是逐利的，不讲情怀。"

"不是为情怀买单，你相信我，再等等，现在有人要恶意做空，但只要近期不崩得太厉害，后面一定暴涨。"

曹世刚紧锁了眉头："你还是这样，明确告诉你我不会再入场了，刚丢出去的烫手山芋，除非……"

"除非什么？"

"你去调度那些资金，运作一把。"

林道将身体靠后，脸上带着复杂的神情。

"我知道靠基本面上涨比不上调度资金势头凶猛，但是我们要用合法的手段，十年前的错误……"

林道戛然而止，两个人都沉默了，许久曹总开口道：

"我们是多年的老朋友了，这只票我实在无法再支持你，不过我可以给你3000万的启动资金，一年时间，我要见到利润。作为老朋友我也不是不帮你。"曹世刚说。

林道转头看向窗外："你让我考虑下吧，不过我有个问题。"

"你讲。"

"大宗你走给谁了？"林道问。

曹世刚露出一个诡异的笑容，说："老朋友了，那天他主动来找我，我被吓了一跳，我没想到他会回来。不过商人逐利，他提的条件我实在不能拒绝。不过原则上我是站在你这边的，但你也不能耽误我赚钱。"

林道的下巴抽动了一下，面部有些扭曲。

"你早知道他回来了，对吗？大宗也是导给他，这一切都是他安排的。"

"林道，我想你知道，这一切不是我能决定的，市场太大了，你永远不知道会遇到什么样的庞然大物。不过你要清楚，"曹世刚说，"你的对手不是我，狙击你的也不是我。我只是根据市场逻辑，有人收，我就卖，即便不是导给他，也有别人会收，刚好他是那个人而已。至于他有什么样的计划，我全然不知。而你和他的私人恩怨，你知道我一直是你的朋友。"

林道坐在椅子上，沉默了很久。曹世刚的目光直视着林道，不像是在骗人。

从曹世刚办公室出来后，林道往停车场走去。傍晚的风吹过来，带着春末的味道，风里夹杂着过往的回忆，一些埋藏了很久的面孔开始在他眼前浮现。他早预料到这一天，那个人一定会再次和自己有交集。他启动了那辆跟随了他很久的奔驰，往家的方向开去。

16

从反路演现场回来，苏星辰觉得豁然开朗。

每个难题都有解决的办法，上帝给许多扇门上了锁，又给了你一大串钥匙，你要从这些钥匙中寻找那正确的一把，可是许多人却将精力浪费在了情绪而不是寻找钥匙上。一个人喜欢你是因为你的能力，但一个人尊重你往往是因为你的品格。林道在苏星辰眼里就是一个有着优秀品格的好老师，他低调内敛，言传身教，从来不会颐指气使。想到这里，她竟然有些感动，为林道这样不遗余力地栽培自己，也为自己有这样的好老板而感到幸运。

她一路走上楼，感觉今天的楼道比平日里更阴暗潮湿了许多，梅雨季将至，这样的季节让她透不过气。她生在北方，那里的秋天天高气爽，冬季大雪纷纷扬扬自有一番壮美，四季分明的气候养育了她粗犷的性格，她看起来很纤弱，可骨子里却始终带着北方人的不羁和真性情。

走到四楼的时候，隐约听见楼上有争吵的声音，她感到有些奇怪，楼上只有两家住户，一个是自己家，另一户是一对恩爱的老夫妻，从不吵架，难道是自己出现了幻听？继续上楼，争吵声变得越来越大，是母亲的声音啊！她赶紧三步并作两步跑上楼。果然家里的门敞开着，一种不安瞬间袭来，她几步跨进家门，直接映入眼帘的是两张凶神恶煞的脸。两个男人跷着二郎腿坐在沙发上，母亲则站在一旁。

看到苏星辰回来了，母亲有些惊讶，原本愤怒的眼神故作镇定，说："辰，你回房间吧？"

回房间！怎么母亲还觉得自己是个小孩子？她看着沙发上的两个男人，一胖一瘦，眼神凌厉，带有戾气。

"你们是谁？"苏星辰问。

瘦的男人从她进屋就开始打量她，此刻他好像发现了什么一样，眼里的怒意化作惊喜："你……都长这么大了，"他眼里带着一丝期待，"还记得我吗？"

苏星辰看着这张陌生的面孔，完全不是一张一眼能记得住的脸，眉毛很粗，皮肤很糙，脸看起来也凶巴巴的，可此刻眼神里却带着一丝柔情。

见苏星辰不说话，陌生男人继续说道：

"你忘了，你小的时候，我和你爸爸关系很好，经常去你家，你那时候总扎着两个小辫子。"

苏星辰似乎有了印象，她知道父亲有一帮吃喝玩乐的朋友，他们经常聚在一起豪赌特赌，他应该是其中之一，那些脸她无法一一回忆出来，她只是知道她讨厌他们。

"这么多年过去了，你都长这么大了。"瘦的男人的眼神打量着苏星辰，旁边的一个男人神情似乎也缓和了很多。

陌生男人的这番话莫名地有些暖意，让苏星辰回忆起了曾经疼爱自己的叔叔阿姨们。爸爸广交各路好友，小的时候，她总是收到各种各样的礼物，最时兴的裙子、电子手表、音乐盒，她一个小孩子哪里需要这些，可是这些朋友为了讨好爸妈，便把礼物全部瞄准了苏星辰。她记得一张张脸和他们说话时的语音语调，那是全世界最善意的语言和最恭顺的嘴脸，与今天苏星辰刚进门时看到的两张脸完全不同。这两个人应该不是来探望自己和母亲的，她现在讨厌见到以前的人，讨厌回忆过去，她和母亲逃离故乡的原因不就是要彻底地摆脱过去？然而此刻这两个人强行地把她们拉回到过去，让她的内心无比反感。

她看了看一旁的母亲，脸上也写满了不欢迎。

"你来干什么？"苏星辰问。

瘦高的男人低下头冷笑了几声，嘴角抽动了一下，脸上刚刚浮现的一丝温柔抽离了，眼神转而又凶狠了起来。

"你父亲死之前，跟我们借了很多钱，这么多年过去了，我们也不能就这么算了，这几年你们娘俩害得我们好找，总之这趟来必须有个交代，是法庭上见还是私底下了结你可以选择，嫂子你和我哥离婚的时候，债务可是一人一半，死了的人，我们没辙，活着的人要给个交代。"

苏星辰知道那笔债务，那年家里债台高筑，父亲就办理了很多商业银行贷款，并且用自己家的房屋去抵押，他一个人的额度不够，还用了母亲的名义去贷款，现在看来父亲似乎不止借了那些钱。苏星辰来到上海后，没多久母亲也来了，听母亲说父亲拿着那最后一大笔资金去了深圳，说是深圳有个项目可以把以前亏掉的都捞回来，然后——她没办法回忆下去——就是她去深圳见到了父亲的尸体。

苏星辰从回忆中出来，冷静地看着眼前的这个男人。

"你把凭证拿出来。"苏星辰说。

男人旋即掏出了一张借条，苏星辰看了一眼，那确实是一张有法律效力的借条，上面写着父亲所欠的金额为500万，父亲在写这张借条的时候还活着啊！那时他是怎么想的呢？这就是他留给自己的礼物吗？这就是他让自己不要忘记他的方式吗？

"我们没有这么多钱。"苏星辰说，这是实话，她虽然很想把这些钱都还了，这样以后就不用东躲西藏，可是这些年她虽然赚得多，也没有到能在两年内赚500万的程度。

凶脸男人一下子站了起来，他站起来指着苏星辰的鼻尖。

"我告诉你，今天你不给我个交代，我是不会就这么算了的，实在不行我就在上海住下了，你不是有单位吗？我就去那里闹，你们俩以后都别想好过。"

星辰妈站到苏星辰面前，用冷峻的眼光盯着面前暴跳如雷的男人，这女人向来温柔，从来不疾不徐："王富贵你有本事冲我发火，你跟孩子这样你好意思嘛你，你敢动她一下我跟你拼命，你什么都拿不到，我一大把年纪了，你敢毁我孩子前途你试试。"

她眼神里流露出能够吃人的目光，完全不像在开玩笑。王富贵看了也有些打战，他气势汹汹地盯着星辰妈，狠狠地咬着牙。

苏星辰搂着母亲的肩膀，轻轻拍了下把她向身体左侧推了推："没事儿，妈，我都长大了。"

得知父亲死去的时刻，她在大学的操场上哭了一夜，这么多年职场的经历，股市的大起大落，让她适应了生活总是给你意外的惊喜，或者惊吓。刚来上海的时候，那是怎样的一段日子？她总是梦到家里，梦到她长大的那座房子，总是半夜醒来给母亲打电话，问她什么时候可以回家，当听到那句"房子卖掉了"后，她意识到有个叫家的地方只能留在回忆里了，她以前不懂死亡，从那之后她懂得了，所有事物都有死亡的一天，死亡的意思就是永远回不去了，哪怕这个星球毁灭了，人类到火星了，宇宙大爆炸了，都回不去了，温暖不再，安逸不再，所剩的只是颠沛流离。

每一个女人、女孩的成长都是建立在破碎心灵的废墟之上，一开始她们哭泣，悲痛欲绝，企图留住过往，当有一天发现过往不再，温暖已逝，便擦干眼泪，不再留恋，苦难的折磨使人脱胎换骨。

"王叔叔，"苏星辰这句王叔叔叫得凶脸男人一愣，他的目光软了下来。苏星辰继续说，"我很想把事情彻底解决，这件事确实怪我们，可那些年我们真的没钱，我要读书，都要靠人赞助和妈妈打工，她一个月工资不过几千块，我们省吃俭用也刚好够生活，所以家里的债务只能放一放。"

星辰妈别过脸去，王富贵的脸上也有了被触动的表情，但依旧很凶。说到赞助人，苏星辰读大学的时候，有一位赞助人一直负责她的学费和大多数开销，可是到现在她也没有见过这个恩人。

"你别跟我们卖惨啊，我不吃这一套。"王富贵说。

"我用得着卖吗？"苏星辰脸上挂着冷静的嘲讽，"您看我们住的这环境，您又不是第一次登我们家门了。"

王富贵向四周扫了一眼，空间不大，装修简单，东西置得很整齐，但是跟以前的房子那是天壤之别，看来这母女确实日子过得艰难。

"就算是再着急，石头里也榨不出油来。"苏星辰也坐在了椅子上，

"我想解决问题，我们好好商量下吧，我刚工作两年，即便还债我也需要时间。但是对我父亲欠下的债，我在这里先跟你们道个歉。也表个态，这钱我会还的。"苏星辰看着王富贵的眼睛，她的眼睛清澈得像一汪清泉，真诚得没有任何杂质。

"唉！"王富贵重重地叹了口气。

"孩子，王叔这几年也不容易，咱们那小县城，500万不少啊，耽误了我们好多事情，你说你爸这搞得我们也跟恶人似的，但凡我有那个能耐，我也愿意做慈善，何必为难你们母女俩。可是我们也要生活，也要养家，你父亲那一遭可是害了不少人。你父亲拿走的那些资金也是我们打算用来做买卖投生意的钱，他这一死我们什么都没了，妻离子散，比你们好不到哪里去。"

王富贵说这些话的时候眼睛开始变红，晶莹的液体在眼眶中打转，说完他蹲在地上，用手捂着脸，看得苏星辰很是触动。

"那我们来商量解决办法。"

也许是两个人的真诚互相打动，几个人心平气和地聊了半个小时，气氛完全不似苏星辰刚回家时那般紧张。两个男人甚至还抽起了烟，苏星辰看着升起的烟雾，自己也要了一根，意外的是星辰妈竟然没有阻止。苏星辰从不在母亲面前抽烟，但她记得自己人生中抽的第一支烟是父亲给她点燃的，父亲总是告诉她人生要及时行乐。

"王叔，我卡里只有100万，我可以全给你们，但是你们要保证这一年来别再来找我们母女，即便是种田也要春耕秋收，我们需要时间。"

"你哪来的100万？"星辰妈眼睛瞪得老大，"孩子，你可别逞能啊。"

苏星辰没接话，王富贵低下头考虑了一会儿，低头的时候苏星辰看到了几根白发。

"老实说，孩子，今天见到你，我放心多了，我们也不是非要这500万一下子全下来，但是你总得让我们看到一个希望，看到你们的一个态度，"他抬起头用疲惫又温和的眼光看着苏星辰，"你们母女一消失就是十年，我们实在想不出别的办法，只能逼着你们还债。这100万的条件我接受了，我今天见了你，你很了不起，有你父亲做生意的气势，只是你可千万不要像你父亲一样染上恶习。"

苏星辰冷冷地看着眼前的王富贵，难道当初，不是你们这帮人主动围在他身边，吃他的喝他的，像吸血鬼一样压榨他，陪他一起赌？这不是你们热爱他的方式吗？现在他死了，又把一切错和债归于他。她心里这样想着，觉得很嘲讽，现在父亲的那群狐朋狗友却来给自己上课。

"王叔，我会如数把钱给你，只是我妈也上年纪了，心脏不好，你要答应我以后不能来找麻烦，还有我父亲的往事，就不要再提了吧。"

"我答应你。"王富贵看着苏星辰郑重地回答。

这时只听扑通一声，苏星辰的母亲昏倒在了地上。

17

第二天，苏星辰请了一上午的假在医院照顾母亲，母亲有先天性心脏病，不能受太大刺激，昨天那一遭确实给她带来了不小的冲击，今天一上午都昏迷在医院里，苏星辰一直在陪护，几乎一夜未合眼。

中午的时候，苏星辰找了家银行给王富贵的卡里转了100万。她看看自己的银行卡余额，只剩下4000块，不由得叹了一口气。又和王富贵一起撕掉了以前的借条，重新拟了一份。打点好这一切后，王富贵突然从口袋里拿出了5万块。

"孩子，这钱给你母亲看病吧，"王富贵说，眼睛里带着温柔和真诚，"我想你现在需要钱，这钱你可以后面给我。"

苏星辰看着眼前的5万块和王富贵，有些发怔，旋即一股暖意涌上心头。他的心还是善良的，苏星辰想，这个面相凶神恶煞的人也有着一颗温暖的心，看人确实不能只看表面。

"谢谢王叔。"苏星辰说，"后面我会把钱都还了。"

"别谢了，都不容易。"王富贵别过脸去摆了摆手。

苏星辰想象过无数次自己在面对债主时的画面：激烈的争吵，甚至斯打，叫来警察，或是上法庭，各种软的硬的可能的手段她都想过，但是真的面对他们，却反而没那么可怕了。

王富贵打车离开了，临走时还祝她事业顺利，他说这话的时候，眼神里带着一丝慈祥还有一丝愧疚，这年头债主成了恶棍，欠债的还钱却要被感恩戴德。苏星辰觉得讽刺又可笑，自己和王富贵一样都是被生活折磨的人，同为弱者，又何必再相互怨怼。不过此刻她更多的是感到不安，那种没钱的惶恐让她胸闷得无法呼吸。

她来到医院，看着躺在病床上的母亲。母亲的面部戴着氧气罩，呼吸有些吃力，苏星辰用手轻轻地抚摸母亲的头发，小时候母亲是不是也这样看着自己睡觉，这样抚弄自己的头发？一定是的，她现在仿佛还记得母亲手指摩挲自己发根的感觉。指缝间的几根白发那样扎眼，苏星辰翻了下母亲的头发，发现好多的白发，她心头一颤，母亲什么时候老了？她端详着这个躺在病床上的无力的老人，就在昨天母亲还是个大美女来着，做饭前头发梳得一丝不苟，妆要化得完完整整，眼眸里有着孩童的清澈和少女般期待的母亲，从什么时候开始苍老了。她压抑着涌上鼻梁骨的酸楚，只见母亲睁开了眼睛看着她。

"妈，"苏星辰唤了她一声，"能听见我吗？"

"辰，"母亲的声音并不虚弱，相反还很有力，就像刚睡醒了一觉，"你哪里来的100万。"

苏星辰低下头笑了，没想到母亲醒来后的第一个问题竟是这个。

"我赚的，"苏星辰露出小白牙看着母亲，"加攒的，我知道会有这么一天。"

母亲闭上眼睛，呼吸变得沉重，她摇着头："妈妈不想让你担心这些。"

"别想了，妈，"苏星辰握着她的手，"我真长大了！"

眼泪从星辰妈眼角滑落："我的辰早早地就懂事了，可是妈希望你什么都不懂啊！能任性的女人才幸福。"

"任性的女人苦头都在后边哩。"苏星辰安慰着她，"妈你想吃啥？我出去买。"

这时苏星辰的手机响了，她接起电话。

"你在哪呢？"林道声音透露着焦急。

"在医院。"苏星辰半支吾着，"照顾我妈。"

电话那头沉默了一阵，林道用柔软低沉的声音说："你能不能来趟公司？这件事必须你亲自出面。"

苏星辰走进交易室的门，只见林道办公室里来了几个陌生的人，霍总和刘秘书也在，出什么事了？她有种不祥的预感，忐忑地走进林道办公室。

"交易时间不在，"霍总盯着苏星辰，"你去哪了？"

"家……家里有点事。"苏星辰说。

"这是金律师，"霍总说，"他要跟你谈谈。"

苏星辰呆愣在那里不知说什么。

"嗯，就是上市公司的起诉事件。"霍总说，"金律师要和你谈谈。"

苏星辰捏着桌角有些站不稳，正因为不知道起诉有多严重，所以更加地担心被起诉的结果。

"没事，"林道用安慰的眼神看着她，"你配合下金律师走流程。"

苏星辰点点头，金律师将一份资料递到她手里，他戴着一副金丝眼镜，看起来很专业："苏经理，不用紧张，针对上次的媒体事件……"

门口传来了两声敲门声，苏星辰抬头只见郑翔站在门口。

"林总！快看下股票。"郑翔声音中透露着焦急。

林道转头看向大厅里的屏幕，上面显示的是天尘生物的走势，是郑翔刚刚调出来的。只见天尘生物长势强劲，已经快要打到涨停，整个账户收益也涨了两个点，可是整个大盘的走势却是向下，逆势上涨令霍总喜出望外。

"你上周的路演起效果了。"霍总说，"看来路演要多搞一搞，下次我们举办个大型的。"

林道的脸上却没有霍总的笑意，他蹙起了眉头，目光锁着天尘生物的走势曲线。

"小苏，你去卖一点，"林道吩咐，"今天这个势头不太对。"

苏星辰应了一声回到座位上，刚准备开始卖股票，突然天尘生物的走势急转直下，而且速度很快，几乎呈垂直的形状往下走。

"等一等。"林道朝苏星辰挥了下手。只见天尘生物越跌越凶，整个交易室的人全都看傻了眼。

"怎么跌得这么快？！"霍总惊叫道。

正说话的当儿，只见一个大单唰地将天尘生物从正一个点直接打到了跌停板上，结束战斗。整个屋子的人都傻眼了，半小时内接近20%的浮动，刚刚的上涨为整个图形贡献了一根超长的上影线。

这时交易系统开始警报，只要一个产品当日跌幅超过5%，系统就会开始警告，由于天尘生物是第一重仓股，20个点的震荡确实给产品带来了不小的影响。

"怎么回事，"霍总一脸惊慌，"这……"

"有人恶意做空！"林道的拳头捏得咯噔咯噔响。

交易室里的人都感受到一阵紧张，仿佛陷入了巨大的阴谋。

"我不管恶意不恶意，"霍总失去了耐心，"已经系统警报了，这个烂摊子你快点给我处理掉！"

霍总摆摆手转身离开了林道的办公室，留下刘秘书交接处理媒体事件。

苏星辰坐在那里看着没来得及交易的天尘生物，整个产品的业绩已经由原来的20%下降到了15%，她看着满脸愠怒的林道，又想起他说的对手，感觉那个对手就要从交易屏幕中跑出来，股市真是神奇，K线图上你看不见人，却处处感受到人性的博弈。

18

天空是土黄色的，将整个世界都染成了黄色，灰黄的楼，楼间停留着灰黄的鸟，一切都死气沉沉。交易室里咔嗒咔嗒的键盘敲击声混杂着打印机的声音，让人昏昏欲睡。

天尘生物连续下跌的半个月里，林道几乎没有待在办公室，市场冷清，其他交易员也清闲得很。

"林总今天又去做路演了？"郑翔看着刚进门的苏星辰问。

"嗯，"苏星辰拉开椅子坐在上面，打算调研报出来看，最近暴跌，有关天尘生物的研报都在市场上消失了，找不到了。不仅资本抛弃了这只股票，就连分析师、研究员也不再关注了，天尘生物还没等升为宠儿就成了弃儿。

"都连续半个月了，"郑翔将椅子拉向苏星辰："你有没有觉得林总最近状态不对？"

"你也发现了？"苏星辰叹了口气，"感觉就像即将溺死的求生者。"

"唉！遇上天尘生物这么只票，自认倒霉也行，可林总好像跟这只票杠上了，那么多票不做，非得在这只票上吊死。"

"不是杠上了，"苏星辰说，"是坚定看好，他对这只票非常有信心。而且平心而论，估值那么低确实也不合理，同类股票至少是它的十倍。"

"我看是林总没得选，"刚进来不到十分钟的马可说，"他不救这只票，整个产品都崩了。所以被动式救盘，你也不能说这票就真好。"

苏星辰瞟了一眼马可，气不打一处来："你最近交易时间都不在。"

马可也瞟了她一眼，说："管好你自己得了。"

这一声呛得郑翔一口水差点没喷出来，老秦也察觉到了氛围的不对，停下敲击键盘的手。

"你什么意思？"苏星辰还是第一次听到马可这样对自己讲话。

"难道不是吗？"马可不屑一顾地说，"都快走人了，还当自己很了不起。"

办公室的氛围变得更加尴尬，所有人都停下了手里的活儿观看这场战争。

"谁教你这样讲话的？"苏星辰站起来愤怒地盯着马可，"交易时间难道不该待在这里吗？"

"你讲我？"马可也站起来，"你自己不也经常交易时间离开？有什么资格说我。"

"那是因为有别的任务，而且也是林总派的公事，你告诉我你有什么任务？"苏星辰问。

马可冷笑了一声："你以为你有靠山就了不起，现在还不是自顾不暇被起诉，不过现在你的靠山也靠不住了，林道也是泥菩萨过河。"

空气凝固住了，苏星辰回味着马可的这番话，觉得有些不对。

"你怎么知道得这么清楚？"苏星辰问，"听你的语气你也有靠山？而且你的靠山很硬是吗？"

马可犹豫了，眼底闪过一丝惊慌。

"被我说中了吧？"苏星辰乘胜追击，"公司里有你的靠山，天尘生物的操作策略是你泄露的吧？"

"你别血口喷人，"马可指着苏星辰的鼻子，"你有什么证据？"

"你慌什么？"苏星辰笑了，"现在就跟我要证据，我就是怀疑下，正常人的反应思路不是急于解释自己没有靠山？没走漏消息？你上来就跟我要证据，你是此地无银三百两吧。"

马可恨恨地咬着牙，有些气急败坏："苏星辰，你可真会造谣生事，怪不得上市公司起诉你，我看应该把你判个几年。"

"就是不知道卖公司交易信息能判多少年，"苏星辰说，"我要是申请彻查，你手机里的所有消息都能被调出来，删除的也能查到。你有本事现在就跟我去见霍总。"

"你算老几！"马可惊慌地看了眼手机，用手遮住了手机，"你这个死丫头还在我这里逞强，我看你能笑多久。"

苏星辰冷笑一声："叫我死丫头，你懂不懂尊重前辈？在座的里面，你年龄最小。那么这位你要叫什么？"她指了指老秦，"死老头儿？"

"别价，我怎么还躺枪了？"老秦拿起水杯别过脸去。

马可快要被说哭了，他没想到自己的一句嘴贱竟然招来了苏星辰的连番攻击，站在那里有些不知所措。此刻林道不在办公室，苏星辰很想带着马可一起到林道那里去对峙，可是现在似乎真相也没有那么重要了，即便对峙又怎样？天尘生物的股价能涨回来吗？

霍总的办公室里，林道安静地坐在对面的椅子上，他看起来非常疲惫，像是几天没睡觉了。霍总一身黑色西装，一如既往精神抖擞地坐在那张柔软的天鹅绒老板椅上。

"把股票斩了吧。"霍总说，"现在到了强制平仓线，公司的止损线在-10%，今天已经到-8%了。"

林道低头在桌子下搓着双手。"再等一等，"林道说，"我对今年的业绩非常有信心。"

"还有信心哪。"霍总笑容里带着轻蔑,"都什么时候了,马上到强制平仓线了,客户那头开始要求赎回了。"

"一定要坚持,"林道抬起头盯着霍总,"现在明显是交易盘硬打下来的,是一场错杀,只要坚持得住,后面是可以扳回局面的。"他开始有些激动。

霍总的眉头拧了起来:"客户不相信啊,上头也不听解释。"

"我去解释!"林道身体前倾和霍总说。

"够了!"霍总拍着桌子站了起来,"做事要有个限度。我再问你最后一次,你平不平?"

林道低下头下巴抽动了一下,沉默了一会儿后他抬起头,眼神里带着执着、不甘和倔强。

"我不平。"

霍总眯起眼睛看着林道,许久长舒了一口气。

"我知道了,你出去吧。"

林道起身,走向办公室的门口。

"等一下。"霍总喊住了他,林道转过身来。

"我很想帮你,"霍总的眼神里流露着一股悲伤,"你知道,不然十年前我不会把你从地狱里带出来。"

"我知道,"林道转过身对霍总说,"我也一直感激你。如果当时没有你,可能我现在就在监狱里,可你能不能再最后帮我一次?稳住那些客户,再给我一个月的时间。"

霍总闭上眼睛挥挥手:"出去吧。"

林道转身,阴影打在他的脸上,他没有表情地走出办公室。夕阳的余晖顺着黄浦江,消失在陆家嘴的尽头,他觉得空气很重,呼吸起来很沉,明天的太阳会是什么样?也许不会有太阳了,也许天就一直这样沉下去,也许……他不敢再想下去。

19

"今天的会议怎么改上午了？"郑翔看着匆忙准备文件的苏星辰问。

"我也不清楚，"苏星辰一边低头整理着资料一边回答，"应该是有要紧事。"

"但愿不是什么坏事。"郑翔说。

"不要乌鸦嘴啊！"苏星辰瞪了他一眼继续低头整理资料。

"林总来了，你快过去吧，我来帮你整理。"郑翔接过苏星辰手里的活儿。

苏星辰往林道的办公室望了一眼，他已经坐在了椅子上，今天他来得有点晚。她走到林道办公室门口。

"林总，"苏星辰用手指敲了两下门，"我们什么时候过去。"

林道的眼睛直定定地盯着前方，面无表情地凝望了几秒："走吧。"

他站起来，什么都没拿就朝着门口走过来。两人赶到了28楼会议室的时候，已经有些迟到了，人基本上都到齐了，只有两个座位还空着。两人进门的时候，齐刷刷的目光投过来，让苏星辰感觉十分怪异，她像个小跟班一样尾随着林道进了办公室。霍总也到了，与以往不同的是，她今天穿着黑色的西装坐在了侧面的位置，而不是往日里坐的正中间的老板位置。

林道和苏星辰找位置坐了下来。没一会儿，只见刘秘书走了进来，走到门口，左手做了个请的动作，一位穿着考究的西装，头发有些花白的男子便走了进来，霍总见状连忙起身，大家也都跟着起立。她走出位置，伸出双手迎了下头发花白的男子。男子走到了霍总平日里坐的老板位上坐下了。他看起来端庄又和蔼，苏星辰却从来没见过他，不过从旁边同事的微小议论声中，得知是公司的董事长。怪不得霍总今天如此毕恭毕敬，甚至有些憨态可掬，平日里的颐指气使仿佛从来不存在于这个人身上。

"各位，"霍总用柔和的声调说，"今天的例会由宏博的大股东段董事长主持，大家欢迎。"

所有人都鼓起了掌。这个头发花白的人看起来温厚笃定，不怒自威，站在那里发言颇有气场。段董事长在主位上讲了10分钟，夸奖了霍总和各部门老总一番，并表达了对宏博未来的信心，之后便话锋一转，苏星辰听到了交易部这几个字。

"最近我们的交易部，出现了一些状况，"董事长端坐在那里，慢声慢语地说道，"一个月前一些人的不当言论对公司名誉造成了严重损害。"

听到这里的苏星辰低下了头。

"还有一些人，将交易做得惨不忍睹，"董事长的声音变得威严，但还是直视着前方，"导致宏博合作多年的投资人要求撤资，这两起事件严重影响到了公司名誉。"

苏星辰看着林道的脸，只见他一脸肃穆地端坐在那里，似乎对一切都了然于心。

"我这次来，是应几个投资人的请求，"董事长扫视了一周，才将目光锁定在林道身上，"很遗憾我要替换掉交易部的总经理——林道。在此我还是要对林总表示感谢，感谢他为宏博做出的一切贡献，如果有机会还是希望能够和林总保持良好合作。"

此言一出，整个办公室轻微骚动了一下，又迅速恢复了平静，所有人的目光都汇聚在了林道和苏星辰这边。苏星辰惊讶地盯着董事长，又看看林道，可是林道却出奇地镇静，他依然直定定地看着桌面，脸上似乎还挂着一丝嘲讽。那冷静的态度，仿佛刚才宣布的所有事情都与自己无关。苏星辰怀疑哪怕天塌了，他还是会这样"禅定"在这里。

"新来的总经理由集团直接委派。"董事长继续说，"另外，一个月前的媒体事件对公司造成的影响非常恶劣，相关人员也要接受处罚。"

霍总的目光往苏星辰这里扫了一眼，苏星辰隐约觉得那一眼是在瞪她，也是在暗示她。董事长坐在那里还在讲着一堆东西，可是苏星辰已经听不进去了，她觉得脑袋很沉，耳边嗡嗡作响，感觉空气中有股酒精的味道，仿佛自己喝多了，世界有些不真实。

终于把会议熬完了，苏星辰觉得整场的焦点都聚焦在自己和林道的身上，就好像在巨大的白炽灯下被炙烤着，此刻自己已经奄奄一息，马上被烧焦了。

"林道、苏星辰你们留一下。"霍总说。

于是，两人又来到了霍总的办公室，准备接受最后的轰炸。霍总在老板椅上喝了一口杯子里的水。

"二位还有一周的时间，"霍总抬头用平静的目光看着他们，"我给二位一周的时间，你们自己递交辞呈吧。"

林道从口袋里掏出一封辞职信："不用这么久，现在！"

苏星辰惊讶地看着那封辞职信，心想林总怎么不跟自己提前说一声，现在自己连最后的尊严都维护不了。霍总看着那封辞呈很是镇定，仿佛早就预料到，她看向苏星辰说："你的，就不用了吧。"

苏星辰感觉心头唰地一凉，感觉自己像只耗子一样被丢出了门。她羞愧得无地自容，今天早上她还在想怎么去弥补过失，如何更好地开展接下来的工作，可此刻却突然感觉一切都付之一炬，仿佛后背上扎了一根刺，自尊心被压到尘埃里，她强忍着泪水，面对着空气中无声的指责，感觉万箭穿心。

这时，门开了，从门口走进来一个人。霍总的脸上立刻从乌云密布变成了阳光灿烂。

"我来介绍下你的接班人，"霍总起身去迎门口的人，"这是新的交易部总经理。"

林道回头，目光凝结了。

"董建昌，董总。"

霍总话音刚落，只见一个脸膛黧黑矮墩墩的男人走进了霍总办公室，他长着很小的眼睛，皮肤很是粗糙，耳朵支棱在两侧像个外星人，但是穿着还算得体，灰色西装配白衬衫，皮鞋也擦得发亮，即便是这样，也掩盖不了他身上的"土"气，总之整个人散发的气场让你感受到一股"猥琐"。

一个狡黠的笑容挂在董建昌的脸上，他看着林道，说："又见面了。"

林道的惊讶转为不解，又从不解转为愤怒。苏星辰感觉眼前的这个男人很古怪，像刚从监狱里出来似的，带着一股狡诈和阴险。

"是你干的！"林道捏紧了拳头，眼神变得冰冷，"我早就知道是你，你躲在暗处，现在终于出来见我。"

董建昌看着林道的眼睛，没接林道的话。

"你们也算是老交情了，没必要见面就这样，"霍总笑盈盈地说，仿佛很享受此刻当个和事佬的角色，"林总，你也该学着往前看，不要老记得过往的那些不开心，你看董总不就放下了，咱们出来做事情，利益放在第一位。"

林道犀利的目光丝毫也没有放过董建昌，他的拳头微微握了起来。

"那是你们！"林道转头红着眼睛对两个人说，"我不会。"他用手指着董建昌："你硬生生将天尘生物的股价从交易盘上打了下来，是破坏市场规则。"

"我没有呀，"董建昌摊开双手，一脸无辜地看向霍总，"都是市场行为，你这脑子里怎么成天阴谋论呢？"

董建昌的狡辩手法那样高超，让苏星辰都开始怀疑起来，因为林道确实这样。

苏星辰一脸惊奇地看着董建昌。这时董建昌的目光也落在了她的身上，他的目光在她身上停留了一会儿，似乎有什么话想说，苏星辰感受到了，可是刚要说，他却将目光转向了霍总。

"不要说太多了，林总，要不一起吃个饭吧，你们也好多年没见了。"霍总邀约道。

林道冷冷地盯着霍总，再将目光转移到董建昌身上："我会记得今天的一切的。"

说完他起身往办公室外走去，苏星辰也紧随其后，到办公室门口时她回了下头，只见董建昌还在用古怪的目光盯着自己，眼神里有股她讲不清的情绪，她觉得脊背一阵凉。这应该都是错觉。

20

苏星辰觉得日子变得越来越离奇，好像所有的矛头都指向了自己。她坐病床前看着昏迷中的母亲，看着母亲黑发间若隐若现的白发，心里十分心疼，可自己还是背着这样一堆债务，让母亲没有安生日子。想到这，她觉得看不下去了，一股深深的自责涌上心头，于是急忙离开病床来到了走廊上。

医院里人来人往，步履匆匆，每一个人脸上的表情，你都很难用开心来形容。她讨厌这个地方，这里的一切让她感到沉闷、压抑，有种死亡的气息。她想起自己见父亲的最后一面也是在医院，不过是在太平间，他的身体看起来很僵硬，皮肤又白又肿，警方说是溺死的，至于为何自杀，没有人告诉她。现在，她很怕再也见不到母亲了，那种对死亡的恐惧攫住了她，若是自己死亡可能还好，可是最亲爱的人死去，只留下自己的那种孤独她不敢想象。她已经失去了那个温暖的家，失去了父亲，在上海一个其他亲人也没有，现在无论如何不能再失去母亲了，哪怕自己死去也不能。她坐在走廊的长椅上，头靠着墙，眼睛是干涸的，她一点都不想哭，如果现在有一个办法能解决眼前的一切问题，她会奋不顾身地扑过去。

可是办法在哪里？想到自己刚被公司开掉，要不是王富贵留下了5万块应急，自己就只有4000块，母亲的住院费都不知去哪里腾挪。此刻她有些感激王富贵，尽管彼此都不好过，可他人性里的那些善良和正义还是战胜了对金钱的占有欲。可她现在又有些后悔，自己的一时冲动与热血，一口答应了100万，答应后又不忍反悔，她不想像父亲那样言而无信，这是她给自己立下的原则。所以要不是王富贵留下了5万块，她现在怕是要到处去借钱了。

想了这么多，她开始感觉嘴唇发干，头发涨，想去倒一杯水喝，就在起身的时候看到一个熟悉的身影缓缓地从走廊深处走过来。

"林总，"苏星辰惊讶地张开嘴巴，"您怎么来了？"

林道将带来的水果篮放在医院后，两人来到医院附近的一家咖啡厅。

"你后面打算怎么办？"林道问。

"我还没想好，"苏星辰垂着眼帘叹了口气，"继续找工作呗。"

"那我开门见山了，"林道用沉稳的目光看着苏星辰，"现在有个机会。我打算出来创业了，但是很多事我不能一个人完成，也许你会感兴趣。"

苏星辰抬起眼睛有些不可思议地看着林道："您的意思是？"

"一起创业！"林道坚定且深邃的目光看着她，"到目前为止，我们合作得最合拍，现在时机正合适，大盘在底部盘整了这么多年，新的政策很有可能带动股市上涨，我们一起做事，一起把失去的拿回来。"

"我一起！"苏星辰几乎没有考虑，"我加入。"她有些激动，双手紧握在一起，眼睛里闪烁着急切的目光。

林道愣了下，对苏星辰的反应有些意外："不再考虑考虑？"

"不用，"苏星辰望着林道，"我相信您。"一丝绝望和悲伤出现在她的眼神里。

"我没得选。"她手指开始颤抖，"我妈还在医院。"

苏星辰觉得此刻眼前的这条路就是最好的选择，太完美了！早怎么没想到。她不是没想到，是不敢想，可是林道竟然主动邀约，她现在想跪下来感谢老天爷。

　　林道惊讶地看着苏星辰，来之前他有80%的把握苏星辰会同意，可还是被苏星辰刚才的反应惊住了，她脸色有些苍白，可是眼里有破釜沉舟的力量，那正是他所需要的。

　　旋即林道露出满意的目光，他点点头。

　　"我知道，你此刻非常难过，但你要相信，苦难是人生的一笔财富，人只有在低处的时候才能把人间真相看清，这个时候你对人生才会有真正的思考。"

　　"我只想知道，"苏星辰抬起头，眼泪已经浸满了眼眶，"是不是只有金钱才能带来幸福？"

　　"是，"林道的声音仿佛从遥远的地方飘来，"你所热爱的一切纯粹的事物，亲情、友情、爱情、你的家人、朋友、社会上的所有关系，都需要金钱和资本来守护。没钱的人没资格谈幸福。"

　　泪水从眼角滑落，苏星辰再次觉得心麻木了。

　　"我知道你现在很难过，但是人站在低处，眼泪没用，没人心疼你，没人听到你的呼喊。只有站在高处，人才有话语权，才能改变环境，你要学着去当一个强者。"林道说

　　"您需要我做什么呢？"苏星辰问。

　　"先帮我拟一份合同。"林道说。

21

　　人时常有这样的感觉，过去的一切就像昨天发生，而昨天真正发生了什么，你却不记得。

　　季霞已经连续加了三天的班。此刻的她有些精神恍惚，每天摄入过量

的咖啡因让她的精神处于崩溃的边缘。可是她又觉得自己没得选，没有靠山背景，没有强大的人脉资源，没有年轻的脸蛋儿，不拼命还能靠什么呢？

已经进入了下半年，她希望能够在年底的新财富评比上冲刺一把，评比的时候，基金经理们和各个私募基金老板的投票便显得尤为重要。宏博依旧打算主推那几张年轻的面孔，她这种"三无"老员工想要什么都只能靠自己。名单上大概有一百个自己最近要去拜访的人，排在名单前面的这几位，每一位手上都有超过1票的投票权，她打算先从这几位投票权大的客户开始拜访。

她看着名单上的第一人——曹世刚，此人混迹金融圈十余年，手上有三家私募基金，其中一家规模最大的近百亿。如果得到他的全力支持，就可以轻松地获得5票，想到这5票，季霞感觉肾上腺素都开始往上飙，必须搞定这个人！她拿起手机开始拨电话。

"曹总，您好呀！最近是否有空，我来拜访您。"季霞一边微笑一边讲着电话，似乎这样就可以将表情通过电话一起传递过去。

"季大美女想起我啦，荣幸之至，"电话另一头传来了嘹亮饱满的嗓音，"我现在在打高尔夫哈，晚点回你。"

没等季霞收尾的寒暄出口，对方便挂断了电话。一股吃闭门羹的心酸涌上来：也许他真的很忙呢。这样的安慰很快又将那股子心酸压了下来，尝试下一个吧，说不定有转机。时间很快到了中午，她打了一上午电话，却一个人也没邀到，疲惫地将头埋在臂弯里。

"季霞姐，你来和我们一起吃午饭吧，"王红妹的声音忽然传来，"今天中午我男朋友要来。"

你男朋友来，和我又有什么关系呢？季霞心烦意乱刚要拒绝。

"不许拒绝哦，今天我过生日，而且还没报答您上次请我喝咖啡呢。"王红妹眨了眨水汪汪的大眼睛，让人不忍心拒绝。

"生日快乐呀！"季霞嘴角扯起一丝微笑，眼神里藏着疲惫和激动，

"不过我没准备礼物哦。"

"不要礼物，嘻嘻，"王红妹像小猫一样将脸贴在季霞肩膀上，"你肯赏光就行啦。"

两人一起下了楼走出宏博大厦，一出门就看到停在路边的一辆法拉利，一个高大帅气的男生从车里走了出来，王红妹像小鸟一样飞过去，扑到男孩的怀里。

季霞感受到一阵奢华又清新的风迎面扑来，法拉利男孩有股强大的气场，能把人的目光攫获：这一对还真是亮眼啊！季霞心里感叹道。

三个人开车去了国金的一家日料店，点了几份寿司和一瓶梅酒。

"我和John（约翰）是留学时候认识的，"王红妹拉了拉男朋友的手，"那时候我们都在读书，我见他好帅啊就主动去告白。"

季霞眼神里露出羡慕的神情："追了多久啊？"

"三天，"王红妹侧着脸朝男朋友笑了笑，"你也太好追了吧！"

"是你太有魅力啊，"男朋友宠溺地看着她，"轻轻勾一勾手指，我就过来了。"

"哎！看着你们俩神仙眷侣的样，我这老年人都快羡慕死了。"季霞呷了口酒，"什么时候结婚啊？"

"明年。"John说，"我打算明年求婚。"

"都被你说了！"王红妹朝着他努了努嘴，"季霞姐要来做伴娘呀。"

"好呀。"

这个比自己小5岁的女孩人生进度却比自己快了一大截，此刻季霞只能通过喝梅子酒来压下涌上来的酸楚，可是今天的梅子酒也格外地酸。

刚把一片刺身放入口中的瞬间，手机"嗡嗡嗡"振动了起来，是曹世刚。季霞一骨碌咽下嘴巴里的食物，电话里曹世刚约她到高尔夫球场一聚，季霞激动地挂掉了电话。

"不好意思，"季霞抱歉地看着王红妹，"我要去见个重要客户了，不能再陪你们了。"

王红妹停下来一脸惊诧地看着季霞:"什么重要客户呀,季霞姐。"

季霞尴尬地笑了笑:"祝你生日快乐哈,我先走了。"

她拿起包逃离了大型"秀场",感觉神清气爽。

季霞来到高尔夫球场,老远就看到曹世刚和几个人坐在场地边缘的椅子上休息。曹世刚也看到了季霞,朝她招了下手。

"季经理,你来得正是时候,"曹世刚说,"刚好给你介绍几个朋友。"

季霞看了看坐在曹世刚身旁的几个气宇不凡的中年人,寒暄道:

"谢谢曹总,许久不见,您看起来更健康了。"

"哈哈,晒黑了,满世界打高尔夫,"曹世刚一脸笑容地将手摊向另一边,"这位是徒泰集团董事长吴卓信,这位是今晚咖啡总裁叶飞燕女士。"

听着曹总一个个介绍过去,季霞心里想,不是总裁就是董事长,曹总这边的资源确实不容小觑。她微笑着,谦和地和每个人打招呼,遇到女士时不忘夸奖下今天的着装。

"曹总,你今天不会是带了个小的来吧,以前怎么没见过啊?"一旁的朋友打趣道。

"哈哈哈!哪敢,我有意,季小姐也无心啊!"

没一会儿其他人都离开了,只剩下季霞和曹世刚。曹世刚上下打量着季霞。

"季经理服务我们公司有多久了?"

"三年,"季霞笑了笑,露出一口小白牙,"这几年多亏了曹总照顾。"

"哪里,季经理专业又得体,我们也很满意季经理的服务。"

"那么今年年底的投票还请曹总多多帮忙呀。"季霞用温和的目光注视着曹世刚，她今天穿了一身白色的小西装，看起来优雅又干练。

"季小姐你还需要帮忙？"曹世刚问。

季霞眨了眨眼睛，带着一脸疑惑看着曹世刚。

"我只是好奇，季小姐这么漂亮又如此聪明得体，哪里犯得上吃这个辛苦。"曹世刚带着柔和的目光看着季霞，"季小姐没有男朋友吧。"

季霞有些不好意思地低下了头："没，没人喜欢工作狂。"

"事业心强是好事情。"曹世刚眯缝着眼睛看着季霞，旋即变戏法一样地不知从哪里掏出一张银行卡，"不过以季小姐的条件，有些事情明明轻易可以到手，却非要去证明自己。"

听了这话季霞喉咙里仿佛卡了刺，一时间说不出话来。

"季小姐，我就开门见山了，"曹世刚跷起了二郎腿，用暧昧的眼神盯着季霞，"我非常欣赏你的为人和才华，你那个工作，投票什么的都是小事情，不过我觉得意义不大，分析师混到头了也就三五百万的年薪，我随便一个账户的收益都不止这么多，季小姐要不要考虑到我这儿来？"

这算是包养邀约吗？虽然不是第一次面对这样的邀请，可此刻季霞的心里还是慌作一团，愣了几秒后一个突兀微笑挂在脸上。

"承蒙曹总看得起，我一个大龄剩女在金融行业混得不上不下，不过我也没有那么多的欲望，能够养活自己，甚至证明自己就够了，还是感激曹总抬爱。"季霞说。

她将卡推向曹世刚的那一边。心里想这曹总是不是准备了很多张卡，以备随时掏卡。曹世刚默不作声，脸却渐渐沉了下来。

"我今天算是明白了，"曹世刚的语气中带着嘲讽，"清高不碍事，没能力也不碍事，就怕没能力还装清高，论专业不是最好，资源又把握不到。"

季霞觉得心底一沉，像被一块石头砸中，她几乎机械地说出那句"还有事"就离开了。回来的路上，她一直没从刚才的情绪中走出来。

"我没能力，我还清高，"她心里默念着，"我，真的是这样吗？"

来到了宏博大厦，季霞机械地按下了上升的电梯，直奔洗手间，坐在马桶盖上，曹世刚的态度不算什么，对自己的鄙视季霞也司空见惯了，关键是她自己的心里是那样地认可他的那一番话。曹世刚仿佛揭开了她的伤疤，揭开了她一直不愿意去面对的现实，那根弦再也崩不住了。她在洗手间里开始号啕大哭了起来，听到有人进了洗手间，又捂住嘴巴压抑着哭声。泪水一滴一滴落下，掉在马桶盖上，洒在地砖上，那番话撕开了她的伤口，也将许久以来内心的沼泽地曝于阳光下。

凌晨1点钟的时候，宏博分析师研报群里收到了季霞的分析报告；凌晨2点钟的时候，群里又收到了一封，凌晨三点又一封。

"季霞姐，您可真是拼啊！"第二天一早，王红妹一脸惊讶地感叹道，"你是不睡觉吗？这报告出得也太频了。"

季霞笑了笑，没有多说什么。她的眼神带着一股柔韧的笃定，那一场风波，那一次哭泣让她内心平添了许多勇气：我清高怕是改不了了，不过我可以更努力，成年人的选择都是要付出代价的。她看着屏幕上的第四封公告，想着是不是该去拜访下上市公司了。

晚上下班的时候，她迎着夕阳走在陆家嘴中心绿地上，觉得工作让她变得更加美好，一切都充满希望。

杨芷晴在打印机旁将一摞纸塞进打印抽屉，可是那打印纸怎么也放不好，抽屉每次都关不上。这时方文强走了过来，将打印纸抽出了一半，又将剩余的一半在打印机上摞整齐重新塞进去，抽屉完美地合上了。

"谢谢你哦，"杨芷晴说，"我在这里弄了半天。"

"小事情，这打印机一次性不能塞太多纸，"方文强抬起头看了看杨芷晴，"今天有空一起吃晚饭吗？"

杨芷晴有些不好意思，想起上次的信息自己还没有回他。

"楼下新开了家餐厅，一起去吧。"方文强带着一脸孩子气的诚恳，让杨芷晴有些动容。

"嗯，那好吧。"

方文强露出一个傻笑："好呀，那晚上见。"

说完踩着得意的小碎步走回了工位。杨芷晴看着他感觉有些好笑：执着的"铁憨憨"。

下了班后，两人来到了楼下的美式清吧，清吧里环境幽雅，放着低沉的爵士乐，人不是很多，几乎都是周边的金融白领，两人坐下各自点了汉堡和意面。

"你平时很忙哦，"方文强说，"都不怎么回消息。"

杨芷晴觉得有些尴尬，她压根儿就没回过方文强的消息，怎么哪壶不开提哪壶，方文强的这个情商欸，让她有些怀疑他是怎样混到今天的位置的，她呷了一口水欣赏起餐厅的装修来。

"你每天上班穿的都不一样呢，我发现，"方文强抬起头眼里都是欣赏，"不过每套都很好看。"

"汉堡来了，"杨芷晴说，"你的。"

杨芷晴的意面也上来了，她刚要用叉子去卷意面，却看到一块切好的牛肉放在了意面上。

"这是整个牛肉饼最好吃的部分，"方文强又露出那个孩子气的傻笑，"给你。"

杨芷晴看着方文强盘子里被他拆得七零八落的汉堡，又看着自己盘中放着的那块"最好的部位"，心里有种说不清的感觉。

"快吃吧，"她低着头说，"都凉了。"

"好嘞。"方文强又把那个被肢解掉的汉堡重新拼在了一起，"你刚来公司可还都适应？"

"挺适应的，同事们都很热心。"

"那就好，"方文强说，"你有什么需要我帮忙的随时找我，随叫随到，但是赶上录节目的时候恐怕不行。"

"录节目？"

"嗯，我是公司的评论员，要经常上电视。"方文强嘴里塞着一口汉堡说。

杨芷晴打量了一圈方文强，发现他确实形象还不错，干干净净的大男孩，精神利落，给人一种聪明又憨厚的感觉。就是有的时候说话有些突兀又不合时宜，像是从外星来的，对人类的信号毫无感知。

"那你很厉害哦。"杨芷晴夸赞了他一句，不夸还好，这一夸引得方文强大做文章，他在那里侃侃而谈自己怎么从一个普通经理成为评论员，现在忙得每周录三次节目，几家媒体抢着叫他去，杨芷晴一言不发地听着他说辉煌过往，一直到把那盘意面吃完，他也说完了，杨芷晴鼓了鼓掌。

"厉害厉害。"她说，"差不多该走了。"

"你住哪里？我送你吧。"方文强说。

"不用了，"杨芷晴说，"很近的离这里。"

"哦，那房租要很贵哦。"

"没房租，"杨芷晴拿着账单跟服务员打招呼，"家里给买的。"

方文强惊讶地张大嘴巴拦着要付账的杨芷晴。

"别，我来、我来。"

杨芷晴看着方文强一脸坚持，只好将账单递给了他。

22

韩骁穿过大厅来到会议室，玮老板坐在办公位上望向窗外，恒隆广场是南京西路一带租金较高的写字楼，韩骁所在的亿擎资本直接租掉了三层楼，这地段的办公人士也基本上都是投行和咨询领域的高端精英。

"怎么昨晚谈好了，今天就飞单了，"韩骁愤怒地将一打报告拍在桌子上，"这是拿我们当枪使？"

"你气什么？"玮老板站起来转过身，"难道我不是比你更生气？"

韩骁感到一股强烈的怒火涌了上来，这个项目他们团队前前后后准备了三个月，可是上市公司那边两年前就开始和另一家机构在接洽了，只是一直没有谈拢价格，就在韩骁的团队开始和上市公司谈判后，对方机构明显感受到了危机，立马答应了上市公司的所有条件，于是两家一拍即合，韩骁的团队就被扔在了这里，忙前忙后三个月的心血付诸东流。

昨天晚上上市公司还打来电话明确表示会和玮老板这边的团队合作，讽刺的是今天一早，上市公司那边就发布公告已经和另一方机构达成合作。金融圈的变卦可比变天快多了，董事长昨天晚上在饭局上把桌子拍碎了给你打的保证，第二天也完全可以像什么都没说过一样毁约。

韩骁坐在椅子上开始想不通，他回国已经有半年了，这半年来他一个项目都没有做成，不是被飞单，就是各种起火，没有一个项目能够从头到尾顺利推进，他总是坐着飞机满世界地灭火，出入是五星级酒店，"高大上"场所，外表光鲜亮丽，可是这些又都有什么用呢？到手的税后收入不过十几万，外表看起来再光鲜也不如项目做成，真金白银来得实在。刚回国的那股子热情现在变得越来越淡，市场每天都在给他上课，今天董事长违约了，明天项目方飞单了，后天资金方可能又要临时撤资，没有一个稳定因素，这世界最大的确定事件就是什么事情都不确定。

"我给你个建议，"玮老板转过头来看着他，"我知道你心性高，想做些大项目，你可以在承揽项目上多下些功夫。"

"怎么下功夫？不都是公司直接派项目下来？"

玮老板摇摇头："公司有几十个小组，派到我们这里的不一定是优质的项目了，你要好好利用你的资源优势，接到大项目，我们小组做成功，你连升三级都没问题。"

韩骁刚刚黯淡下去的眼神此刻又雀跃了起来，玮老板很了解韩骁，尽管能承揽到大项目的可能性也是微乎其微，可连升三级这一点确实很吸引他，那些面对危险而在所不惧的人，不是因为他们喜爱风险，而是因为大鱼的诱惑让他们无视这些风险。此刻韩骁心里又燃起了希望的火焰。

苏星辰一大早赶去新公司上班。

新的办公室位于外滩，办公楼中多为非金融人士，租这个地方的时候是考虑到安静，不想去陆家嘴那种金融机构扎堆儿的地方。隔壁就是俄罗斯联邦驻上海总领事馆，放眼望去是浦东的标志性建筑，也是宏博的办公所在地，这回他们和霍总隔江相望了。一切都好，只是苏星辰每天上班的时候，都免不了要穿过南京东路，那段游客最多的地带。经常有人"热气腾腾"地跑过来问路，那眼神充满惊奇与兴奋，只是有的时候她也不知道那些路在哪里，指错了发现不对，转身想去纠正，发现问路人已经蒸发，她只好叹口气继续往公司走。

公司目前只有四个人，除了林道和苏星辰另外招了两个人，一个负责前台行政，另一个负责财务。关于苏星辰的待遇，林道承诺给她10%的股份，不过暂时由林道代持，她和林道还签了股份代持协议。现在她在公司的职位是CFO，在创业型公司负责什么倒无所谓，只是令她没想到的是，本来是在宏博惹了祸，这一来却因祸得福，自己当上了老板，她想想自己刚刚25岁，心里还有一些自豪。她看着脚下的黄浦江和俄罗斯联邦驻上海领事馆，"我也成小老板了！"她心里暗自惊叹，虽然一切来得那么仓促，可未来还是充满机遇的。微微的骄傲之感仍压不住对未来生活的担忧，母亲虽然出院了，可身体却比以前虚弱了，苏星辰必须抓紧时间赚钱，生活没有留给她太大的余地去失败，而且一定要赚大钱，她看着滔滔的黄浦江，觉得心间波澜壮阔，要把父亲失去的一切找回来！

这时手机铃声打断了她的思绪，苏星辰低头一看是邵波。

"苏星辰，你帮我个忙。"邵波的语气很是焦急。

"什么事儿？"苏星辰问道。

"出大事了，你可得帮我，来我家跟你讲。"

苏星辰匆匆地赶来邵波家，邵波出来开门时穿着一身睡衣，还顶着一头好笑的鸡窝头。

"你看你这副鬼样子。"苏星辰皱起眉头白了他一眼，"一大早神神道道的。"

邵波神经兮兮地把苏星辰拉到一边："我跟你讲，我之前不是有个女朋友吗。"

"不止一个吧？"

"前两天我们见面，被我现任发现了。"

真乱啊！苏星辰心里想。

"发现就发现呗，你们俩又没发生什么，见前女友怎么了，你就是把前女友都叫一块儿搓麻将，也不见得怎么样。"苏星辰说。

"关键就是，"邵波带着一脸不好意思的笑容，"有事情。"

真渣啊！苏星辰眼睛瞪得老大。

"你就帮我想想办法，我不想两个人难堪，不管后面在不在一起。"邵波说，"毕竟面子上还是要过得去。"

"我不管，"苏星辰说，"你祸害人的时候怎么想不到面子呢？你这一看就是惯犯，为什么找我替你处理呢？你那帮好哥们狐朋狗友关键时刻怎么不出谋划策了。"

"他们都不在国内啊，再说你不是离得近嘛，咱们是邻居啊！这事出得紧急，你不是什么都能搞得定吗？"

"我离得近？你以为都和你一样不需要上班吗？我是从公司跑回来的。"

"完成后我能力允许范围内答应你一个条件还不行吗。"

"三个。"

"你敲诈我！成！就三个。"

"你还挺会拿捏人心理，容我想想。"

"不急，"邵波一脸眉开眼笑，"慢慢想，进屋想。"

苏星辰看着此刻的邵波，脑海中只浮现了一个字："贱"，平日里耍酷，要面儿，横眉冷对，出了事情求人就开始没有下限了。她进了屋，发现邵波家非常大，虽然也是住在小区楼里，可邵波家占了两整层，空间巨大，装修有点偏中式风格，没有几件家具，可是家具质地考究，做工精美，整体看起来低调厚重奢华。

她简单问了邵波来龙去脉，原来邵波的前女友和现女友都是"网红"，在微博上也都彼此认识，那天前女友和邵波会面后，拍了张照片发微博，结果不小心被现女友看到了。苏星辰看了看邵波和前女友合照，指着邵波家沙发：

"这就是照片里的沙发？"

邵波点点头。

"除了这张照片还有什么证据？"

"应该……"邵波歪着脑袋想了想，"没了。"

"你确定？"苏星辰眉毛一挑。

邵波点点头："确定确定。"

苏星辰用手机指着邵波脖子与下颚衔接地方上的一个红色印记："那这是什么？"

邵波走到镜前一看："我×，"他大叫了一声，"我都没看见啊！这也太隐蔽了。"

"你这心眼儿缺了好几斤啊，"苏星辰说，"不过，你前任心机可以的，哪是一般狐狸精啊！"

"别冷嘲热讽了，快想办法。"

"你出门前用粉底补一下，现在找几个朋友过来，男男女女都要有。"

"叫他们干什么？"

"别问了。"苏星辰拿出手机拨出一个号码，"喂，韩骁，救命！"

邵波、韩骁和苏星辰来到了婉婉的"网红"见面会现场，这是邵波专门为她准备的粉丝见面会，此时见面会还没开始。一进场，邵波老远就看到婉婉坐在第一排的椅子上，她也看见了邵波，却装作没看见继续和旁边的人聊天。

"婉婉，我给你介绍两个朋友。"邵波说这话的时候无视了婉婉的情绪。

"哎呀，你就是婉婉，"没等邵波介绍，苏星辰上去一把拉着婉婉的手，"你长得也太好看了！"

旁边的邵波和韩骁有点没反应过来，婉婉被夸得有些不好意思："谢谢，没……没那么夸张啦。"

"老听阿波说起你呀，昨天我们几个在邵波家打麻将就听邵波一直念叨，这不今天被他叫来给你捧场。"

"你们昨天在一起？"婉婉问道。

"可不，还一起给你准备了礼物。"苏星辰拿出刚来路上买好的东西，"临时被邵波叫过来准备这些，忙了一晚上，邵波对你可真是上心。"

"那你们一晚上都在一起啊？"她看看旁边的韩骁又看了看苏星辰，"有……还有别人吗？"婉婉透亮的眼睛盯着苏星辰。

苏星辰看着那双亮晶晶的眼睛，心里泛起一股说不清的感受。

"有啊，"苏星辰说，"很多朋友，都在，有几个好久没见邵波，来打个照面，拍个合影就回去了。不过好热闹的。"

苏星辰一边说着一边点开手机的相册，一张一张翻开大家在沙发上的合影。

"这位帅哥叫韩骁，也是来给你捧场的，阿波大学同学。"苏星辰说。

"你好。"韩骁热情地打招呼，"昨晚和邵波打了好久游戏，今天状态不好，不过见到你真高兴。"

"没事没事,很感激二位来捧场。"婉婉礼貌地说道,脸上也恢复了生机。

"今天来晚了哈。"邵波将手里的花递给婉婉,"这些都是他们临时帮我准备的。"

"你就没有见什么别的人?"婉婉接过那束花,眉毛一挑开始了死亡问答。

"有啊,"邵波说,"有位故人叫我去赞助她的项目,不过我没答应,以后这些事都交给星辰处理。"

苏星辰眨了眨眼睛,感觉自己被当成了助理:"是是是,我没处理好。"

婉婉的眼神迟疑了下,转而又活泼了起来,她露出微笑,给了邵波一个拥抱:"谢谢亲爱的。"

苏星辰捏了一把汗,看了看韩骁,两个人相视一笑。这场风波算过去了。可是帮人帮到底,邵波硬是留下两个人来捧场婉婉的粉丝见面会,尴尬的是粉丝见面会除了邵波、苏星辰他们外,上百人的场地就来了两个人。

"这届粉丝也太不靠谱了啊!"苏星辰说,"这一看就不是真爱。"

"我也没想到会是这个样子,"邵波无奈地说道,"她明明有十万粉丝。"

"不过你看这婉婉有潜力没,要是捧一捧的话……"邵波的话还没说完。

"我只会看股票,"苏星辰说,"你问错人了。话说韩骁,"苏星辰将头转向韩骁,"你最近在忙什么?"

"忙项目,唉,"韩骁叹了口气,"忙着被项目方当枪使。"他无奈地笑笑。

"怎么回事啊?"邵波问。

韩骁将来龙去脉讲了一通。

"这事情确实出得恶心，"苏星辰说，"不过在金融圈被人半路截和都司空见惯了，你多被截几次心态就平衡了。"

"你新公司那边情况怎么样了？"韩骁问，"最近忙得也没去看你，还有你妈妈好吗？"

"嗯，都挺好，我妈出院了，新公司基本都落地了。"

"你什么时候有新公司了？我怎么没听说。"一旁邵波搭话进来。

"唉，刚出来，自己做点事情。"

"当老板了啊！"邵波提高音调，"可以啊，这必须庆祝庆祝。"

粉丝见面会结束，邵波载着三个人去吃火锅。

"我有个小账户，1000万，"邵波对苏星辰说，"要不你们帮我管管得了，管好了我十倍追加。"

"不小，"苏星辰说，"创业初期，不分大小。"

"呦嗬！现在不跟我叫嚣没有三个亿别来找你了？"

"星辰不是你助理吗？"婉婉瞪着天真的大眼睛问。

"兼职助理，"邵波说，"兼职的。"

苏星辰瞪了邵波一眼，兼职助理，亏他想得出来。

"那就这么定了啊，"苏星辰举起一杯啤酒，"你可是我的第一个客户。"

四个人一起喝了一杯啤酒，邵波对着旁边的婉婉说："吃完饭你想去哪？"

"看电影吧，有个我好喜欢的女演员最近刚上映了一部电影。"

"好呀，"邵波笑着看着婉婉说，"叫什么？我看看。"

婉婉拿着手机给邵波看："喏，就是这个，《白夜》，今天首映。"

邵波看着手机上的海报，笑容僵住了。苏星辰察觉了不对，低下头悄声和韩骁说："不会又撞见前女友了吧。"

韩骁掏出手机也查了下电影，眼神也和邵波一样僵住了，他和邵波互相对望了一眼，那眼神两个人都秒懂，他低头悄声对苏星辰说了句："还真是。"

苏星辰已经惊讶到说不出话来，她又举起了一杯啤酒："邵波，祝你和婉婉爱情甜蜜，各种顺利，一切顺利。"

韩骁在一旁压抑着笑容："赶紧吃吧，一会儿继续去捧场。"

看电影的全过程，苏星辰都在暗中观察邵波的表情，她看着邵波黯然神伤的表情，意识到了这个电影里的女朋友有些不同，应该是真爱过的。

"不是你怎么认识的大明星周丹丹，那可是现在娱乐圈的'顶流'，超级大美女，你怎么那么厉害呢？"开车送走婉婉后，苏星辰在车里问邵波。

邵波沉默地望了窗外一会儿："那是我研究生时期的女朋友，韩骁还帮我追过一阵。"

"你怎么什么都帮啊？"苏星辰拍了拍韩骁的肩膀，"助纣为虐！"

"你现在不也是！"韩骁朝她翻了个白眼。

"唉，我们现在都成了你的作案团伙儿，"苏星辰说，"那这个郎普传媒和你家又是什么关系，我看他们拍了《白夜》。"

"我们家是股东之一。"邵波说。

苏星辰点点头，夜深了，车行驶在高架路上，她想着第一天上班就给公司带来了1000万资金，是个好势头，但愿后面一切顺利。

23

海南的风总是带着黏腻，像蒸汽织成的纱裹在每一个毛孔上，空气进出都要花费很大的力气。飞机落地，满目的椰子树叫嚣着夏天的王者地位。林道背着一个瑞士军刀双肩包，站在飞机场的出口寻找着什么，还穿着一件长袖衬衫，知道海南热，没想到会这么热，像蒸包子一样，每个人都是熟的。这时他看到一个人朝他招了招手，他也挥了下手朝那人走了过去。

"还适应海南的气候吗？"开车的人问林道，他叫李冠中，是林道的大学同学，也是天尘生物西南区的销售总监。

"还可以。"林道说，"比上海热太多。"

李冠中一路上给林道讲解海南的风土人情，不知不觉就开到了酒店，他将车停在了一家五星级宾馆的停车场，帮林道安排好入住后，两个人在酒店的餐厅点了一桌饭菜。

"随便吃点就好，"林道客气地说，"你看你点了这么多，咱们都那么熟了，用不着这样。"

"没事，慢慢聊，"李冠中异常高兴地说，"好久没见你了，这次得让我好好招待招待，咱俩喝个小半天。"

几杯白酒下肚，两个人的话都开始多了起来。

"你终于出来创业了，"李冠中说，"我早就料到会有这样一天，一切都过去了，你自由了。敬你！"他举起酒杯和林道的酒杯碰了下。

"造化弄人，不过，他回来了，你知道吗？"林道问。

李冠中筷子停在半空中，惊讶地盯着林道："你说董？他不是失踪了吗？这十年都没有他的下落。"

"嗯，"林道看着桌上的酒杯，"回来了，而且还成功取代了我。"

李冠中瞠目结舌："他靠什么啊？"

"目前还不清楚。"林道将事情的来龙去脉跟李冠中说了一遍。

"一回来就来个下马威，这是专门冲着你来的啊！"李冠中放下筷子，"我能为你做些什么吗？"

"说实话，"林道又举起了酒杯，"我这次来就是有一件事，我很看好天尘生物，但是最近的一轮下跌，很明显是被错杀，现在股价已经被严重低估，我觉得是机会来了。"

"你说的没错，"李冠中拍了下桌子，眼睛里流露出兴奋，"从我们大区的销售业绩上来看，那是妥妥的。我们下一季度的销售业绩还没有公告，不过从目前的销售数据来看应该会翻倍，这些数据都是公开可查的，只是资本市场很少去关注。我们这个公司吃亏就吃亏在是边远地区企业，概念上就不能获得市场的认同。另外在医生教育这块是需要时间的，这种新型的抗肿瘤药物，和进口药副作用差不多，可价格却是进口药的十分之一，两年前我们就开始推向市场，今年我认为是得到市场认可的关键一年，业绩不会差的！"

"果然没让我失望，"林道一口饮了面前的一杯酒，"股市真正的逻辑不就是公司真正的成长？这样大的业绩增长，这样好的研发团队，这么重要的药物，如果都得不到市场和资本的认可，那么这个股市就没希望了，这才是真正的投资啊，可惜现在的市场充斥着一帮见风使舵甚至恶意做空的投机者。"

"我们企业也需要真正好的大客户来支持，"李冠中说，"资本的作用就是应该用来扶植实体，真正投在那些有需要、能够利国利民的企业，可是现在的资本往往喜欢锦上添花，而不是雪中送炭。"

两个人叹了口气，又干了一杯酒。感叹市场无常，感叹真正好的实业少了资本认可就得不到充分的发挥，眨眼间一下午就过去了，两人醉醺醺的，各自回了酒店房间。

第二天林道告别了李冠中准备回上海。

"难得来一趟，为什么不多聚聚？"

"不聚了，回去筹集资金，事情要紧。"

李冠中点点头："可惜了，难得来一次，那我送你。"

宏博大厦里依旧忙碌，每个人都低头专注于自己的事情，交易部换了谁做老大，对其他人没有任何影响，只不过茶余饭后多了些谈资，八卦也加了些料。

阳光洒进霍总的办公室，绿植盆栽仿佛受到了使命召唤一般抬起了脑袋，董建昌坐在霍总对面的椅子上端着一杯咖啡。

"这次集团派你过来是怎么交代资金的事情的？"霍总问。

董建昌摇着手里的咖啡，眯缝着本来就不大的小眼睛看着霍总说："追加资金到二十个亿。"

"二十个亿？"霍总难以置信地上下打量着董建昌，"林道在的时候也不过就十个亿，二十个亿你确定你管得过来？"

"林道是林道，"董建昌露出一个猥琐的笑容，"我是我。"

"得啦，"霍总白了他一眼，"我还不了解你们俩？论交易你不如他。"

"可是我搞得定资金，"董建昌将双手抱在胸前，"这个市场，资金为王。"

"你还搞得定人，"霍总也眯缝起眼睛看着董建昌，"我很好奇，集团上层如此信任你，你还真是有两把刷子。"

"我可不像林道只有一根筋。"

"别说他了，"霍总说，"你这次回来应该不只是要把林道赶走吧？宏博可是要看业绩的，你业绩做不上去，上头又要怪我管理不利，我可没你那么强大的背景。"

"你觉得那些老板是傻子吗？"董建昌用严肃的眼神注视着霍总，"我就是背景再强，他们也不可能扶一个不懂操盘的人上来，那二十个亿也不是随便玩玩的。"

霍总感受到了一股比自己还强大的气场，这还真是少见，可她竟然笑了。

"你变了，"霍总说，"和十年前比起来，你变太多了。"

"你去过过我那种日子你也会变。"董建昌看着身后的绿植说，"充足阳光下生长的植物，是不会比阴暗沼泽地里生长出的生命力顽强的。"

"好，"霍总说，"就冲着你的生命力，以前我扶林道，现在扶持你，你可不要让我失望。"

"你有的选吗？"董建昌不屑地看了霍总一眼，"不过我刚好有个事情。"

霍总没说话看着他。

"那个苏星辰，"董建昌的脸上呈现出一股真实的表情，"你把她的资料全部给我。"

24

苏星辰在火锅前打了个喷嚏。

"到底有多少个人骂你啊？"韩骁一边说着一边将一筷子牛肉夹到了鸳鸯锅的辣锅里。

"太辣了，放这么多干吗？"苏星辰连忙制止，"放你那边。"

"我现在也能吃辣了。"韩骁笑着说。

苏星辰竖起大拇指："厉害了，大学那会儿你呀，啧。"苏星辰摇摇脑袋。

"人都是会改变的嘛。"

韩骁低下头露出幸福的小表情，却没有逃过苏星辰的法眼。

"什么情况？"苏星辰放下筷子，"你这'小确幸'的表情，是不是有妹子了？"

韩骁抿着嘴笑了起来："吃吧。"

"觉得我不懂？在宏博的时候，我周围方圆十里以内的妹子都来找我问感情，撕渣男，比求签问卜还准呢，我说哈，"苏星辰用筷子指着韩骁，"你可别跟那个邵波学坏了，近墨者黑。"

"人家都想当大哥的女人，你是女人中的大哥啊，这风格很苏星辰。"

"男人还想叫大哥呢，你想象力就不能再发散点？还有你那项目怎么样啊？我能帮上什么忙不。"

"阿波正准备给我介绍一个传媒产业的。"

"邵波介绍项目给你啦？"苏星辰将扎进火锅的头抬起来，"还挺够意思哈。"

"他是蛮讲义气的，"韩骁说，"但是你不能和他说话太硬，那样他会烦你。"

"怎么还得当祖宗一样供着？"

"你不要这么极端，"韩骁说，"有些人生长环境就是那样了，和我们这些人不一样，他那个环境就让他……"

"让他嚣张跋扈，无法无天，想干吗干吗，无视别人的情绪，只能顺着他讲软话。"苏星辰捞了一筷子肥牛看着韩骁，"对吗？"

韩骁眉头微皱了下："阿姨最近好吗？"

"不好，"苏星辰说，"身体没以前好，人也没以前乐和。"

"啊？我去看看她吧。"

"你去看，就能有用了？"

韩骁按了一下她的脑袋："我问你，你知道咱俩认识多久了吗？"

苏星辰一愣，韩骁这问得前言不搭后语："就从大一那个时候啊，我算算啊，怎么着，五六年吧。问这干吗？"

"没干吗？"韩骁低下头用筷子拨弄锅里的食物，"就是想着小苏你什么时候能长点心。"

"话说你们那个项目怎么做啊，"苏星辰岔开话题，"我听听，好奇呢。"

"就是往项目里面装资产，邵波打算给我介绍几家公司，都是他家族的合伙人，我就从公司这边挑选合适的标的去谈判，能顺利装入一个资产，就可以了。"

"是上市公司么？"

"我还不清楚。"

"如果是上市公司的话就'性感'了。"苏星辰喷了一声。

"所以评价一只股票'性感'的标准是什么？"

"要整事儿的，都'性感'。"苏星辰说，"就怕佛系公司，涨跌随缘，我们这帮炒股的还赚啥。要是知道了准备装资产就可以提前布局，不用等生米煮成熟饭。"

韩骁沉默了一会儿："生米煮成熟饭，挺好的啊，熟饭还能做成蛋炒饭、咖喱饭、海鲜饭。"

苏星辰一口雪碧差点儿喷出来。

"你怎么也会接这些无聊的哏了，"她戳了下韩骁的脑袋，"跟谁学的？"

"你觉得呢？"韩骁说，"近墨者黑。"

"反正不是我。你要看你阿姨就周末来，她包饺子给你，"苏星辰又开始涮大虾，"跟我念叨好几次了。你们这俩人还真是。"

"真的吗？"韩骁喜上眉梢，"我看看哪个周末。"他翻出手机开始看日期。

苏星辰手机里来了微信。"我不跟你吃了啊，"苏星辰看着手机说，"林总回来了，临时找我开会。"

"我送你！"

苏星辰一边整理包一边看着韩骁："我再给你个表现的机会。"

"啥啊？"

"这顿饭你付钱吧。"苏星辰说，"最近穷得不配吃火锅。"

"你是说那个叫邵波的想放1000万在我们这里？"林道坐在办公椅上问苏星辰，今天是周日，他刚一落地就把苏星辰叫到公司来开会。

"没错，"苏星辰说，"账户是现成的，资金随时到位。"

"这样一来，我们的启动资金就是4000万了，算上曹总的3000万。"

"这个开头还不错。"苏星辰脸上流露出喜悦，"咱们融资上似乎没有费很大力气。"

林道将手放在下巴上又开始了思考："我有一个想法。"

他站起身走到窗边，来回踱着步，又停下来盯着窗外的黄浦江看了一会儿，转过头对苏星辰说："你去问问邵波，愿不愿意放杠杆。"

"放杠杆？"

"对，当你很看好一只股票时可以这样操作。可以的话我们放四倍杠杆。"

"四倍！"苏星辰惊讶地叫出来，"那不是意味着只要跌个20%就game over（游戏结束）了。而且强制平仓线估计要设置在15%以上，这根本没有多少下跌空间啊！"

"我这次去海南，调研结果出乎意料地好。这票接下来没有理由不涨，而且最近行情的错杀，我认为已经到底了，所以才建议放杠杆。所以要抓紧去沟通，现在时机刚刚好，今天是周日，你去问，OK的话，我们明后天就动手。"

苏星辰坐在那里还没反应过来，以前她总认为林道是很保守的，怎么突然间赌性变强了？

"你有没有想过，"林道见她一脸迷茫开始解释，"这个市场上好股票、暴涨股每天都有，可是为什么大多数人还是赚不到钱？"

苏星辰没说话。

"大多数看到了机会，只是随便投投，随便买一点，在他们心里有个不确定，那个潜在的不确定是多少他们自己也讲不清，有些股票尽管他们内心很看好，可是还是不敢重仓，更不要说all in（全部投入）。这种人缺少真正能发家的特质，这种特质就是勇气。所谓勇气和胆量不同，胆量是你害怕做一件事情的程度，而勇气是即便知道有可能会失败，还是选择去做。人都会有失败，可是不能用过往的枷锁锁住未来的希望，别人不敢做的，"林道的目光变得凶狠了起来，"我敢！"

林道的一番话让苏星辰的血液沸腾了起来。

"快去联系吧。"林道拿起电话朝苏星辰摆了摆手。

苏星辰走出办公室，她有些惴惴不安，心里有种说不出的奇怪感受，可是她又讲不清那种感受，就像一万只蚂蚁在心上爬。

她走出办公楼。夜黑透了，起雾了，迷雾里看不清前方，也看不清周围人的脸。她想起了一直以来困扰着自己的重复梦境，夜那样黑，尽管像瞎子一样，可是人还是要往前走，一旦有光，就飞扑过去。

25

秋天的风总是裹着温和的外衣，在暖阳下肆意地撩拨路人，碰到猎物便将包裹着的寒冷全部释放。苏星辰打着冷战坐在星巴克的外面等季霞，周五的收盘时间，苏星辰提早给自己放了假。远远的一辆出租车开过来，季霞从出租车上下来，直奔着苏星辰小跑了过来。

"进去吧，在外面等什么。"

"为了多看你几眼。"苏星辰傻笑着说。

季霞啧啧了两声："撩我干什么，对男生这样讲你就'脱单'了。"

两人在星巴克室内找了个位置坐了下来，点了两杯咖啡。

"我都好久没逛街了，难得你今天也有时间，"季霞说，"林总没留你加班？"

"正在加班呀，"苏星辰看着季霞，"花式加班。"

"说吧，先谈正事，今天约我有什么吩咐？"

"哪里敢吩咐您呢？"苏星辰用手指轮流轻敲着桌面，想着要从哪里开始说。

"姐，"她停下敲击桌面的手指，"天尘生物这只票你研报有覆盖吗？"

季霞放下手中的香草拿铁："我没有，之前好像你们交易部有配置，作为隔离，保险起见，我没有推。不过新来的董总好像把天尘生物全部卖掉了。"

"嗯，"苏星辰点点头，低下头看着桌面，被辞时的耻辱感又涌了上来，"那么姐你推这只票吧。"苏星辰抬头诚恳地看着季霞。

"可以是可以，"季霞犹豫了片刻，"不过，逻辑是什么呢？我是指客户愿意接受的逻辑，毕竟现在这只票，"她小心地看了看苏星辰，将手覆盖在她的手上，"我跟你实话讲哈，我们之间讲虚的没好处，现在这票就像过街老鼠，烫手山芋，概念不够'性感'，边远地区公司又很受歧视，行业数据也没爆发，教育全国的医生和医院不是小事情，天尘生物现在表现那么差，野心又那么大，谁敢把赌注押在上面呢？"

苏星辰看着季霞真挚的眼神，感觉很是温暖，她早料到季霞会说这些："行业数据，应该马上就要爆发了。你可以去查查天尘生物新型抗肿瘤药在西南区的销售业绩，每个季度都呈上涨趋势，而且下个季度的业绩会是之前的两倍，往后每个季度都会超预期很多，这样全年盘算下来，利润不止翻倍，对应的逻辑和股价绝对不是现在这样。"

季霞抿了抿嘴，开始认真思考苏星辰的一番话。

"你可以去找几个销售区的总监来谈，这公司因为没人覆盖，一些公开可查的数据都被忽视了，但是通过这些真实的数据反馈，足以验证公司的发展是蓬勃向上的，并且也在一步一步实现计划，现在全国的药店已经覆盖了三分之一，两年前开展的医生教育行动也逐步成熟。"

季霞听得有点激动，眼睛里开始流露出兴趣。

"我给你一个人的联系方式，"苏星辰趁热打铁，"他是西南区的销售总监叫李冠中，你可以去跟他聊，聊完再决定要不要推，我的任务完毕。"说罢苏星辰端起咖啡露出了一个孩子气的笑容。

"厉害了！"季霞摇着头赞叹，"刚出来不到一个月，成谈判专家了。得，我看看这票，下周给你答复。"

"不急，姐，"苏星辰笑了笑，"咱们去逛街吧。"

韩骁坐在沙发上看着茶叶在一次性水杯里转圈圈。

"今天这老板是我爸的合伙人，"邵波跟他说，"以后你们单独对接就好了，我带你打个照面。"

韩骁点点头："曹总这里是做什么的呢？"

"他啊，这个场地应该就是做做二级的项目，不过他最厉害的不在这里，听我爸说是一个做民间借贷的网上平台，这两年刚火起来的，规模做得可大，超级赚钱，现在他手下有三家金融公司，这个高大上的地方主要就是用来撑面子的。"

"大佬，"韩骁说，"膜拜，那怎么和你们家有共同的产业？"

"嗨，那个传媒公司吗？曹世刚喜欢美女，你懂的，就来买走了我家的一部分股份，现在算是我爸的合伙人了。"

这个名字韩骁总觉得在哪里听过，正在思考的当儿，只见门口来了两个人。

"久等了啊！阿波。"曹总带着助理满脸喜气地走了进来。

"没有，曹叔，"邵波从沙发上正了正身子，"没打扰您工作吧？"

"没，都周五了，来得刚刚好。这就是你同学吧，长得真精神，现在的年轻人那都是厉害得很啊。"曹世刚一边说着一边坐在了独立的沙发上，助理站在了一旁。

"您好，曹总，我叫韩骁。"说罢韩骁双手将名片递给了曹世刚，助理伸手接过了名片摆放在曹世刚面前。

邵波盯着助理的脸看了两眼，又将目光转移回曹世刚的脸上。

"曹叔，我开门见山了哈，您时间宝贵。我好哥们儿韩骁他在投行负责并购，郎普传媒并购的事一直是您这边找的团队在负责，我想能不能导给韩骁一些业务。"

"你们要不要也来一根？"曹世刚将雪茄递给邵波和韩骁。

两个人拒绝了。曹世刚点燃那只雪茄，烟雾袅袅升起。

"可以的，没问题。"曹世刚捏起桌上的名片，"龙马资本，可是大投行啊，小伙子厉害的。正好最近郎普传媒在看资产呢，你方便的时候就过来，先跟我助理杨芷晴对接。"说罢看了一眼杨芷晴。

杨芷晴朝两人笑了笑："您后面随时联系我。"

"谢谢曹总了，"韩骁没想到会这么顺利，来了不到十分钟，似乎一切都搞定了，"那我最近搜集整理一些传媒产业的资产。"

"好，让小杨把细节发你。"曹世刚将雪茄平放在烟缸里，"一起吃晚饭吧。"

"不了，"邵波说，"一会儿还有事儿。"

"成，那我也不留你们了，有什么事再来，反正跟自己家一样。"曹世刚起身拍了拍两个年轻人的肩膀，"你帮我招待下。"他转头对杨芷晴说完这句就往门外走去。

韩骁和杨芷晴加了微信后，两人便往门外走去。

"你一会儿打算去哪？"韩骁问邵波。

"陪我去见苏星辰吧，"邵波说，"有事情找她。"

"你们要去找星辰吗？"一旁的杨芷晴插话进来让两个人都愣了，侧着头一脸疑惑地看着她。

"这么巧，"杨芷晴笑了起来，"我们晚上都约好了。"

26

苏星辰坐在桌子的最边上看着面前的四个人聊得热火朝天，自己连话都插不进去，只能坐在桌边喝大麦茶。小酒馆三人常聚的位子被人占掉了，五个人又比较多，所以今天大家都坐进了包间。苏星辰故作姿态地咳嗽了几下，可是没人搭理她，杨芷晴和邵波八卦聊得眉开眼笑，季霞和韩骁行研交流得热火朝天，自己不幸成为了人间灯泡。

"那个，"苏星辰提高了嗓音，"我们走一个吧，"她举起酒杯，"感谢我让大家相识。"

四个人爆发出一阵笑声，举起酒杯碰了下。

"不过也真是够巧的，"杨芷晴说："刚好他俩今天下午去拜访曹总。"

"还刚好被她听到我们要来找你。"韩骁说。

"找我做啥？"苏星辰问。

"就是上次你说的杠杆的事情，OK的。"邵波说。

苏星辰点点头，尽力压抑住内心的喜悦。

"这事儿还行，不是让我给你'后宫'灭火就好。你离杨芷晴远一点。"她瞪着眼睛看着邵波挨近杨芷晴的肩膀，恨不得亲手将他掰到一边去。

"什么'后宫'？"杨芷晴好奇地瞪着大眼睛。

"你还是少知道点好，"苏星辰说，"总之这位公子是你爱不起的人，不对，伤不起。"

"你怎么跟管家一样，"邵波斜着脑袋看苏星辰，"还想拦我桃花，我跟杨芷晴多说两句怎么了？毕竟人家长得就是好看。"

苏星辰看着邵波的眼神有点凶："出了这屋子你那桃花漫山遍野，开到地老天荒都没人管，但是兔子还不吃窝边草呢，你别乱撩。"

"不就一会儿没跟你说话，"邵波有点得意，"你生什么气？"

苏星辰刚想说什么，却被一旁的季霞按下去了。

"今天能在这认识两位大帅哥确实是件开心的事情，反正大家都是金融圈的人，以后多多交流，说不定有很多机会合作。"季霞举起了酒杯，优雅得体的谈吐瞬间化解了刚才的尴尬。

"哎，季霞姐温柔得体，杨芷晴美丽大方，苏星辰呢，"邵波歪过头发出啧啧的声音，"长得丑，一无是处还暴脾气，简直就是倔驴。"

"那邵公子呢？难道不是只会学鹅叫的大笨鹅？"

韩骁低头笑了，邵波跟他讲了好几次鹅叫的梗："行了，见面就掐。谢谢星辰给我们介绍了两位如此优秀的美女，相聚就是缘分，大家走一个吧。"

吃完了饭，已是夜里10点，可是邵波还没尽兴，于是邵波的司机将家里的埃尔法商务车开到了外滩的一家德国餐厅，几个人点了一桌啤酒和小食。虽然是夜里10点，可是这家德国餐厅却坐满了人，他们差点没位子，跟别人拼桌才勉强挤进去。周五晚上是上班族的狂欢之夜，上海的各个餐厅几乎都爆满，沿黄浦江的两条线就更不用说。

五个年轻人交流着工作、学业、金融八卦，关系在啤酒的催化下拉近了不少。苏星辰想起大学的时候和韩骁经常来这里，那时的心态是完全不同的，看着这些高楼，觉得它们冷峻又威严，自己像个陌生胆怯的小客人。而现在她有种反客为主的感觉，似乎那些楼都低眉顺眼地朝她笑，这种变化真是奇怪。她提议到江边去转一圈，吹吹江风。

几个人来到江边，摆渡船披着满身花里胡哨的灯光，像幽灵船一样摆过来渡过去，对岸是浦东的标准四件套：东方明珠、上海中心、上海环球金融中心和金茂大厦，像四个巨人一样守护着上海。吹着江风，借着酒精，几个人的豪情壮志又来了。

"你们的理想是什么？"邵波问。

苏星辰感到吃惊"理想"这个词怎么会出现在邵波的字典里？而且被他这样堂而皇之地问出来？她捂着嘴笑了，其他人也笑了，很少有人会把这个问题赤裸裸地拿到台面上来说，可是邵波就是喜欢说什么就说什么。

"你问我们搞金融的，"苏星辰说，"还不就是，赚大钱，当大佬。"

"就没有别的了？"邵波说，"赚钱这不能算理想吧，这是人生必需的配置。"

几个人沉默了，邵波不懂，和大多数做金融的人不能聊金钱以外的理想，那会刺痛他们，有的人就是不愿直面一路走来因追逐金钱和事业而丢失的初心，越是走得快就越是不敢回头看。

"我就是赶紧做好一个大项目吧，"韩骁说，"连升三级。"

"新财富最佳分析师。"季霞说。

"我就找个真正爱我的男人结婚就好。"杨芷晴说这句话时眼神里带着疲惫。

"你呢？倔驴。"邵波问。

"我认真想了想，"苏星辰说，"还是赚钱啊，赚钱是我的理想和乐趣，这不很好吗？"

邵波朝她翻了个白眼。

"你呢？鹅叫男。"

"我就想自由啊，"邵波说，"想要真正的自由。"他盯着江面眼神显得无比认真。

"你还不自由？"杨芷晴在一旁说，"越是自由的人越是想要更多的自由，我真是不理解。"

"邵波的马斯洛需求层级和我们不一样，"季霞说，"我们容易满足，他生下来就在金字塔顶端。"

"还是季霞姐了解我。"邵波说。

"Great Hungry（高级渴望），"韩骁接了一句，"阿波是想自我实现。"

邵波搂着他的肩膀晃了晃。

"实现什么呢？"苏星辰问，"我们这么多朋友，都帮你一起使劲儿呀。"

邵波往苏星辰的方向看去，只见四个人都齐刷刷地用期待的目光盯着他，一瞬间觉得很好笑也有些感动。

"没什么，不早了，该撤了。"因为要开车，几人都没喝酒。

"我开车了，"杨芷晴说，"你们谁送霞姐和星辰？"

"咱俩一个小区。"邵波有点嫌弃地看着苏星辰。

"那我就负责送霞姐。"韩骁说。

"不用麻烦，我打个车就好。"

"怎么可能，走吧，霞姐。你俩不会出人命吧？"韩骁看着邵波和苏星辰说。

"有可能，被他那些'晚晚'啊，'早早'的发现了，我就活不成了。"苏星辰说。

"就你懂得多。"邵波瞪了她一眼。

"你说的那个放杠杆，把握有多大？"邵波开车在路上的时候问苏星辰。

苏星辰叹了口气，想着是说林道的观点呢，还是说自己的观点，纠结来纠结去，"总之没把握的事情我们不会做，"苏星辰说，"你既然委托在这里了，就别问那么多。"

"有你这么跟客户说话的吗？"经过上次的谈崩事件后，邵波对苏星辰的态度有些习以为常了，"一点耐心都没有，也就碰到我这种脾气好的。"

"你脾气还好？我跟你聊天不超过三句准踩雷。你也就对美女脾气好。"

邵波摇摇头："你实在是太不懂我了，我可不是只看美女。我要是聊对上了，三句话就够了；看对眼了，三天就能娶过门。"

"然后聊不对了，三句话就崩，再花个三块钱去离婚。"

"哈哈哈！你很懂我嘛。"

"我不是懂你，我是懂你这种人。"苏星辰不屑地说，"金融圈你这种公子哥儿我见多了。"

"你这种女人我也见多了，"邵波说，"一张嘴就跟怨妇一样，就好像我们男人生下来就欠女人500万，高富帅就都是渣男，结婚的男人早晚有一天出轨，你的偏见啊，太可怕！"

"这不是我的偏见，这是整个社会都存在的事实，现在的男人普遍不靠谱。"

"懒得跟你解释，"邵波白了她一眼，"怨念太重你，到了。"

苏星辰往窗外一看，邵波竟然把车开到了小区的湖边，不过湖对面就是苏星辰住的公寓。

"你要跟它们睡啊？"苏星辰指着湖里的天鹅。

"下来看看啊！你都好久没来了吧？"

"'黑天鹅'我躲都来不及。"

两个人站在湖边，邵波在那里朝天鹅招手，苏星辰已经困到哈欠连连。

"不行了，大哥，我明天还要上班，不陪你们几个玩了，走了哈。"

"你给我回来！"邵波叫住往家走的苏星辰。

"我不！"苏星辰头也没回地往家里走。

苏星辰到家的时候，母亲已经睡了，苏星辰轻手轻脚地进了屋，自从上次住院，母亲身体大不如从前，苏星辰也越来越感到焦虑，自己什么时候才能有一大笔钱来给母亲看病？她叹一口气，一股力不从心的感觉从心间升起，她感觉很是疲惫，于是走进浴室，打开花洒，冰冷的水从花洒里出来，她想快速地驱散酒精，便用冷水冲澡，那冰冷顺着头发丝流到指尖，爸爸死的时候也是这样冷吗？那也是一个秋天，江里的水那么冰，他在临死前有没有感受到痛苦？她常常去想那个画面，一遍一遍咂摸，从一开始的痛哭流涕到现在的毫无感觉，现在的她想起父亲的死，心里平静得就像无风的死水湖，一丝波澜也没有。爸爸不是个成功的人，到死了也没留下什么，可苏星辰不想做那样的人，尽管面临的债务和困境让她透不过气，她还是希望能够在临死前，在世界留下些什么。梦想，梦想，她有点儿不敢面对，也不敢去思考。

27

"我不同意你推这只票！"霍总将报告甩在桌子上，"我看不到希望。那么多好的标的，为什么偏偏选中这一只呢？"

来之前季霞便料到了霍总会这样讲，霍总今天的态度这么柔和倒是出乎意料了。

"我整理了最近的销售数据，"季霞将另一份报告放在桌面上，"单是西南区的销售业绩就有两倍的增长，我认为这是个爆发的信号，机会难得，我想试一试。"

"爆不爆发，是资金说了算的，现在主流资本都不认可这只票，就是没有爆发的逻辑。"霍总低头，透过眼镜斜睨着季霞，"你是宏博老员工了，可不能砸宏博的招牌。"

你也记得我是老员工，季霞心里想，现在这个老员工再不搏一把，就要成尸位素餐的钉子户了。

"砸了招牌倒不至于，"季霞说，"顶多就是溅起个水花。"自己又不是什么金牌分析师，季霞心里想。

"那也不行！"霍总的声音开始变得严厉，"不要蹚这摊浑水，交易记录和股票研报的追溯期可是有十年的！"

季霞眼神里带着疑惑看着霍总。

"搅浑水？不至于吧，我就是单纯地看好。"

"哎，我说，"霍总向上推了下眼镜，"到底是你知道得多，还是我知道得清楚？这票后面有什么主力在跟，我随便市场上听听就了解了，叫你不要推就不要推。这都是为你好，也是为宏博好，你照做就是了。"

季霞还想再说些什么，可是霍总的眼神已经变得很犀利了。

"那我回去撤回报告。"

霍总嘴角终于挂起了一丝微笑。

"就知道你聪明，我都看在眼里哪，好好干，有你出头之日。"

怕是要等到下辈子了，季霞心里想。

"那我回去改报告了。"

从霍总办公室出来的时候，季霞正好和刚进来的董建昌打了个照面。他一脸严肃地往前走，根本没理会季霞。就是这个人取代了林道，回来的路上季霞脑海里回忆着董建昌的脸，集团怎么会派这样的人来，看起来那么不友善，不过和霍总倒是很搭。

带着一脸沮丧，季霞回到了工位。刚一落座，就听到对面传来了欢呼声。季霞跟身边的人一问，原来是王红妹获得了年底的新财富提名，有望一举拿下年底的新财富传媒最佳分析师。季霞惊讶地张大嘴巴，王红妹来了还不到一年，就要拿到最佳分析师了！让她这个奋战了近六年的老员工情何以堪。她看着周围，有好多年纪比她还大的老员工，对这种现象波澜不惊，早就习以为常了吧。季霞心里想，会不会有一天我也不再垂涎别人的成功，对自己的现状认命？一股悲伤袭来，接下来是一种对永无出头之日的担忧和恐惧，这惶恐像火山一样从胸中喷薄而出蹿上头顶，她赶紧逃离了办公室来到楼顶的天台，站在那里深呼吸了几口气，情绪渐渐平稳了下来。

"我真怕自己在安于现状中变得麻木。"

想想自己马上就要33岁了，事业上没有丝毫进展，感情上也没有个着落，自己像浮萍一样漂荡在这远离故土的大都市，拿着勉强够维持的薪水。那些状元啊，硕士啊，海归啊的头衔现在似乎毫无施展的空间。一路以来她都是"别人家的孩子"，一路以来她都是个听话的好孩子，可是好孩子怎么到头来没有得到应得的一切呢？她感到困惑、迷茫、不解，更感受到不公平。

"我的小心翼翼有错吗？"

她望着脚下的车水马龙，感到前途一片灰暗。

"娃儿，你别想不开啊！"

季霞循着声音回头，只见刘秘书小心翼翼地站在天台入口处，眼神里带着惊慌和担忧。

"您怎么来了？"季霞朝刘秘书走过去。

"我刚刚在走廊看你急匆匆地往电梯里走，脸色很是不好，又看到了电梯直通天台，就跟来了。"刘秘书说，"你怎么了？脸色不大好。"

季霞心里一片感动，她低下头。

"没，就是工作上的事情。"

刘秘书望着季霞，那眼神似乎直接望到了她的心底。

"我理解，"刘秘书拉起季霞的手，"年轻人总会遇到这样那样的困境，每个人都不容易，当初霍总走过来的时候，也经历了很多常人难以想象的痛苦，她也是一路赤手空拳拼上来的。"

季霞看着眼前的刘秘书，她和霍总完全不是一个气场，两个人怎么能相安无事地配合了这么多年？不过也能理解，眼前的这个慈祥的人，似乎有着包容一切的胸怀。可是经历过痛苦，反过来为什么不能理解别人呢？即便刘秘书总是说霍总的好话，也无法消除霍总在别人心中的"师太"形象。

"我没事了，刘秘书，谢谢您的关心，我们下去吧。"

"要是撑不住，"刘秘书说，"就不要想那么多了，听从你心里的声音。你还年轻，没什么输不起。"

"谢谢！"季霞感激地说了一声。

曹世刚坐在林道的办公室里一边吞云吐雾一边打量着四周："还不错你这办公室，你说你何必这么费劲呢？我那办公室划一块给你，你偏不要。"

林道将一杯沏好的茶递到曹世刚面前，自己则拿起了每天用的水杯。

"这里清静，再说我们之间总归是做一层隔离稳妥些。"

"你做事总是很稳的，"曹世刚放下茶杯，"不过，这次怎么想到了放杠杆？这可不符合你的一贯风格。"

林道摸了摸头，空气变得很安静。

"稳妥不代表保守，该激进的时候为什么要错过机会？"

"好！就冲你这句话，这票赚了，我把你这规模做到10亿。"

林道斜着嘴角冷笑了一下，看起来有些不屑。

"曹总，"杨芷晴从门外探了个头进来，"您的电话。"

曹世刚招了下手，杨芷晴从门口走进来，林道的眼神一路跟着杨芷晴从进来到出去，这一幕被曹世刚看在了眼里。

"我给你配个秘书吧，"曹世刚放下电话，"也是个大美女。"

"账户已经交易好了。应该不出三个月，也就是下季度报告出来之前。"

"行吧，那就都交给你，我不再过问了。"

曹世刚站起身，林道也跟着站起来。

"什么时候需要秘书了跟我说一声。"

曹世刚朝林道露出了一个油腻的笑容。

"走了。"

曹世刚站在门口喊了一声，还在和苏星辰聊八卦的杨芷晴立马从闲谈中抽离，两人一道来了门口。曹世刚打量了苏星辰一圈，回头跟林道打了声招呼，便离开了。

苏星辰很不解，明明林道是不相信曹世刚的，可还是选择和他合作。

她每次看到林道都不明白他到底在想些什么，而看到曹世刚，就更是跟看到了泥塘一样，那人浑浊得不知道后面藏了什么东西，每每想到这些，她都觉得头痛。

"交易都做好了？"林道再次和苏星辰确认。

"做好了，满仓。"

林道点点头："接下来，就等风来吧。"

他走回办公室，关上了门。

28

林道坐在餐桌前一边听着新闻一边吃着妻子刚做好的煎蛋，双胞胎在面前争抢着一块蛋糕上的草莓。

"别抢了！"林道柔声喝止了他们，这两兄弟倒不一定是真喜欢吃那颗草莓，只是抢来的总比自己碗里的看起来更诱人。

"谁来回答我一下，"林道带着柔和的目光，用轻快的语调说，"马斯洛的需求分几个层次？"

"五个。"老大用10岁的稚嫩童声回答。

"哪五个呢？"

老大努起嘴巴，抬着头努力地回想着。

"生理需求，安全需求，社交需求，"弟弟说到这里也仰起小脸，"还……还有。"

"好啦，"妻子过来温柔地打断了他们，"别难为他们了，孩子年龄还小，哪知道尊严和自我实现是什么呢？"

林道将那颗草莓放到了弟弟的碗里。

"他们当然知道。"

这句话是对妻子说，旋即他又将目光转向双胞胎："这颗草莓给弟弟，知其然不知其所以然不是做人做事的态度。"他带着慈父的目光看着沮丧的老大说。

妻子笑着拍了拍林道的肩膀。

"就你会教育孩子。"她转头宠溺地看着双胞胎，"吃完准备准备，我们要出发了。"

双胞胎从餐桌离开后，林道继续享用桌上的鸡蛋和培根火腿。

"最近股市不错，"妻子一边整理桌子一边跟他说，"好多朋友以前不炒股的都跑去开户，说牛市到了。"

"嗯。"

林道从鼻子里发出这个声音。

"你能不能给我推荐几只股票？"妻子笑容满面地看着林道说，"老是有家长盯着我，说'你们家俩宝的爸爸不是做股票这一块的嘛，给我们推推票'。"

妻子惟妙惟肖地学着其他家长的语气，惹得林道想笑。

"还是别推了，"林道将吃完的餐盘递给妻子，"推股票这事情，费力不讨好，他们要是想赚钱，去买我们私募的产品好了。"

妻子抬头用惊讶的目光看着林道："你们有产品了？"

"嗯，打算发，"林道说，"上一笔资金管理得不错，这三个月涨了不少，投资人想追加资金，我考虑发个公开产品，方便以后把盘子做大。"

"真的吗？"妻子上前抱住林道的肩膀，"你太厉害了。"她亲了下林道的额，林道微笑着用手拍拍她的手臂。"不过我得走了，来不及了，周末给你好好庆祝下。"妻子一边将桌上的餐盘放到水池里一边和他说。

"路上慢点。"林道嘱咐道。

妻子是个全职太太，和自己结婚十多年了，这个家被她打理得井井有条，而自己事业的成功也和这个背后的支持者密不可分。

妻子走后没多久，林道也离开了，开着车行驶在高架上，秋高气爽，阳光明媚，他的心情也像此刻的天气一样。建仓天尘生物后的这三个月，大盘整体都不错，天尘生物也上涨了15％，算上杠杆就是60％的收益，短短三个月做到这样的水平，确实很可以了。出来创业果然不一样，只要客户信任你，账户自主权完全在自己的手里，而他的两个客户，曹世刚是和自己认识了多年的老朋友，对自己信赖无比，而邵波几乎就不管这个账户，全权交给林道这边，这两个都是优质的客户，以后要深入发展这两条线。

苏星辰穿着一件风衣在一楼等电梯。

"苏总。"

苏星辰没反应过来。

"苏总。"声音再次传来，她才意识到是叫自己，一张陌生的脸闯入眼帘，一个穿着西装眉目清秀的女孩朝着自己笑，苏星辰一脸茫然。

"我是公司新来的实习生，"女孩笑着说，"和您一个学校毕业，上周被招进来了，我在照片上见过您。"

苏星辰有些惊讶，最近公司确实新招了几个实习生，也是为了省成本。可是很少有人叫她苏总，她和那些老板谈项目的时候，他们都叫她苏经理或小姑娘，什么时候自己变成了苏总。她看着眼前的学妹，瞬间意识到自己已经晋级了，可她似乎还没准备好，一切都有点快。

"你好呀。"苏星辰礼貌地回了个笑容，"这么巧的，我们一个学校？"

"对呀，学姐，"女孩一脸兴奋，"我在学校就听说过你，没想到这么荣幸能来到您的公司实习。"

苏星辰有点意外这突如其来的热情，自己什么时候成了楷模了？有点不可思议，她看着面前的学妹，比自己小两三岁的样子，可是却好像和自己隔了一代人的距离。电梯到了，两人一同进了电梯。

从门口进公司的路上，不停有人停下来和苏星辰打招呼："苏总，早上好。"她微笑着一个一个回应过去，这种变化令她惊奇，又令她欣喜。她来到办公室，坐在老板椅上，有点眩晕。

"你就是苏总吧，"苏星辰抬头，一个大美女正站在门口，看见苏星辰赶忙伸出手向她走过来，拉着她的手，"早就听林总说过你，今天终于见到了。"

美女的手又软又有温度，可是苏星辰却觉得很突兀，不过她也不忍推开这样热情的双手。

"你是？"

美女皮肤白皙，有一双欧式的大双眼皮，鼻尖小巧，穿着华丽时尚，微笑着朝苏星辰露出一口洁白的牙，说："我是林总新招来的销售总监叶薇，并且现在还担任林总的秘书一职，上周面试，今天刚来，所以您可能还不知道。"

"哦，你好，"苏星辰轻轻捏了下她的手，"最近公司一直在招人，我不负责这件事，所以不太清楚。"

"您忙呀，大忙人。"叶薇带着一脸真诚的热情，"不过我听好多公司的员工都说，说你特别厉害，既搞得定交易，又搞得定大资金，以后还要请你多多指点我呀。"

"别，别，"苏星辰更加觉得眩晕和不真实，"我也只是运气好。"

她突然觉得自己的气场在对方面前像小学生，看叶薇，应该是个80后，可她这样热情恭维地和自己讲话，实在有些无法适应。

"你太谦虚啦。"叶薇带着满面的笑容说，她看起来那样有精气神，能带动所有死气沉沉的氛围，"林总让我叫你过去哪，好像是有事情找你。"

"好的，这就去，"苏星辰露出一个微笑，"谢谢你啦！"

苏星辰往林总的办公室走去，嘴角却挂着微笑，好奇怪，这种眩晕的感觉竟然让她觉得有些上瘾，一开始她不适应，可现在竟然有点喜欢。

"林总您找我？"苏星辰站在林道办公室门口。

"坐。"林道今天看起来心情甚好。

"公司近来招了很多人哦。"

"嗯，按照现在的势头，我们很快就可以扩展规模了。"

"这么快！"苏星辰心里感到有些不适，但是也说不上来到底是为什么。

"就要趁热打铁，等到行情凉了，想赚钱都没机会了。"

苏星辰若有所思地点点头。

"晚上曹总那边有个饭局，没事的话一起过去吧。"

"没事的。"

晚高峰时期有些堵，林道的奔驰在马路上缓缓地朝前移动。

"什么时候拿驾照？"林道问，"你也不能老让老板开车。"

苏星辰有些不好意思："已经报名了，只是一直没有时间练车。"

这时林道的手机响了，是一个陌生来电，他习惯性地按掉了电话，可是没过几秒钟，电话又打来了，他接起电话，在接起的三秒后，他的脸色立刻变得面如土灰。大概有一分钟，林道只是拿着电话没有讲话，他放下电话。

"我们不去饭局了。"他阴沉着脸盯着前方的路面，旋即掉转了车头。

苏星辰很想问清楚状况，可是看着林道面如土灰的表情，只能将话吞了回去，她上次见到林道这样，还是在见到董建昌的时候，今天晚上不会又和那个人有关吧？

车缓缓地开到了一座大楼附近，远离市区，周围黑漆漆的一片，大楼门前的路灯散发着昏黄的灯光，四周的几座丑陋的小型建筑物排布了一个巨大的方阵，都隐藏在灯光外的阴影里。

路面有点颠簸，苏星辰的手抓紧了安全带。

"这是哪里？"

"监狱。"

林道将车缓缓地停在了一栋建筑物旁边。

"你坐在车里，"他解开安全带，"不要出来。"

苏星辰感到一阵惊恐袭来："林总！"

"要是情况不妙就报警，"林道盯着她的眼睛，"但是不要出来。"

"砰"的一声车门被关上。苏星辰降下车窗向外探着头，今天晚上没有风，飞虫在路灯下焦躁地盘旋着。

林道穿过前方的广场，周围酒气熏天，还有一股排泄物的味道，突然间他停住了，站在监狱前面，似乎在等有人来。忽然一辆灰溜溜的汽车朝他开了过来，停在了监狱前面，从车里接二连三地走出了几个男人，其中一个缓缓地走到路灯下，灯光将他的身影衬得十分清晰，他把头顶的帽子往后推了推。

"你要进去看看他吗？"路灯下的男人说。

林道没有说话。

"你就不好奇，这些年他变成了什么样子？"戴帽子的男人继续说道，"毕竟，他是因为你才变成这个样子。"

"你到底想干什么？"

"你觉得呢？"

戴帽子的男人袖口中掉出了一根铁棍，周围的几个男人手里也突然多了一根铁棍，林道往后退了一步。

"林总。"

一个清脆的女孩子的声音飘了过来，只见苏星辰从车里跑了出来，眨眼工夫便闯到了几个男人的包围中间，林道的表情闪过一丝惊恐。

"回去！"林道喝了她一声，"回去！"

苏星辰觉得脸上热辣辣的，她害怕地盯着周围的人，这些人穿戴得整整齐齐，黑色帽檐压得很低，借助着灯光，苏星辰发现了一张熟悉的面孔。

董建昌！苏星辰惊讶地捂住了嘴巴，他黧黑的脸膛看起来比上次还要凶，可是董建昌看着苏星辰的眼神里也带着惊讶。

"我叫你回去听到没有？"林道对她又吼了一句。

苏星辰第一次无视林道的指令。她拿起手机给董建昌看，上面显示着一个在通话中的电话，几个人看到手机拿起棍子向前迈了一步。

"你放过我们，我就不报你的名字，"苏星辰感觉腿在发抖，"不然谁都别想跑。"

几个黑衣人全都直愣愣地看着苏星辰，就连林道都直愣愣地看着苏星辰，有的人还半张着嘴。

"我不知道你跟林总有什么恩怨，"这句话是对着董建昌讲的，"你用这种方式也解决不了问题，但是如果你非要鱼死网破，"苏星辰扔掉身上的手提包，"我也不怕跟你拼命。"

苏星辰声音颤抖着，听起来让人动容。林道一语不发，所有人都默不作声。

这时董建昌抬起头，面部显得更加阴沉，嘴角露出一丝微笑，眼睛里竟然有些湿润，他挥一挥手。

"撤吧。"董建昌挥挥手。

跟来时一样，他们三三两两走回了汽车，"砰砰砰"几下关上了门，临上车门前，董建昌朝苏星辰又望了一眼，随即钻进车门，扬长而去。

苏星辰立马瘫坐在地上，林道上前一步扶着她，她才发现自己的身体一直挡在林道的前面。林道拿过苏星辰的手机，才发现那是一张拨通电话的截图，这附近根本就没有信号。

29

"他们会报复吗？"

苏星辰窝在沙发里，抬起眼担忧地望着林道，刚刚沏好的茶袅袅地升腾着雾气，昨天夜里的梦全部是黑衣人、监狱、铁棍和挣扎，她一大早黑着眼圈来上班。

"不排除这种可能。"

"可以报警吗？"

林道望着桌面没有说话，空气安静得只能听到电脑处理器运转的声音。

"星辰，"林道第一次这样叫她，"你要做好准备。"

"啊？"

林道柔和地看着她，像是在安慰一个孩子，"我们接下来的麻烦，"他用手指摸了摸鼻子，"可能会很多。"

苏星辰嘴巴微微努起，眉头不自觉地皱了起来。

"但是要保持信念，人不总是赢，"林道说，"但是赢那么一两次，也就够了。"

"可我好像输不起了。"苏星辰用双手捂着脸，"我妈怎么办呢？"

"你要忘记这些，专心处理好手上的事情，你要知道世界上总归有比你更窘迫的人，也总归会有解决的办法，要学会从困境中抽离。"

说得容易，可是要怎么抽离呢？苏星辰感到有些无力。

开盘了，墙上的屏幕上显示着大盘和天尘生物的走势，集合竞价期间，天尘生物便趴在了跌停板上。

"麻烦来了！"林道眼睛直直地盯着屏幕，脸上又恢复了严肃的神色。

苏星辰抬起头看着屏幕上显示的绿色10%，感觉心一下子坠到了谷底。

天尘生物连续跌了一个星期，本来的盈利现在变成了微微的亏损。

"怎么处理？"苏星辰问。

"你去跟邵波沟通，问他愿不愿意补仓，有可能这票要继续往下杀，如果，我是说如果真的跌幅超过15%，我希望他们可以再坚持一下，我保证不会超过20%，这一轮下杀主要是公司总经理想要股权套现，空头借机会做空，再过一个星期应该风波就结束了，让他们坚持下。"

"好，"苏星辰几乎没有犹豫，"我这就去沟通。"

她回到自己的办公室，深呼一口气拨通了邵波的电话。

"不可能！"邵波的语气听起来非常生气，"当初说要放杠杆我可几乎想都没想就同意了，那时候也没提到要补仓这件事，怎么现在才说？"

"对不起，也是事发突然，"苏星辰软着声音故作夸张地说，"总不能看着账户灰飞烟灭吧。"

"无所谓！"邵波态度坚决地说，"我不介意用1000万来验证一个不靠谱的团队，但是继续投入成本，那是不可能的，我也要止损，这是原则性问题。"

"你再考虑考虑吧，"苏星辰恳求着，"再过一个星期就好了，你只要补200万。"

"不用考虑，苏星辰，"邵波的语气变得凶狠，"你太让我失望了，我还以为你是个有态度讲原则的人，没想到你就跟市场上的那些不顾一切的逐利者一样，我对你感到失望。"说罢他挂掉了电话。就不该放这么大的杠杆，苏星辰心里想，现在怎么后悔都来不及了。

林道这边的沟通也非常不顺利，曹世刚不同意补仓，这就意味着他们要么认栽，那4000万可能会白白送给市场，要么就去别处腾挪资金来补仓，可是看到天尘生物这样的趋势，找资金过来也不容易。

林道焦急地在办公室里踱步，这时他仿佛想起了什么，眼睛里迸发出火焰。他走到苏星辰办公室瞧着她开着的门："你盯着盘，随时等我指挥，我有事出去下。"

"好。"苏星辰应声答道。林道刚刚出去，手机里便来了季霞的电话。

"我不同意你拿房子去抵押。"妻子板着脸对林道说，"如果这笔资金也亏了，你让我和孩子住哪？"

"不会的，"林道蹲在妻子面前，"你相信我。"他用温柔的目光看着她，"只要这次撑得住就是大成功。"他眼睛里闪烁着急于成功的火焰，像着了迷的赌徒。

妻子看着林道的眼神哆嗦了一下。

"疯了，"她喃喃地说，"你陷进去了。"

"你相信我，"林道捏紧了妻子的双手，"这种时候你一定要支持我的呀。"

"我不支持你吗？"妻子的眼神带有一丝失落，"这么多年来，你的哪一个决定我不支持？当初你想创业，我就一直陪着你，你在里面的那两年，我也等着你。"

林道摇摇头："不要……不要再提那些了。"

"不，"妻子将手从林道的手中抽出来，她站起来走到窗台边上，"我要说，我今天就跟你说个明白。我为了你，放弃了事业，我是个美术生，理想是当一名服装设计师，可是为了你的梦，我等你，为你生孩子，现在又要为你的任性，连最后一个温暖的小窝也失去。"眼泪从妻子的眼角滑落，"我不能再忍受这个了，这是最后的底线。我不能看着我的孩子流落街头，就因为他们有一个赌徒一般的父亲。"

林道低着头不说话。

"这十年你在宏博都好好的，赌性没那么强了，心性也变得平和，怎么一出来创业就又回到了过去？"妻子带着不解的眼神看着他，"难道之前的教训还不够深刻吗？你和姓董的合伙开公司，结果他卷走了所有的钱，留下一堆债务和烂账给你……"

"现在不一样，"林道说，"现在的合伙人我能控制。"

"你又要控制。"妻子说，"以前你就要控盘这个，控盘那个，你总想控制。我不懂你们股市，但是我作为一个正常人我跟你讲，你对任何事情都要有敬畏和尊重，你不能想着控制股市，更不能控制人性。"妻子激动得身体开始发抖。

"你冷静冷静。"林道说，"总之这件事我一定要做。"林道坐在椅子上，从口袋里掏出一盒烟。

"你什么时候又开始抽烟了？"妻子问，"你不是都戒了？"

林道不说话点燃了香烟。

"总之这件事我一定要做。"他抬头用严肃的目光盯着妻子。

30

"她真的打算推票？"林道坐在自己的办公室里问对面的苏星辰。

"嗯，"苏星辰点点头，"不仅是季霞，先前来宏博跟我们做调研的那几个研究员也打算大力推荐这只票。这股票以前几乎没有人覆盖，他们也算是先驱者了。"

"好！"林道拍了下桌子，"敢第一个吃螃蟹的人，必定有超额收益。"

苏星辰觉得林道最近变得特别爱激动，似乎有股力量牵扯着他，让他不受控制，和以前那个沉默寡言，所有事都藏于心间的林总判若两人。不过这样也挺好的，起码看起来更真实。

"可是现在就要爆仓了。"苏星辰说,"远水解不了近渴,等到上市公司下季度业绩报告披露,等到季霞那边的分析报告公开,恐怕我们早就死透了。"

"我们要争取时间,"林道将双手合起来放在嘴边,"时间对我们来说是最宝贵的。"

他坐在那里思考了很久,眼睛里迸发出了一股破釜沉舟的力量。他转过头对苏星辰说:"你就不打算个人参与一些吗?"

"我?"苏星辰指了指自己,有些没反应过来,"这确实是个好机会,我有资金的话一定愿意参与,可是我刚替家里还掉了100万,而且我目前……"

林道摇摇头:"别说这些,机会稍纵即逝。"他用笃定的目光看着苏星辰,"我这是作为朋友的建议,你要想真正改变你自己的生活,从深陷的泥潭里挣脱,单是有超出常人的勇气和魄力还不够,你要有决断力。要主动,钱不会自己向你走过来。"

苏星辰惊讶地看着林道,可是自己从哪里去弄钱呢?

"客户的钱,我会从收益里分20%给你,可是真正要赚还是得用你自己的资金。毕竟客户也只是分他们收益的20%给我们。"

苏星辰点了点头。

"今天先这样吧,我还有事,你好好考虑下。"

借钱真难啊!

苏星辰有点后悔一股脑儿把100万全部打给了王富贵,要是当时跟他说只有50万,估计他也会相信。现在她联系了十多个亲戚,才凑了50万左右。

"我这样做对吗?"脑海里突然出现了一个声音。她将双手捂在脸上,似乎这样就看不见那些问题了。

"不管了,"她抬起头开始翻通讯录,"我爹也死了,再不赚钱妈也要没了，输了就去跳楼！"

这时她滑到了一个名字，手指在桌子上敲来敲去，思考了半天，她打开了邮箱开始写信。

瓶子：

您好。

大学以来您资助了我四年，又在我生活遇到了困难的时候慷慨解囊，这份恩情实在是做再多都无以为报。

这次给您写信，是因为我遇到了一个非常好的项目，我认为它是改变我命运的一个机会。可能我对于改变自己的命运有些操之过急了，可是目前的实际情况就是容不得我有过多的思考。我必须先于并快于同龄人成长起来，因此我想把握这个机会。我想从您这里借50万元，一年期，我会按照行业利息在一年后连本带利地将钱如数还您。若是能获得尊重谁都不希望被怜悯，可此刻我别无他法，等待着我的是生活里的一地鸡毛和千疮百孔，生活的列车不会为任何人暂作停留。

希望您理解我的心和现状。

祝身体康健，心想事成。

苏星辰

苏星辰带着激动的心情点击了发送，"嗖"的一声，显示对方已收到。她长吁了一口气，不知怎的，她觉得肾上腺素飙升，一种对未知的期待让她觉得有种说不出的感觉，这感觉并不让人讨厌，反倒让她觉得踏实。

杨芷晴在工位上整理着资料，这时手机里又来了消息，是方文强的消息。

144

"美女，你在忙什么？

"吃饭了吗？

"晚上一起吃饭吧。"

杨芷晴看着手机露出一个微笑。

"好呀。"她回复道，旋即便将手机扔在一旁，抱着资料走去打印。

打印机旁几个女孩子聚在一起叽叽喳喳地讲话。

"哎，你们有收到方文强的邀约吗？"一个短发的女孩子问大家。

"怎么你也收到了？"旁边的一个女孩子问。

"你们也收到了？"另一个女孩子说。

"我这里也有。"第四个女孩子拿出手机给大家看，另外三个女孩子也掏出手机，几个人将手机对在一起，竟然是一模一样的内容，瞬间爆发出了笑声。

"他这是群发了多少个人啊？！"

所有的这一切全部传到了杨芷晴的耳朵里，她脸通红，尴尬得想找个地缝钻进去。

"哎，杨芷晴，"短发妹看到了她，"你有收到方文强的短信吗？"

杨芷晴转过头，硬生生挤出一个笑容："没有啊，什么短信？"

"哈哈哈！"

几个妹子再次笑了："有件好玩的事情，你快过来看看。"

"我不看了，曹总那边有资料急着用。"

杨芷晴抱着那摞资料飞快地逃开了。

"也不知道会不会有傻姑娘上当。"

这是她逃离现场后听到的最后一句话。

杨芷晴走进曹世刚办公室，他仍然坐在那里抽雪茄，可是却一副心事重重的样子。

"曹总，资料齐了。"

"放那吧。"曹世刚背对着她。

"好的。"杨芷晴刚准备离开。

"等等,"曹世刚叫住她,"我们现在出发,去林道那。"

"好的。"

杨芷晴从曹世刚办公室出来去工位上拿包,拿手机的时候看到上面方文强的微信消息:"好呀,几点?你想吃什么?"

她没有回复,将手机扔进包里,几步跟上了刚走出办公室的曹世刚。

31

苏星辰刚到办公室门口就闻到了烟味,前台也没坐在位置上,她往里面走去,隔着玻璃门感觉到林道办公室里有人,她走过去推开门愣在了门口。

"大早晨就这么热闹。"她看着坐在沙发上的曹世刚、邵波和韩骁,站在一旁的杨芷晴和前台正在为每个杯子里添加热水。

"你怎么也来了?"苏星辰看着韩骁问。

"阿波说来看看你,"韩骁笑着说,显然还不知道发生了什么事,"你开业这么久了,我都没来过,就跟着一起来了。"

苏星辰看见邵波又穿了一件花里胡哨的衬衫,脖子上几根链子,戴着一副墨镜,头发在阳光下反射出了微微的绿色,既像花花公子,又像流氓混混。

"你怎么穿得跟讨高利贷的似的。"苏星辰说。

"我就是来讨债的。"邵波跷起二郎腿,"我来看你是怎么死在沙滩上,今天再跌一天估计就爆仓了。"

"你还知道爆仓?"苏星辰说,"新鲜了。"

"林道怎么还没来?"一旁的曹总问道,神色有些焦急。

"我给他打个电话。"苏星辰说着拿起手机走出了房间，这时手机上显示到账50万元，随着到账信息，她又收到了一封邮件，只有短短的十个字："钱不急，好好做项目，加油！"

苏星辰喜出望外，赶紧打给林道。

"我马上回来，"林道说，"叫他们等等。"

"林总。"苏星辰顿了下。

"怎么了？"

"那个项目，我现在追加资金，来得及么？100万。"她咬着手指有些激动。

林道在电话那头停顿了几秒："来得及，从我的资金里扣，你把钱打到我账户就行。"

"嗯，好。"苏星辰回应。

"我现在回来。"

苏星辰坐在椅子上看着邵波，他像个木头一样用没有感情的眼神也看着她，她转过头又看杨芷晴，杨芷晴露出一张花朵一样的笑脸，苏星辰也笑了笑，朝她眨了眨眼。外面传来了开门的声音，只听急匆匆的脚步声，林道进来了。

"对不起，让大家久等了。"林道快步跨回办公位。苏星辰往他面前推了一杯茶，他端起茶杯一饮而尽。

"要是能挽回局面，等多久都行啊，"曹世刚感慨了一句，"可惜现在成了死局。"

"不，没死。"林道说，"我打保证金了。"

"你是说你来补仓？"曹世刚一脸惊讶。

"嗯。"林道开启电脑，"大家回去吧，我要开始交易了。"

几个人面面相觑，这时苏星辰手机里来了电话，是季霞。

"你看到昨晚的公告了吗？"季霞问。

"还没，怎么了？"苏星辰问。

"券商报告出来了，我昨天发了第一篇推天尘生物的报告。"季霞说。

"太好了！"苏星辰声音有些激动。

"嗯，不过其他研究员可能要慢一些。"季霞说，"明天就出三季报了，但愿效果明显。你那边怎么样了？"

"我这边，"苏星辰抬头看了眼大家，"可热闹，就差你了。"

"啊？"

"不跟你说了，开盘了。"苏星辰挂掉电话。

所有人都在看手机上的曲线。然而天尘生物并没有因此而表现得更加积极。上一周下跌的惯性太强了，因此开盘就下跌四个点。如果不是林总今早补了仓，现在账户就爆掉了，苏星辰捏了一把冷汗，不过现在自己也跟着入局了。

"还在往下杀，"曹世刚捏着雪茄说，"就怕你补的也会爆掉。"

林道没理他，既然他们不走，他只能把他们当空气。

一个小时过去了，天尘生物跌了6个点了，苏星辰开始担心曹世刚的话真的会应验，杠杆放得太大、太脆，不抗风险。

"是不是报告没用啊？"苏星辰问林道。

"没那么快显现。"林道说，"要有时间发酵。"

这时林道蹙起了眉头，天尘生物跌了8个点了，往着跌停的方向走去。林道的电话响了起来，是券商打来的，估计是要他再次补仓的电话。他按挂了电话，继续盯着屏幕。

"又有报告出来了。"杨芷晴在一旁拿着手机说道，"是土星的，这家券商排名比宏博还要靠前。他们一推荐市场上肯定引起轰动。"

"现在报告没用。"曹世刚不耐烦地说，"市场不认可，瓜都烂在地里，你怎么吆喝也没用。"

"看不下去了，"邵波起身，"这次我认亏，不跟你们耗了。"他刚要往外走。

"等一等，"韩骁叫住了他，"季报出来了。"

"不是该明天披露吗？"苏星辰说，她也开始从手机里翻季度报告。

"利润增长200%！"韩骁语气带着惊讶。

"可是股市要的是资金流。"曹世刚说，"要有资金追逐才行。"

"我认为林总是对的，"韩骁说，"只要保证不爆仓，这票一定能起来。"

此刻林道的目光紧紧地盯着天尘生物的走势，其他人议论什么他已经听不到了。这时券商那边的电话又打来了，他接起券商的电话。

"我不补了，"林道说，"我的钱都打进去了，你们再等等吧。"

他挂掉电话，像虔诚的信仰者那样再次看着电脑，咬着大拇指的指甲。嘴里默念了一句什么，苏星辰好担心他会疯掉。

这时只见天尘生物噌的一下贴到了跌停板上，屋子里的人呼吸都要停了，林道的眼睛布满血丝，带着一股巨大的痛楚。

只见跌停持续没到5秒钟，一个两条线近乎直线的V字形一下将天尘生物拉了6个点，在高位持续了不到2秒停在了负5个点的位置，股价被拉回来了。

林道的眼睛从绝望变成了激动，他将身体前倾，脸几乎贴在电脑上。

"坚持，坚持，只要持续半小时，就可以了。"

V字形拉回后，天尘生物渐渐有了人气，渐渐地上涨，半小时后竟然翻了红。

液体瞬间朦胧了林道的瞳孔，他靠在椅背上，双手捂在脸上。苏星辰激动得也快哭了。

"都回去吧。"苏星辰看着疲惫无比的林道对大家说，"这票没事了，不会爆了。"

房间里充斥着一股肃穆庄重的气氛，每个人都不说话。

人不总是赢，可是赢那么一两次也就够了，在这之前，你要保证还有生的希望。

32

星辰妈早早地就起来了，今天苏星辰在家里请客招待朋友，她特地一早就起来准备食材。叮叮咣咣在厨房一顿操作，把正在睡觉的苏星辰给吵醒了。女儿的房子两个月前就买好了，上周刚刚装修完毕，今天乔迁过去，顺带也将这个目前住了十年的老房子买了下来，因为这里有太多回忆了。

"妈！"苏星辰拖着长音从卧室里出来，"你干吗起这么早？"

星辰妈露出一个温柔的微笑："这不今儿个搬新家，你要在那头聚会，我给你们做点好吃的。"

"我都订餐了，你歇着得了。"

"嗨，你这孩子，花那个钱干吗？"星辰妈皱起眉头，"饭店不干净，再说哪有你妈做得好吃呢？韩骁来吧，我……"

"你又要包饺子。"苏星辰接下了母亲的话茬，"成，您弄吧，反正我说什么都是白说。"她又回到卧室躺在床上，盯着天花板发呆：自己终于熬出来了！

她躺在沙发上，睁着眼睛看着眼前的这一切。这半年里大盘从2000点涨到了3000点，天尘生物借着利好得到了市场上的关注，这个早期被严重低估的股票终于发挥了真正的价值，半年时间就翻了3倍，他们那几个放了杠杆的账户则跟着翻了10倍。

林道成了身价过亿的大佬不说，自己也跟着成了身价千万的富婆。

事态的变化那样难以预料，上一秒她和林道还处在爆仓破产的边缘，下一秒就峰回路转。以破竹般的涨势，天尘生物再也没回头，高歌猛进地涨到了上个月，林道将仓位全部清空。

正沉浸在回忆中，手机里却来了电话。

"苏星辰，我在你家楼下。"杨芷晴在电话里说道。

"哪个家？"

"老房子。"

"啊！你来这干什么？"苏星辰问，"今天不是在新房子聚吗？"

"我当然知道，你说你也真逗，你们家这老房子和新房子都在一个小区。"

"没办法啊！我妈她不喜欢别墅，可我还要享受生活呢！"苏星辰从床上坐起来，"不过老的那套也没多少钱，索性都买了，也算个纪念。"

杨芷晴说："你下来，我带你去收拾收拾。"

"我哪需要收拾，"苏星辰说，"就这样了，今天又没有外人。"

"今天我男朋友也来，嫌你给我丢人。"

"谁啊？"苏星辰从床上坐起来。

"你下来我跟你讲。"

杨芷晴开车把苏星辰带到了静安区的商场里，一路上把自己和方文强的发展历程跟苏星辰讲了一遍，苏星辰听后默不作声。瞅着杨芷晴那股恋爱初期的热情劲儿，自己又不好说些什么，只能在一旁打哈哈。

到了商场，刚好赶上商场开门，杨芷晴扯着苏星辰就开始逛了起来，这个逛街小能手熟知各个季节的新款，一圈转下来，苏星辰像换了个人，手里拎着大包小包的旧衣服。

"至于这样吗？"苏星辰看着自己无比夸张的一身问。她平时连裙子都懒得穿，一身运动牛仔平底鞋的就去上班，而今天杨芷晴给她配上了裙子高跟鞋，还带她去做了头发，"不就是搬个家？"

"你这思想有问题，"杨芷晴拿着咖啡端详苏星辰，对自己的作品很是满意，"天天搞得自己跟个爷们儿似的。今天你乔迁啊，这么喜庆，你也打扮得像点样子出来见人嘛。别整天就是项目啊，股票的。"

"行了，咱过去吧，"苏星辰看着手机上季霞的微信，"霞姐马上过来了。"

苏星辰新买的别墅让她想起了自己长大的那个房子。

半年前的天尘生物让她大赚了一笔，她不仅还清了父亲所欠下的债务，还为母亲请了最好的心脏科私人医生，又配置了房产。

此刻三个女孩已经在新房里开了一瓶香槟，乔迁晚会现场已经布置得差不多了，三个人一边感怀过去一边聊着八卦。

这时门铃响了，苏星辰跑过去开门，一开门一个硕大的玩具熊映入眼帘，从玩具熊身后露出了韩骁的脑袋。苏星辰刚露出笑容，又看到韩骁后面露出了邵波的脑袋，笑容瞬间收了回去。

"什么表情你这是？"邵波一边抱怨着，一边往屋里走去。

"给你的。"韩骁将玩具熊递给苏星辰。

"谢谢。"苏星辰朝韩骁笑了笑，"他怎么来了？"

"他说来给你看看风水。"韩骁带着尴尬的笑容说。

苏星辰眉头皱成一团："我用得着他？！"

邵波一进屋就和季霞、杨芷晴聊了起来，很自觉地自己倒了香槟，顺带替韩骁倒了一杯，俨然成了房子的主人。上次在小酒馆的聚会场景再次上演，四个人打成一片，苏星辰和玩具熊坐在沙发上看着眼前的其乐融融却融不进去。而且那瓶香槟也很快就见了底。

这时门铃又响了。

"我来，"杨芷晴噌地从几个人中蹿了出来，她打开门，笑着把门口的人迎了进来，"给大家介绍下哈，这是我男朋友方文强。"

方文强很自然地跟大家打招呼。

"欢迎，欢迎。"季霞笑着说，"早听杨芷晴说起你，今天终于见到了啊。"

苏星辰对方文强没什么好感，从杨芷晴的描述来看，她觉得方文强也不是个省油的灯，因此也没有显得很热络。

"你傻坐那干什么呢？"邵波对苏星辰说，"来客人也不招待。"

"欢迎哈，"苏星辰挤了个笑容往人群这边走过来，"你随意些，大家都很熟了，不用拘谨。"

聚会过了半场，苏星辰妈送了饺子过来，韩骁见到星辰妈分外热情，跑到厨房和她攀谈了起来，帮着星辰妈忙这忙那。

"我说苏星辰，你还挺厉害的，"邵波说，"半年前谁能想到你能挺过来，你和林总走那一步还真是险啊！"

"风险和收益成正比。"苏星辰鼻腔里哼了一声，"你懂什么？"

"我怎么不懂。"此刻季霞、杨芷晴很知趣地和方文强坐到了一起，几个人坐成了一排拿着香槟准备观战，"我不懂我会放资金给你？你还不知道感激，要不是我给你机会……"

"我没给你赚钱吗？"苏星辰毫不退让，"你那账户半年快十倍收益了，难道不是你要感激我？"

"就你给我赚那一点钱，"邵波一脸不屑，"你觉得我在乎吗？"

"你是不在乎，那天还不是撑不住跑到我们公司一副看戏的架势，要不是我和林总补仓，你就是个撑不住的逃兵。"苏星辰越说越气愤，"怎么你还挺自豪？见到风险就要逃，你忘了你那天到我们办公室一副弃子的姿态了，我可一辈子不会忘。"

中间的三个人觉得气氛有些尴尬，两方开始动真刀真枪了。这时星辰妈和韩骁从厨房里端了四盘饺子出来，季霞赶忙起身接过饺子，说："阿姨辛苦了啊，大家都别说了，快吃饺子，这饺子一看就好吃。"

星辰妈一脸笑意："星辰从来都不买账，宁可叫外卖都不吃我包的饺子。"

"妈！"苏星辰拖着长音叫母亲。

"你看你，到处气人。"邵波一边拿着筷子夹饺子一边说，"忘恩负义的家伙。"

"行了，趁热吃吧。"韩骁说。

"那个，你们吃吧，我先回了，都是年轻人，我就不打扰了，好好玩个够。"星辰妈笑着说道，她看了看苏星辰，"今天打扮得还像样子，别老跟别人吵架。"

一番嘱咐把屋里的人都说笑了。星辰妈走后，苏星辰望着一桌的杯盘狼藉露出了一个狡黠的笑容："今儿个聚这么齐，要不勾结勾结以后怎么赚钱？"

"得啦！"

"你放个假不行吗？"

"大周末的！"

一番建议引来了全体的抗议。

33

宏博每年的年会都在浦东香格里拉大酒店举行，今年也不例外。季霞端着一杯香槟站在巨大的玻璃幕墙前，对着黄浦江感叹物是人非，曾经三个人在这里有说有笑，而今年只剩自己在这里"望江兴叹"，大公司的淘汰率夸张到连林道这种工作八年的老员工都被迫辞职，她有点庆幸自己还在这里，可是留给她的舞台也并不大。

年底刚出的新财富排行榜，自己连边儿都没有碰到，更不用说评上最佳分析师了，倒是王红妹在霍总的大力支持下，进了新财富最佳新人榜。刚来宏博一年就登上了新财富，这个战绩真的是在宏博史无前例。不过公司划给她的资源也是前所未有的，王红妹是法律学士毕业，并不了解传媒行业，可是霍总给她配了四个研究员搭档，还任命她为首席，这样平日里的报告就可以由"小兵"来代劳，这四个人都是科班出身，报告写得逻辑清晰，专业到位，而王红妹凭借良好的形象和谈吐，外加专业的报告，迅速得到了资本市场大佬的青睐。现在来宏博找王红妹咨询股票，索要报告的机构不计其数，有些大佬还指名道姓只看王红妹团队的报告。

一年时间，王红妹几乎成了宏博的门面担当，在资本市场风头正起。而自己今年推的票里，就只有一只天尘生物是最亮眼的，天尘生物在过去的这半年里长势劲猛，由于业绩猛翻了两倍，加上各大券商的争相追捧，股票遭到了许多主流大机构的哄抢，借助着市场不错的小牛行情，在半年里猛涨了一轮。季霞也终于稍微有了一些名气，她叹了口气，即便是这样，自己这种赤手空拳的"土八路"与人家装备精良的留洋大军相比还是逊了不止一筹。

颁奖典礼马上开始了，她将香槟放在桌子上准备回会议室。转身看见王红妹前呼后拥地也在往会议大厅走去，王红妹看到了季霞，可眼神只是羽毛一般地轻轻扫过，便继续直视前方向会议厅走去，好像不认识季霞这个人。

颁奖典礼开始了，季霞坐在中间几排的位置上看着主持人仪态万千地邀请公司的"明星人物"上台领奖。典礼举行了仅半个小时，王红妹就已经上台三次了，马太效应总是在金融圈上演得十分明显：凡有的，还要加给他叫他多余，没有的，连他所有的也要夺过来。好在自己没有什么，也没什么可被夺的，季霞坐在那里摇着头冷笑。这时她好像听到了自己的名字，一开始她怀疑自己听错了，后来又听到了天尘生物的名字，接下来主持人在讲她今年的业绩表现，她猛地抬头，发现几个同事往她这边看过来，才反应过来台上的事情和自己有关。

脑袋嗡的一声，她整个人有点麻木，没等回过神来，掌声便如海浪般袭来。得奖了？她有些茫然地看着周围，木然地在别人的"指挥"下站了起来，走向舞台。

走到半路的时候，她才反应过来，自己得了宏博公司的最佳分析师奖项，季霞觉得鼻子发酸，她从来没拿过奖啊！接下来的一切都那么虚幻，她看着霍总一改常态笑容满面地将奖杯放到她手里，那个冷血的师太不见了，她看着台下的观众，觉得人生的高光时刻到了，可是她都没有准备好，连台词都不知道说什么，只是一直感谢这个感谢那个，又恍恍惚惚地下了台。

握着手中沉甸甸的奖杯，那是她辛苦加班无数个日日夜夜，面对骚扰和侮辱不卑不亢的奖励和安慰，她左手捂着胸口，被认可的欢乐淹没了一切曾经的委屈和牢骚，她甚至觉得曾经的困境和苦难还不够力度，今后要以更无畏和坚定的态度去迎接未来的险阻。她发誓要更加努力，更加坚持，更加听从内心的召唤：感谢上苍！我从未放弃。

杨芷晴坐在工位上揉着太阳穴，她刚和曹总从恒隆港汇大厦的公司开完会回来。工作以来，她从来没有像现在这样忙碌过，以前在宏博也是家里帮忙找好了关系，她象征性地去上班，即使经常接到客户的投诉，公司也只是象征性地批评她两下。

可是现在不一样了，这份工作是她自己找来的。自上次被宏博开除以来，她的名字几乎上了所有券商的黑名单，而且那个毁掉自己前途的丑闻，她也不好意思和家里人说，因此自己找好了工作才跟家里汇报。她对现在的这份工作倍感珍惜也无比满意，忙碌的工作让她找到了前所未有的存在感，也让她能快速地从上一段恋情的痛苦中抽离。

这时一杯星巴克咖啡出现在了杨芷晴面前，顺着端咖啡的手臂，是方文强那张孩子气的脸，杨芷晴没好气地转过头去，继续在键盘上敲打。

"我特地给你买的。"方文强可怜巴巴地央求道，"你跟我说句话吧，就一句，你都一个星期没理我了。"

杨芷晴装作没听见继续打字。

"我买了两张电影票，晚上一起去看吧。"

"第几个？"

方文强愣了："什么第几个？"

杨芷晴转过头来："我是你邀请的第几个？"她带着一脸嘲讽，"你又群发了多少个小姐姐？"

"你是唯一的一个呀，"方文强带着一脸无辜，"你这样讲太伤我了。"

杨芷晴瞪了他一眼没再理他。

"晚上一起去吧，不然票作废了。"方文强不依不饶。

"没空，"杨芷晴盯着电脑屏幕说，"去钓别人，我这没工夫陪你耗。"

"哎呀，你是不是误会我了，杨芷晴？"方文强一副可怜兮兮的表情，"我就只想和你看电影呀，你不去这电影票就扔啦，那也是钱哪，扔了多可惜。"

"不去！"杨芷晴斩钉截铁，眼睛一直没有离开屏幕。

"你这个狠心的女人。"方文强带着孩子气的声音说。

杨芷晴努力忍住笑容，这种捉弄的快感让她心满意足，她看着方文强离开的背影有些得意。她低头正打算继续打字，那两张电影票却闯入了眼帘，她拿起电影票想要扔掉，又觉得有点可惜，于是顺手放在了笔筒里。

再过半小时，曹总要带她去参加郎普传媒的并购谈判。她在桌上的一堆资料中翻找着谈判要用的材料，可是怎么找也找不到，她桌上桌下找了好几遍。

"你在找什么？"方文强端着咖啡杯又站在了她面前。

"你一天没事情做吗？"杨芷晴一边找资料一边甩了句话给他。

"我是想帮你呀！"方文强说。

"完了！"杨芷晴拍了下脑袋，"落在港汇那边了。"

这时曹总唤了她一声，惊慌爬到了她的脸上，这一瞬间被方文强捕捉到了。

"我帮你去取吧。"方文强收起了孩子气的表情，变得认真起来。

杨芷晴看着曹总办公室的门，又转过头来焦急地看着方文强，似乎只有这个办法了。

"你帮我一下吧，"杨芷晴用乞求又无助的眼神看着他，"一会儿帮我送到郎普传媒大厦。"她站起来，"但是只有半小时，我这实在走不开，拜托了！"

"没问题，别着急，"方文强放下咖啡杯，"我马上去，曹总叫你了。"

杨芷晴咬着下嘴唇点了点头，往曹总办公室小跑过去。

半小时后，杨芷晴焦急地在郎普传媒大厦的一楼大厅处踱来踱去，这时方文强从门口跑了进来，手里拿着一个资料袋，他气喘吁吁地将那份马上要用到的文件递给她。

"快去吧，"他的脸由于跑得太快而通红，汗水顺着脸颊流了下来，"我一会儿还要上节目，不跟你说了。"

他转身跑掉了。杨芷晴拿着那个资料袋看着方文强的背影，她像个木偶般呆愣了三秒，旋即才反应过来会议要开始了，于是一路小跑上了楼。

34

徐野长得不算高，身材健壮，这要归功于他几年如一日的健身和严格的饮食控制，因此穿上了阿玛尼定制西装后，再配上那双深邃又清澈的丹凤眼，看起来仪表堂堂，英俊潇洒。平日里他很是随和，话不多，却都能讲在重点上，因此朋友很喜欢和他相处。英国留学归来后他就在家族内部打理生意。

鑫仙猪肉市值将近300亿，徐野父亲打下了江山，到徐野这里是第二代，不过养猪这个产业虽然赚钱，却一度令徐野感到尴尬。当徐野侃侃而谈如何将小猪交给农民去养，长大后再集体圈养到大猪场，保证小猪的卫生和健康生长，猪的深加工贯穿整个产业链，甚至猪粪都可以用来发酵做饲料，这时候妹子的脸就拧成了蝴蝶结，身体就渐渐地远离他，气氛越来越冷。越是这样，徐野就越想好好跟对方解释，用真诚的逻辑来打动对方，他真的觉得猪粪非常有价值，也希望对方能够改变偏见。

"不要再讲了，亲爱的，我都觉得有味道了。"妹子皱着眉头扇鼻子前的空气，就好像那味道是从徐野身上散发出来的。

"猪的深加工是非常难的，"徐野继续说，"因此养猪是个高门槛产业，也是个高科技行业。"

"高科技？"妹子一脸不解。

"对啊！"徐野感觉到有些挽回尊严了，"猪粪经过生物科技分解，即科学高效又可废物利用，解决污染问题。"

"可是还是猪粪啊！"妹子一脸嫌弃，"我真的知道这是一个很好的产业，你们家族的人也都好厉害，可是亲爱的，养猪听起来实在是，呃，怎么说呢，总之和你做朋友真的很开心。"

这个敦厚的"憨憨"一开始十分不解，尽管养猪这个概念说出来有些不雅，可自己家好歹也是上市公司啊，而且规模还不小，他往富二代堆里一扎，那也是身家靠前的几位之一。无奈姑娘们对养猪的刻板印象太深刻，提到养猪脑海中会自动生成味道和画面感。

一开始他实在想不明白这个逻辑，不要说妹子，就连同学聚会，或者认识新朋友的时候，每每提及自己家的产业是养猪，对方总先是一怔，然后眼神里勉强做出严肃的表情，努力地用面部肌肉控制那个忍俊不禁，看得徐野比对方还要尴尬，甚至想替对面的人使一把劲儿。

习惯了这样的反应后，他都先给对方一些时间去消化吸收这件事情，然后便开始给对方普及养猪产业到底是怎样，大多数人对养猪产业存在误解，实际上这个产业非常赚钱，尽管早期门槛高，但巨额的资金投入和较长的回报周期为养猪企业建立了坚固的护城河，后来者再要进入这个行业会非常困难，而且随着时间的推移，护城河会越来越宽，早期建立养猪场的企业利润会越来越厚。现在一个养猪场市值基本都大几百亿，有的甚至上千亿，由于非洲猪瘟，大部分不能适应的养猪场都被淘汰了，徐野家不仅在猪瘟的肆虐下生存下来，而且规模创了新高，今年光是净利润就达到了60个亿。

可是外人对这个行业仍然保留着脏、乱、苦的刻板印象，徐野性格憨厚，这遗传于老实勤勉的父亲，因此他总是耐心地给大家讲解。直到第三个女朋友也是因为这件事情和他分手，他实在忍无可忍了，他虽然温和又有耐心，可是年轻人继往开来的野心和强烈的尊严感让他想要寻求转型，因此他发誓自己真正继承父亲产业的那天，一定要按自己的想法去开拓一片新天地，那个曾经给家族带来荣誉和辉煌的产业，从出生起就给自己套上了一身的桎梏和"味道"，他要摆脱这一切。

徐野看着镜子里的深褐色领带，莫名地竟然想起了猪粪，厌恶得嘴角抽动了下。

"就不能换个颜色吗？"他尽量克制着音调，今天要见投行那边的人去谈企业转型的事情。真正启动转型的契机是一场饭局，有一次徐野和几个本科时期的同学在外滩的一家餐厅吃饭，那天邵波也来了，刚好坐在徐野边上，他俩在英国读书时候就认识了，那时候他们这些人没事就一起聚会，后来回了国，聚会的传统还是没变，每年都要聚上那么一两次。聚会过了半场，红酒也开了三瓶，听着邵波在边上侃侃而谈这个网红那个明星，徐野重重地叹了一口气。

"怎么你有心事？"邵波将手放在徐野的肩膀上。

"我是真的羡慕你啊，"徐野将杯中的红酒一股脑儿送入喉咙，"这么多年我泡妹子就没顺利过，一开始都还行，咱长得也不差，出手也大方。可是一深入了解就，完啦。"说到这里，徐野不禁悲从中来，"果然妹子都是贪恋我的肉体。"

"哈哈哈！"他的一番诉衷肠引来邵波的一阵大笑，"那没办法了，大哥你就这个命，总不至于把你家那摊子丢了吧。不过现在的女孩儿啊，都太虚荣，你擦亮眼睛，总归会有欣赏你内在的好姑娘的。"邵波说着这番话的时候还在笑。

徐野此刻的状态实在是太引人发笑，尽管他是真的伤心，可你总觉得他的伤心带着很多的喜感和嘲讽，徐野虽然是个乐天派，可也受不了一直扮演小丑的角色。

"不是欣赏内在，我内在也不差啥，主要就是我家那摊子啊！"徐野带着满脸的无奈说，"不仅是妞儿，我现在也厌倦了陌生人刚一听我家产业时候的表情，基本上要见个两三次面，才能略微转变一些观念。你看那些搞科技的、军工的，还有你家这个开'赌场'的也都不差，随便一个概念说出来都很拉风。我家就怎么也洗不白了，尽管超级赚钱，可也摘不掉养猪的帽子。"

邵波强忍住笑容："那你想怎么样呢？作为哥们儿我们能做点什么？"

徐野抬头望了一眼，发现大家都在盯着自己，眼神里略带同情，面部挂着不同程度的笑意，他觉得头顶上的灯格外刺眼，酒精将肾上腺素推向了头顶，干脆就今天把这事儿拿出来商量下，真有方案，老子就甩手弄他一把。

"我看现在那些企业啊，都在寻求转型，前几天不是有个什么搞汽车的，在转型航空航天，现在汽车都想飞上天了，我们养猪的怎么就不能来个转型？"

"能！当然能。"桌子边上有人附和着。

"我今天来，就是想叫大家给我出出主意，想想办法。在座各位都是见过世面有头脑的人，你们就说说看，我家要是寻求转型，能转出个什么来。"徐野说。

"你可以养鸡，"桌上的一个富二代说，"如果觉得概念不够'性感'，可以养蜥蜴、蛇之类的，档次不就提升了？"

在座的人又哄地笑了起来。

"五十步笑百步。"提议很快被徐野否了。

"转型种植业呢？"另一个富二代说，"果园啊，蔬菜这类传统行业，和你们家产业相差不会很大，转型也相对容易些。"

"既然都决定转了，不妨胆子大一点，小动和没动一样。"提议又被徐野否了。

"大步子？干脆做高科技得了，"邵波一脸坏笑说，"往你家猪身上安几个芯片，卫星定位、科学监控，数据化养猪。"

引来了在座的人一阵爆笑，可是徐野的眼睛却闪闪发光。

"你刚刚说什么？"

"我说科学养猪。"邵波笑着缩起来怕徐野打他。

"不是，你刚刚说芯片。"徐野的眼睛里放出光芒，"我看这个行，最近国家不是大力倡导搞芯片？我也非常看好，我喜欢这个。"

他拍了下桌子，又拍了下邵波的肩膀。

"大哥，冷静、冷静，"邵波一面压着笑容一面按着徐野的肩膀，"芯片可不是闹着玩的啊，那团队要相当高精尖，门槛比你家早期建厂还要高，你可得想好，这可不是拍脑子就能搞的。"

此刻宴会已经达到了高潮，在座的人已经笑翻了天，邵波的声音被淹没在了巨大的笑声中。徐野看着此刻这帮嘲笑自己的人，想着那些离他而去的姑娘，芯片啊，多么"性感"热门的概念。

"不！我就要弄这个。"徐野顶着涨红的脸用异常坚定的眼神看着邵波说。

因此上次的聚会结束后，邵波就将韩骁介绍给了徐野，今天会面主要是商量后续并购的标的问题，几人在一间总统套房的沙发上各自落了座。韩骁建议徐野在海外收购一家芯片公司，因为在芯片技术这块，海外公司发展得更成熟，而且相比收购国内团队，收购海外资产成功可以给上市公司带来更高的估值。

"如果真的并购成功的话，估值会翻多少倍呢？"徐野问。

"十几倍是保守估计。"韩骁说，"也要结合行情，上百倍也不是没有可能。"

"上百倍，那鑫仙猪肉的市值就要过千亿了。"徐野看着韩骁，"那并购这个项目的成本是多少？"

韩骁拿出一沓资料，那是他和团队策划了一个星期的成果。

"总共大概需要130亿，这上面是详细的测算。"韩骁回道。

"这么多！"徐野拿着那一沓资料翻看，"我们市值才300亿不到。"

"芯片公司都是这个规模，没办法，而且即便是我们这边资金到位，那边项目也要从多个资金方中做筛选，这个是卖方市场，就是说卖方会比我们要强势，能不能拿到项目还有很大不确定性。"

"那这不是基本没戏？"徐野说，"首先资金这块，我们怎么可能有那么多现金用于收购？大部分都在股票上了，再说即便是资金充足了，那边还有很大不确定性，这个风险也太大了。"

"资金这块倒不是个大问题，"韩骁说，"后面拿项目上，我们团队有绝对的优势。"

"资金不是问题？"

"对，首先我们可以在券商那边质押一部分股权，现在市面上大多数项目都这样操作，现在是牛市，股票质押也好操作，另外我们团队也可以帮忙融资收购。"

徐野点点头："我了解这个，但是我们企业自打上市以来从未运作过这类事情。"

"正是因为一点资本运作都没做，才更好操作。"韩骁说，"资本喜欢白纸，可以讲很多故事。"

"我需要和我父亲商量，"徐野看向韩骁，"这毕竟是大事，你的方案我了解了，我要好好考虑下。"

"您慢慢考虑，我们进度已经很快了。"韩骁说，"转型不是一朝一夕的事。"

从徐野的会议现场出来，韩骁开着车行驶在高架上，随着股市进入牛市，他接手的项目也越来越多，就像太阳直射到了北回归线，整个金融业突然热了起来，所有的项目都跟着加速催化，让他有些应接不暇。

他将车停在了世梦会所门口，穿着考究西装的服务生主动走过来将车开去了停车场。曹总今天约韩骁来这里，说是带他看新的项目。他在服务生的指引下往会所深处走去，一路上眼花缭乱，到处都是五颜六色的长腿姑娘和形形色色的男人，他感到肾上腺激素开始飙升。服务生在一个包间的门口停了下来，门一打开，里面已经坐满了人，烟雾缭绕，曹世刚在卡座正中间的位置，韩骁直接走了过去和曹世刚打了声招呼，曹世刚安排他坐在旁边。

"叫他们小点声。"曹世刚吩咐了一声身边的人。

"我给你介绍下，韩经理，"曹总指着旁边的一个戴眼镜男人说道，"这位是馥茶传媒的董事长赵海生，接下来我打算拿下他们公司的项目，后面你来和赵总这里对接。"

韩骁伸出手去："幸会，赵总。"

赵海生伸出手来："韩经理真年轻啊，这么年轻就得到曹总重用，不简单。"

"过奖了，赵总，"韩骁有些不好意思，"我敬您。"说着举起了酒杯。

"赵总这里后面要拍一个电影，"曹世刚靠在沙发上吐着雪茄烟圈说，"耗资14个亿的大制作，我打算接下来。"

"14个亿，"韩骁的瞳孔瞬间变大了，"那可是相当庞大的阵容。"

曹世刚露出志得意满的笑容，这时从门口进来了一位美女，穿着银色的吊带裙，风姿绰约地走了过来。美女刚一走近，韩骁吃惊得嘴巴都张开了，整个人像木偶一样呆住了，最近爆红的顶级流量周丹丹，竟然在这里被他见到了本人，他怀疑自己是在做梦。曹世刚和赵海生看到韩骁的样子都哈哈大笑了起来，韩骁意识到自己失态了，旋即调整了下状态。

周丹丹挨着赵海生坐了下来。

"现在你知道为什么是14个亿了吧，"曹世刚举起酒杯向周丹丹示意了下，贴着韩骁的耳边说，"光周小姐就不止一个亿的片酬，你帮我估下价格，后面谈判交给你，我要对方不下51%的股权。"说着他拍了拍韩骁的肩膀。

"没问题。"韩骁说，他看着周丹丹还是感到吃惊。

"好了，正事就说到这里，好好玩吧。"曹世刚揽过身边的美女对大家说。

在曹总的安排下，韩骁身边坐了两个美女，可他却显得有些局促不安，大部分时间都只是静坐在那里，要么看着前方的屏幕，要么就看着周丹丹，他想找借口离开，但是又觉得不太好，看着曹世刚和赵海生在那里谈天说地又插不进去话。

"帅哥，你是不是累了。"旁边的一个美女抚着他的肩膀说，狐媚的大眼睛占了整张脸的四分之一，"曹总安排了酒店，你可以去休息，来这的客人都这样，我看你还挺害羞。"说完美女就笑了起来。

韩骁点点头，这几天没怎么睡觉，此刻他确实有些疲乏，他看着曹世刚和周海生，他们应该也不需要自己，于是跟两位打了声招呼，便在服务生的指引下到了楼上的酒店，关上门，倒在床上，脑海里还是刚才见到周丹丹的一幕。这时，门铃响了，他起身去开门，一开门再次傻眼了，只见门口站着两位身材高挑、笑容灿烂的女孩，用半生不熟的中文和他打着招呼，其中穿插着韩语。韩骁一下子蒙了，这就是曹总的"礼物"？

两位女孩满眼期待地站在门口等着他的邀请，他感觉整个身体发热，大脑很是混乱，回房间拿起衣服，穿过两个女孩逃也似的来到了电梯口按下了下楼的按钮。

代驾开车回家的路上，他还是难以从刚才的画面中走出来。

"我们换个方向。"韩骁对代驾说。

35

苏星辰坐在凉亭里看月亮，今天的月亮格外地亮，韩骁神经病一样地刚打来电话说要过来，她便出来等他，顺带散散步，盯了一晚上的盘，刚好歇一歇。这时一辆车停在了门口，韩骁从车里走了出来，安排完代驾，他朝苏星辰走了过来。

"什么事啊？这大半夜的。"苏星辰走到他面前说，"你喝酒了？"

她皱着眉头，扇着面前的空气，一脸嫌弃地躲开韩骁。韩骁看着苏星辰，张开双臂，一把抱住了她。这一个突如其来的拥抱把苏星辰弄愣了，她呆站在那里，如果是平时，可能早就踹韩骁几脚了。

"谢谢你哦，星辰。"

"谢啥啊？"

"谢谢你让我过来。"

"不是你自己非要过来吗？我也不敢不让啊。"苏星辰从韩骁手臂里钻出来，"大哥，你怎么了？"

韩骁摸摸后脑勺有些无语，他看着苏星辰叹了口气。

"星辰，你知道我们认识多久了吗？"

"五年，上次不是说过了？你要进屋聊吗？"

"不止五年，"韩骁深切的目光盯着她，"你真的不记得了？"

"记得什么？"

韩骁低下头盯着脚面。

"大哥你别卖关子，要急死谁？"苏星辰的急性子上来了。

"其实，我们高中时候就认识了，"韩骁抬起眼睛看她，"你转学前，那个时候做课间操的时候经常见到你，后来你就消失了，你可能对我没印象了吧。"

"啊？"苏星辰呆愣地站在那里，有点茫然，她努力地在脑海里翻找高中时期的那些脸，那时候大家都稚气未脱，还带着孩子似的面孔。

"有一次体育课上，我们两个班一起上，然后有个活动需要大家手拉着手围成一个大圈，当时我拉着一个女孩子的手，你还过来打落我们的手，然后站着中间，对我说你要挨着那个女孩，然后就牵起了我们两人的手，你不记得了？"

确实有这么件事，苏星辰恍然记起来，当时女孩左手拉着韩骁，被苏星辰打落拉着韩骁的手后，对苏星辰说："你可以站在我的这一边。"于是用右手拉起了苏星辰的手，这件事苏星辰耿耿于怀了好久。

那韩骁不就是——自己转学前暗恋的男孩子？她哪里是要挨着旁边的女孩子，当时其实就是找借口去牵韩骁的手啊，想到这里她扑哧笑了，看着韩骁的脸，完全没了当初的样子，像另一个人，不过腼腆的小表情，确实还和当年一个样。

"是你啊！"苏星辰惊叫了一声，"我记得你啊，你是隔壁班的体育委员。"

两个人坐在苏星辰家的客厅里聊了将近一个小时的高中回忆，完全忘记了现在已经是大半夜，明天还要上班。

"你竟然还记得我！"韩骁说，"我们可是连话都没讲过。"

"都牵过手了，怎么不记得？"苏星辰低下头露出一个坏笑，"虽然只是牵了一下，倒是你怎么记我记得那么清楚？你说，你是不是有什么企图？"

"我有啊。"

　　这一个直白的回答让苏星辰一时间不知道怎样继续接话。空气突然静止了，两个人都没了话题。

　　"你这孩子，大半夜还不睡！"星辰妈一边数落着苏星辰一边往楼下走，看到了坐在沙发上的韩骁，脸上立马挂起了笑容。

　　"韩骁什么时候来的？"星辰妈一边说着一边朝沙发走过来。

　　"刚才，"苏星辰说，"你就别煮饺子了。"

　　"阿姨！抱歉打扰您休息了，我这就回去了。"

　　"哎呀，大半夜走什么，开车多不安全，这房间多，你就住这儿吧，我给你收拾一间出来。"星辰妈热心地说。

　　"不用了，阿姨。我回去了，明天还要上班。"

　　"上班也不耽误，你就在这吧，没事的，这么大房子就我们娘俩儿。"星辰妈转身去收拾房间。

　　"妈，你怎么对韩骁比对我还好啊？"苏星辰满脸醋意。

　　"韩骁比你乖。"

　　苏星辰叹了口气："没事儿，你将就一晚上吧，开回去是挺累的。"

　　"那怎么好意思。"

　　"没啥不好意思，以前的小房子就不留你了，这不是空间大嘛，你就当住酒店了。"苏星辰从沙发上站起来，"谢谢你今天来告诉我这些，我可得好好消化消化，想不到又见到你了。"

　　虽然和韩骁已经是老朋友了，可是她从没想过他就是高中时的那个男生，现在的感觉就好像重新认识了这个人。

36

　　公司最近新招了不少人，从原来十人以下的团队变成了现在的几十人，项目和事情也跟着多了起来。苏星辰一大早洗漱好来到餐桌前，韩骁和母亲坐在餐桌边上，一边吃早饭一边聊天。

"早啊，星辰。"韩骁礼貌地打招呼，看见苏星辰过来连忙帮她整理了下椅子。

"嗯，昨晚睡得好吗？"苏星辰问韩骁。

"很好呀，你没休息好吧，睡的时间那么少。"

"我习惯了。"苏星辰看着手机上的时间，"不说了啊，我得走了。"

"早饭也不吃！"星辰妈抱怨了一句，"这孩子天天这样。"

"来不及了。"

"我送你吧，"韩骁说，"刚好顺路。"

"俩方向啊！不用了，这时间开车都堵，我乘地铁最快。"苏星辰一边走到门口一边说。

"我送你！"韩骁也往门口走去。

苏星辰来到林道办公室的时候，叶薇已经坐在了那里，朝着苏星辰热情友好地微笑。

"不好意思，我迟到了。"苏星辰抱歉地说，在林道面前落了座，本以为叶薇会离开，结果叶薇一动不动地坐在那里。

"近期事情多了起来，"林道说，"资金方面的事情，我想移交一些给叶薇处理，让她继续开发更多的客户，将咱们的盘子做到三十个亿。"

"那叶总接下来要辛苦了。"苏星辰说，她的心头微微有些不是滋味，叶薇才来不到半年，林总就如此信任她。

叶薇友好地微笑："应该的，你和林总更辛苦。"

"小苏，我想你把你这边的资源也交给叶薇这里来对接。"

"我这边的资源？"苏星辰一时没反应过来，"你是说邵波？"

"嗯，"林道应声，"最近公司新招了一批交易员，以后你的工作最好集中在交易这一块，我们现在人手够了，你也不用那么辛苦亲自往外跑了。"

"没问题啊!"苏星辰看着叶薇笑了笑,"就是邵波这个人不大好相处,你要费心了。"

"不止这些,"林道补充道,"你人脉广、朋友多,我希望你全力配合叶薇这边开展融资工作。"

不知为什么,苏星辰感觉到有些奇怪,一股说不出的感觉油然而生,就好像坐在没有靠背的椅子上,让她有些不安:既然自己有资源,为什么要交给别人呢?既然自己有谈判能力,为什么要配合别人呢?

她看着林道,他今天穿了一身做工精良的阿玛尼西装,头发讲究,眼神利落,整个人都散发着成功人士的王者霸气,早就不是半年前那个眼神中带着许多不甘的林道。

"我尽量配合吧。"苏星辰说。

"另外还有一件重要的事,"林道说,"我们又要大规模建仓了,小苏你带着小朋友去调研选几只好标的,我们下次开会会讨论,另外邵波那你再问下是否要追加资金。然后叶薇这边,"林道转过脸看叶薇,眼神中带有一丝柔和,"有几只票你帮我去重点跟一跟,还有曹总那边经常跑一跑,刚好你比较熟悉了。"

叶薇都开始跟票了,苏星辰心里有些不舒服,以前这种事都是苏星辰亲力亲为,不知怎的,她觉得有道无形的墙隔在了自己和林道之间。

吩咐完这些事情,林道结束了会议,苏星辰刚走到门口又折了回来。

"还有什么事?"林道问。

"林总,万秦汽车您最近有关注吗?"

"嗯,这票几年没涨,不过董事长很踏实,兢兢业业,就是不够活络,所以这几年一直得不到资本市场青睐。"

"我明天去董秘见面会,我觉得这个股票很好,也是被严重低估了,你不觉得和天尘生物有点像?"

林道用有些惊讶和犹豫的眼光看着苏星辰:"市场逻辑瞬息万变,天尘生物逻辑赚了一笔，不代表现在还认可这个逻辑。你先去听听会议，后面再交流吧。"

苏星辰从办公室出去后，林道来到了窗台前。自上次他清空全部的仓位以来，他获利了十倍不止，客户的分红加上他自己的资金利润，让他半年时间从身价千万的金领晋升为亿万富豪。天尘生物自上次的错杀以来，翻了三倍，结合着业绩的三倍增长以及年底放出的并购消息，暴涨了一轮。这段时间他们一直空着仓位，这也是林道判断的独到和英明之处。而现在似乎又到了再一次建仓的好时机。他坐在办公位上抽着烟。从现在的身价跨越到下一个数量级，策略肯定要有所不同。不过他不担心，成功了一次后，他有了更大的信心。

韩骁走进邵波家的时候，邵波正窝在沙发里打电动，韩骁安静地坐在一旁的沙发上等邵波打完这一局。

"什么事儿？"邵波过来坐他旁边。

"前几天曹总带我去看了一个项目。"韩骁说。

"哦，好事情啊，"邵波开了一瓶啤酒，"曹总还挺赏识你。"

"他接下来要耗重资投一部电影，顺带把对方公司也拿下来。"

"嗯。"邵波一口气喝了一半啤酒，"多大规模？"

"十四个亿。"

"那确实不小，不过曹总投得起，"邵波又喝了一口啤酒，"对你来说是好事情，比上个项目大了三倍不止。"

韩骁低下头搓着手，看起来很犹豫。

"怎么了？"邵波看韩骁有些反常。

韩骁抬起眼睛，那眼神带着担忧："女主角是周丹丹，我那天见到她了。"

邵波瞳孔瞬间放大了，啤酒罐僵在了半空中。

两个小时过去了，俩人斜倒在沙发上，面前摆了一堆空啤酒罐。

"你还爱她吗？"韩骁问，"都过去三年了。"

"唉，你不懂，"邵波从沙发上坐起来，"也算不上是爱，我总觉得我亏欠她很多。"

"你不爱就不会觉得亏欠了，还是放不下。"韩骁说。

邵波盯着前方的啤酒罐陷入了沉思，眼神里带着忧郁。

"是我把她带到这个名利场里来的，如果她真的走上了一条不归路，那么也都是因为我。"

"那也是她自己选的啊，"韩骁说，"周丹丹她骨子里就热爱那样的生活。"

"即便是她自己选的，还是因为我啊，当初要不是我要和她分手，她跟我赌气。"邵波有些说不下去了，他闷了一口啤酒，认真地看着韩骁，"说实话，我觉得她今天做的一切都是为了要做给我看，我觉得自打那次分手，她就一直很努力，很拼，似乎是想证明什么。"

"你也不要想太多了，这年头的女孩子都很拼的，你看星辰季霞一个个不都拼命三娘似的，就不要总往自己身上揽了吧。"

邵波摇摇头："周丹丹她不一样，我有感觉的，算了，你不会理解。"

"曹总的项目，"韩骁说，"我不打算参与了。"

"为什么？"

韩骁低着头有点不知道怎么和邵波解释。

"我总觉得我混不进曹总的圈子，可能是我太笨了吧，那种氛围我融不进去。"

邵波点点头："那就别接手了吧，我早该料到的，你不是曹总那类人，也当不了他的'马仔'。不过正好，我也不想你参与丹丹的项目。"

"嗯。"韩骁应了一声。

邵波惆怅地凝视着前方，几次欲言又止。

"你就说吧,和我有什么不能讲?"韩骁说。

"你上次真的见到她和曹世刚很亲昵?"

韩骁纠结的眼神盯着邵波:"你想听实话吗?"

"我不想听了,你别说了。"邵波别过头去,没一会儿,"算了,你还是说吧。"

"实际上,她是曹世刚的女朋友。"

37

苏星辰和季霞坐在万秦汽车的董秘见面会现场,虽然万秦汽车在国内汽车传感器这块的技术位于顶尖地位,最近又签了天量海外订单,但今天的会场还是没有坐满,来到现场的全部是各公司的基金经理、分析师、研究员。季霞手里拿着两瓶矿泉水走到苏星辰座位跟前。

"真冷清啊!"苏星辰直摇头。

"这票本来就不受主流资本关注。"季霞递了一瓶矿泉水给苏星辰。

"还没恭喜你,"苏星辰说,"终于拿奖了,努力没白费。"

"嗨,不过是个内部的小奖,路还远着哪。"季霞举起矿泉水喝了一口,打开电脑打算做笔录。

苏星辰看着季霞,心里油然而生一股敬佩之情,季霞身上有一股不急不躁、踏实努力的气场,让接近她的人都能够沉下心来。

"姐,我觉得真不公平。"

"什么不公平?"季霞头也没抬地问苏星辰。

"你说你专业能力那么强,形象、谈吐、演讲、资源、人脉样样不差,怎么宏博就一定要推一个刚回国没多久的小丫头?"

"你是故意刺激我对吗?"季霞带着调皮又责备的眼神看着苏星辰。

"我就是看不顺啊！有些人生下来就被一大堆资源和光环围绕，一路上都有贵人加持，可我们这些努力的普通人却连获得一个普通机会都要拼掉90%的命，真是不公平。"

"你怎么好意思在这抱怨？"季霞带着一脸嘲讽，"在上一轮牛市赚得盆满钵满的小富婆抱怨社会的不公、机会的不平等，你数数这下面的脑袋，随便抓一个过来问，人家不骂你矫情才怪。"季霞翻了个白眼儿给苏星辰。

"我也是押上了全部身家，甚至我的未来，"苏星辰感到有些无奈，"你要是再让我经历一次我都未必有那样的勇气了，我觉得像在刀尖舔血，那个时候每天晚上做梦都是天尘生物涨停了，醒来意识到是梦，心里就涌起巨大的失落，然后一夜一夜睡不着，每一天都很难熬。"

"我知道，所以这是你应得的，"季霞带着真挚的目光看着苏星辰，"董秘来了，听报告吧。"

董秘在上面讲40分钟了，苏星辰一直也没听到什么重点，无非就是公司在汽车零部件生产上有多么强悍的技术，她看着一旁认真做笔录的季霞，心想霞姐一年要听多少场这样没什么干货的报告会啊，这样眉毛胡子一把抓的调研还真是耗时间耗精力，关键还不一定能选到牛股，她觉得今天来可能要没什么收获了。

董秘发言结束后便坐在了第一排当听众，下一位公司高管进行分享。这时董秘起身往外走，苏星辰一看机会来了，立马跟了出去。她出了门只见董秘走向了洗手间，于是苏星辰就站在洗手间三米开外的地方等。5分钟后董秘走了出来，苏星辰刚想上前，突然冒出的四个人围了上去，开始问起了各种各样的关于公司未来的问题，但都是打擦边球，没一个问到点子上，或者说是没一个人敢问到点子上。苏星辰被挤到了边上，插不上嘴，只能看着听着。

大概过了半个小时，四个人都问完了散了，剩下董秘一个人向大厦的门口走去，苏星辰本也想跟着散了，可是走了几步，觉得还可以再做些什么，便转身向董秘跑去。在往停车场去的路上追赶上了董秘。

"王总您好。"董秘回过身来，看着这个不知从哪里冒出来的小姑娘，刚想假装没听见继续往前走……

"我是道星资本的合伙人，很高兴认识您。"

董秘停下来，用陌生又怀疑的目光打量着苏星辰，接过苏星辰递过来的名片："你是合伙人？"

"对，我们公司去年刚成立的，主做二级这一块，今年也在寻找别的投资方向。"

董秘再次透过眼镜打量了下苏星辰："这么年轻！"

"谢谢，"苏星辰有些不好意思地笑了，"我今天认真听了您的演讲，觉得贵公司的产品线和技术创新这一块非常好，想问下贵公司对接下来产业整合这一块有什么想法呢？"

董秘愣了一下，旋即笑了起来。

"你倒是会叨重点，刚才那几个人围着我的时候，我就注意到你了，他们没敢问的问题，你倒是直接。"

这句话听起来像夸奖又像是责备，苏星辰手心里开始出汗，确实过于直接了，企业内部并购与否，很多内部管理人都不知情，她这个外人却单刀直入，有些唐突。

董秘继续往停车的方向走去，没再理她。

"王总您别误会，我不是来找您参与股票交易的。"苏星辰又跟了上去，像个缠人的狗仔。

"那你不妨直接一些呢，小姑娘。"王总突然停下来看着她，他感受到眼前这个女孩没那么好打发，顺带想看看她有什么花招。

"好的，王总，最近市面上流传贵公司即将转型，是否真有此事呢？"苏星辰事先准备好的节奏完全被王总打乱了，随便抛了一个问题：搏一把好了，光脚的不怕穿LV（路易·威登）的。

王总上下打量了一番苏星辰，被她的天真逗得想发笑。

"你不是都知道答案了，还问我？"

苏星辰感觉自己又被噎了回来，她哪里懂得迂回战术。

"没，王总……我。"

董秘再次丢下她继续往停车方向走去。

三次被拒绝，苏星辰几乎要哭出来，可是现在就这样走，刚才那些努力也都白费了。

"王总，要不您看是否方便留个联系方式，贵公司产品一流，利润可观，二级市场需要好的投资机构守护，不能让投机倒把的资金坏了盘面，也许我们可以尽一臂之力。"

董秘停了下来开始若有所思，苏星辰一看似乎有机会，这一年二级市场的追涨杀跌使她明白了机会稍纵即逝，因此有机会一定要第一时间行动。

"我有个朋友在产业并购这块非常专业，国内资源一流，所处平台也很好，我可以介绍给您这边，在后面装资产这块也许能尽一臂之力。"

董秘开始眯缝起眼睛看苏星辰。觉得还挺有意思的，这小姑娘废话连篇的，最后还是拎出了重点：

"好吧，你加我。"

"好的好的。"苏星辰露出孩子般激动的表情。

"另外王总，"苏星辰穷追猛打，"咱们这边确实是要转型吗？"

"哈哈哈，你还挺执着的。"董秘转过身，"别再跟了，回头我去拜访你们。"

"好的，王总，您慢走。"

苏星辰大大地松了一口气，自己什么时候变得这么能得寸进尺了？

"追杀"完董秘，她回到了会场，把刚刚的经过跟季霞描述了一番。

"嗨，你何必呢？我跟他们董事长很熟的，直接带你去不就完了？"季霞低着头敲着电脑。

"啊？你不早说。"苏星辰歪着脑袋，"不过，这样他印象比较深刻，而且即便不喜欢我，也不会丢了姐你的面子，所以还是我自己去认识比较好。"

"也是，他们公司一直以来作风都很保守，不接触资本市场这一块，我也是跟了五年才混熟。"

"五年，那你可真是花心思了。"苏星辰说。

"我是很看好这公司的，这年头真正的实业家不多了，能踏踏实实搞技术搞实业而不想着变现套利的董事长，是很难得的，我很看好这票。"

苏星辰点点头："姐我不跟你说了，约了邵波谈合作的事情，先过去了。"

"快去吧。"

告别了季霞，苏星辰匆匆地向外滩赶去。

38

因为是上班时间，外滩的人并不多，韩骁的公司就在外滩边上，因此几个人将约会地点定在这里。

"曹总那边的项目最近做得怎么样？"

"我不打算做了，"韩骁对苏星辰说，"可能不太合适我，不过我都习惯了，每年看的项目海了去了，真正能成的2%都不到，而且没有一个项目是从头到尾顺利推进下去的。"

"废话，好解决还要你这个高级经理做什么？"苏星辰说，"我这次来也是有个项目要介绍给你。"

韩骁感觉从对面有一股微冷的风扑面而来。

"你说。"

苏星辰将一张名片放到了桌上。

"万秦汽车的董秘，"韩骁抬起头看着苏星辰，"你哪里弄来的名片？"

苏星辰狡黠地笑了："男厕所门口打劫的。"

"又开始胡吹。"

"我没骗你啊，"苏星辰看着韩骁的表情瞬间来了兴致，"我都跟对方介绍你了，你后面自己约一下吧，我不方便参与太多。"

说罢她望向黄浦江面，江水在阳光的照耀下波光粼粼，平静地向东流去，像她此刻的心情，盛满阳光而波澜不惊地涌动。

"你现在就跟使唤小弟似的。"韩骁笑着看苏星辰。

"真的假的？是好还是不好？"

"说不上好，"韩骁垂下目光，"也说不上不好，总之跟以前不大一样。"

"有变化就是好的，人就怕没变化，始终一个样，"苏星辰指着江面，"你看它什么时候回过头，一直都向前看。"

"也不是变了就都好，"韩骁抬起眼看着苏星辰说，"我觉得你以前有些特质就挺好的，没必要去改变。"

这时邵波从远处走了过来，在韩骁和苏星辰中间的椅子上坐了下来。

"你今天找我什么事？"邵波看着苏星辰说，他看起来很憔悴，脸色有些苍白。

"怎么了这是，"苏星辰看着邵波，"又失恋了？"

"你有话快说，"邵波没好气地对她说，"没时间跟你在这磨叽。"

苏星辰笑了笑不说话，看到邵波这样直接地生气，她反倒不想和他吵架。

"他最近烦心事多，"韩骁解围道，"你别和他一样。"

"那我长话短说，我们要做新项目了，作为老客户的你考不考虑追加资金？"

"可以，没问题。"邵波端起柠檬水喝了一口，"电话里说不就行了吗？你是不想见我了？"他靠在椅背上，脸上带着有些调皮的微笑，终于恢复了一点兴致。

苏星辰盯着桌上的柠檬水，缓缓地开口："我叫你出来，是想跟你说，这次的分成方式变了。"

"你说说。"邵波跷起二郎腿。

"上次的交易你也看到了，是林总自己补的仓，这种保本的方式在行业可不是二八分成。"她观察着邵波的表情变化。

"那么行规是多少？"邵波问。

"五五分成。"苏星辰说。

韩晓惊讶地张开了嘴。邵波的眼神凝固了，他低下头笑了两声，抬头看着苏星辰带着些许稚气又故作镇定的脸。

"五五分成，那是要打保证金的，上次林总可没往我账户里打保证金。"

"你想他打保证金吗？"苏星辰问。

邵波收起了笑容，开始认真思考了起来。

"这样吧，你们不要给我打保证金了，因为合作过一次，我对林总也比较信任，如果真的要爆了，他给我补仓就行，至于提成，"他迟疑了一会儿，"三七分，你们三，我七。"

"可以，"苏星辰一口同意了，"你打算加多少？"

"你是不是都准备好了在这儿等着我呢？"邵波一脸怀疑，"这么快答应。"

"我不想讨价还价，"苏星辰说，"伤和气。"

"咱俩还有和气？"

"这不一样，"苏星辰说，"商业合作，还是严肃些。而且把事情做好才是最关键的，赚不到钱什么分成比例都没用。"

"三个亿。"邵波说，"我家里的几个账户，你顺带一起都管管吧。"

苏星辰努力压下心底涌起的喜悦。

"好的。"她回答。

苏星辰来到林道办公室的时候，叶薇也在林道的办公室，两个人似乎在聊着一些有趣的事情，苏星辰很少见到林道这样轻松地笑。林道看见了苏星辰，示意叶薇出去，叶薇从椅子上起来往门口走的时候朝苏星辰笑了笑，笑容有点儿客气和尴尬，和平日里私底下的热络截然不同。

"邵波那边打算追加资金了。"苏星辰在林道对面坐了下来，将和邵波谈妥的条件一五一十告知了林道。林道点点头，仿佛一切都在意料之中。

"我们又要建仓了，"林道从座位里出来坐到沙发上，拿起桌上的工夫茶具，准备烧水泡茶，"这次和上次不同了，策略也要有所调整。"

是不同了，苏星辰心里想，单是邵波的资金就有三个亿，这么大的资金量再重仓押宝一只票恐怕行不通。

"现在我们整体规模有多大呢？"她也起身坐在了林道对面的沙发上。

"十个亿。"林道的眼睛透过金丝眼镜闪烁着一股自豪。

"十个亿！怎么这么多？"

"算上曹总和邵波那边的追加，又多了几个客户，都是我以前的老朋友，加起来十个亿左右。"

"天！"苏星辰直摇头，"这速度也太快了。"

"不快，"林道将烧好的开水注入放着正山小种的茶壶，"这很正常，一个项目做成功，后面资金就会源源不断。何况，我们上次不是一般的成功。"他的嘴角又挂起了一丝自豪。

苏星辰点点头望着袅袅腾起的雾气。

"那么策略是什么呢？"

"首先我们要发一个产品，"林道将一杯泡好的茶递给苏星辰，"现在法律规定每个基金必须有一个不小于3000万的产品，我们可以发一个一个亿的产品。另外在客户个人账户那边，要配置不少于三只股票。你最近可有看好的标的？"

苏星辰露出得意的笑容，她一直等着林道问她这句话。

"昨天我和季霞去参加了一场路演，万秦汽车，我觉得蛮有意思，公司在积极寻求转型。"

"这种转型的公司不是很多？"林道的额头略微皱起，"转型周期太长，还不一定熬得出来。"

"我知道，"苏星辰端起茶杯的手停在半空中，"可是这公司不一样，蛮有意思的，他们董事长想转型航空航天领域。一旦成功，估值就完全不同了。"

林道有些被这个概念吸引住。

"他们对接的一级团队是哪家？"

"还不确定，目前正在各方接洽。"

林道点了点头："可以，后面你去负责调研。另外你刚刚说到那个季霞。"

"嗯，她是个很敬业的分析师。"

"我知道。"林道又给苏星辰添了一杯茶，"你觉得有没有可能，我们和她深入合作？"

苏星辰没想到林道会主动提出这个，她一直想着用自己的公司给好友带来一些福利，只是一直不知道怎么和林道开口。

"我想她会同意的，现在我们既然有了资金还有了投票权，可以多和季霞那边往来，让她专门服务于我们公司。"

"好，你去安排，"林道说，"你今天说的这个标的也不错，继续跟进。公司新来了三个交易员，你培训一下。另外明晚和我去参加个饭局。"

"饭局？"

"嗯，"林道给苏星辰添了第三杯茶，"以后这些事情你要学着点，端茶倒水、公关应酬，出来创业是少不了的。"

39

林道将车停在了滨江一号餐厅楼下，他们来得有些晚了，交易后的复盘是他们每天雷打不动的工作，最近又要新做几个项目，因此需要看的资料很多。他走到餐厅大门报了名字，服务员将他们引到一个包间门口，站在那里苏星辰又闻到了那股熟悉的雪茄味，想必里面是曹总了，一开门果然曹总坐在了正中央，圆桌边的位置也基本上坐满了。

"来啦，林总，"曹世刚招呼道，"我给大家介绍下，这位是金牌操盘手林道，一年的业绩十倍不止。旁边这位美女是他的合伙人苏星辰，别看年纪轻，本事可大着哪。"

林道见曹世刚留了旁边的位置给自己，便径直走过去坐了下来，苏星辰识趣地坐在了靠近门口的位置，环顾了下四周发现只有自己一个女生。

"那厉害的，"一个胖脸男人说道，"林总有空也帮我们管理管理资金。"

"这位是刘局长，"曹世刚指着刚才说话的胖脸男人给林道介绍，"我们做金融的得多注意防范风险，这还得多靠刘局长提点。"

"要的。"林道说，"防范风险这块确实不容小觑，不然赚了多少钱都是白搭。"

刘局长眯起眼睛得意地笑了："林总放心，有了我这块，风险一定帮你们把控好，我和曹总都是多年的老伙伴啦。"

"得，有刘局这句话，以后咱们金融盘子上百亿指日可待啊，服务员，开酒，咱们今天好好喝一顿。"

曹世刚的兴致异常高涨，让林道这个很少参加饭局的人也跟着热血澎湃起来，尤其是听到那个百亿盘子的时候，他眼睛里闪烁着往日里没有的光芒。

菜一道道上来了，刺身、烤鸭、水晶虾仁、百合西芹、天鹅酥、海参粥，还有一整只炖甲鱼。吃完不会流鼻血吗？苏星辰心里想。

林道拿出了从公司带过来的红酒。

"抱歉啊，各位，我最近胃不太好，不能陪大家喝，今天主要靠我们小苏招待大家。"

苏星辰愣了一下，什么情况？来之前林总可没说要她喝酒的事情，怎么现在成了自己帮林总挡酒？她心里有些不快，不过也不好表现出来。也好，喝了酒就能过滤掉这帮人的废话。她身边的一个油腻中年局长已经跟她搭了半天的话，搞得她吃什么东西的胃口都没有。

"苏小姐是哪里人啊？"局长油腻的脸上堆满笑容问她。

"小时候在东北，后来搬来上海。"

"呦，东北好地方啊，去年我还去那个雪乡旅游，我给你看我手机里的照片哈。"说着掏出手机翻照片，一张张覆盖白雪的世界，那是苏星辰长大的地方，20世纪80年代有它曾经的辉煌，可是现在已没落。空旷、孤寂，白色的冰雪世界令热情的南方人神往，白雪覆盖了苏星辰的整个童年，渗入她的血液，她眼眶湿了，看着一张张照片，想起了雪地里的打滚儿、雪中硕大的夕阳，以及冬季里纷纷扬扬毫无感情的鹅毛大雪。

"这照片拍得很好啊。"苏星辰的思绪有些飘忽。

"是吧，我可是职业摄影师。"油腻的中年局长听到苏星辰的夸赞，神采奕奕起来，连腰板都比刚才直了好几个单位，"我没事就喜欢去旅游啊，摄影是我的爱好，去年我们还去了西藏，那牦牛和羚羊真是好看啊，咱平时都见不到，那个儿头。"

拍得出表象就以为自己是摄影师？苏星辰内心在冷笑，看着"油局"

在那里大呼小叫地渲染自己的经历，就像要把苏星辰拉到照片里去让她开开眼。

这种时候的配套表情就是，惊讶、微笑、眼神充满好奇和崇拜，唱戏的没了观众可不行。她的心瞬间升起了悲凉，觉得自己像个小丑，甚至觉得大多数的美女都是小丑，所扮演的角色无非就是讨人喜欢。

酒过三巡，室内的气氛达到了前所未有的高潮，曹世刚在那里侃侃而谈他的百亿宏图大业。所有人都被百亿这个词感染了，那个数量词仿佛有魔力一般。可不是吗？那是男人奋斗的金字塔尖，金融生物链顶端的位置，无数人趋之若鹜却又求而不得，多少人死在了山脚或半路，而曹世刚现在仅仅只有一步之遥。

"小苏啊，你吃这个甲鱼，这个特别滋阴补阳。"

苏星辰感觉一阵恶心，满脸油腻的中年男人对着你说甲鱼滋阴补阳，她现在唯一的想法就是把这盆甲鱼扣在他头上，她努力压下心里涌出的厌恶。

"嗯，我不爱吃，"她看着满满一碗菜和肉，"您别夹了。"

借着酒精，苏星辰反倒放松到想说什么说什么了，局长识趣地放下筷子，没再给她夹那只甲鱼。

整场宴会下来，苏星辰喝了一整瓶红酒，此刻她有些不舒服，来了"大姨妈"没吃饭又喝了这么多红酒，她只得先告辞。

林道的脸上有些不快，不过还是答应了，苏星辰赶紧逃离了饭局。

林总以后估计不会带我参加饭局了，回去的路上苏星辰心里想，也好。她迷迷糊糊地靠在车座上，感觉与世界脱离了，闭上眼脑海中浮现出无数张脸，笑的、怒的、兴奋的、沮丧的，忽远忽近、忽大忽小，渐渐模糊了，看不清了，每个人的脸都成了一张冰冷的面具，像宫崎骏电影里的无面人，她渐渐睡着了。

车缓缓地停在了家门口，苏星辰迷迷糊糊地被叫醒，下了车站在那里揉眼睛，她趔趔趄趄地向门口走去，这时只见一个男生靠在一辆白色的车上，似笑非笑地看着她，她没理会继续向前走，这时男生上前一步扶住了苏星辰的肩膀。

苏星辰走后，饭桌上便只剩下了男人，可是这帮人却感觉自在多了，这时曹世刚建议玩一个游戏。

他朝男助理眼神示意了下，没一会儿只见一辆送餐车从一扇门后推了进来男助理将覆盖着一块天鹅绒红布的餐车推到曹总身边，掀开红布，露出像小山一样的人民币，一摞一摞地堆在桌上，每一摞便是1万元。空气静默了，曹总瞪着喝得猩红的眼睛，嘴角挂着夸张的微笑看着同样红眼的其他人，只有林道像个旁观者一样默默冷静地观察着这一切。

游戏很简单，一个骰子，从一个人开始，数字是几就数到第几个人，然后这个人就喝一杯酒，一杯酒对应一万元，然后第二次骰子摇到的人喝两杯酒，拿两摞钱，依次进行下去，喝得越多，拿到的钱越多。这时大家都开始后悔了起来，刚才不该喝那么多酒。都开始指责曹世刚是个狡猾的老狐狸，公平起见，曹世刚不参与这个游戏，而是主持游戏，于是大家开始一轮一轮地摇骰子。

几轮下来，海量的刘局长拿到了将近30万，而最少的一位仅仅拿到了5万，曹世刚将拿到钱数低于10万的，全部补齐，每人出门前至少拿到10万块。

"各位，"曹世刚满脸通红地举起酒杯，"没有你们的帮忙和多年来的照顾，我曹世刚就不可能有今天，今儿这饭局上的只是个开胃菜，我的私人游艇今晚开往澳门，咱们到那边好好玩个痛快。"

在座的所有人都兴奋过头了，将最后一杯酒干尽，鱼贯出了房间。林道默默地看着这一切，和室内的人完全不在一个调上。

"林总，"曹世刚摇晃着拍着林道的肩膀，"看到了吗，这些都是我们成功路上的守卫者，明年将是你我的大年。"

林道拿起酒瓶给自己倒了一杯，这是他进来后喝的第一杯酒："我敬你的这句话。"他将酒一饮而尽。

曹总又露出了那个夸张的笑容。

林道没有上曹世刚的私人游艇，也没有直接回家，而是叫代驾把车开到了上海中心。他又来到了最顶端，看着灯火辉煌的夜，想起上次来到这里时自己的心情，此刻他已经脱胎换骨。他将双手张开：接下来将是我的时代。

40

一辆网约车停在了苏星辰的别墅门口，苏星辰从车上下来，准备往家门口的方向走。她有点晃，满身酒气，刚走两步，赫然发现家门口停着一辆白色的凯迪拉克，车旁边靠着一个熟悉的身影，她揉了揉模糊的眼睛，那视线变得清晰，一张熟悉的面孔映入眼帘。

"邵波！"苏星辰看到邵波，又惊又喜，可是这些感情都被瞬间上头的委屈所淹没。她一把抱住邵波，把头埋在他胸前，他有点儿太高了。然后苏星辰便安静地仿佛没有了呼吸，只见肩膀在一下下地抽动。邵波也安静地没有说话，只是用手抚着她的头发，她的发丝很软，发质很好，从来没有经过化学制品污染的那种纯天然。

"别哭了，"过了一会儿邵波终于开口，"进去吧，晚上冷。"

邵波搂着苏星辰的肩膀往家里走去。苏星辰觉得晕昏昏的，又觉得很清醒，她此时的心情太复杂，悲伤里有着感动，邵波从来没这样温柔过，她想保持那份感动，多体味一会儿，生怕说多了，驱散了这种感觉。她一步一步往门口的方向走，竟然希望那条路可以变得再长一点。

进了屋，邵波发现家里没人。

"你妈妈呢？"他问苏星辰。

186

"她不经常来这里。"

苏星辰甩开两只鞋直奔房间。星辰妈由于习惯了老房子，所以还一直住在原来的房子里，苏星辰偶尔也会回妈妈那里。

红酒的后劲十足，此刻苏星辰感觉天旋地转了起来，意识开始模糊，整个身体开始麻木。她看到眼前有个人晃来晃去，知道这个人是她熟悉的，好看的人，然后便对着这张好看的脸傻笑。然而此时的胃却开始翻江倒海，来不及反应，便开始呕吐起来。那一晚她意识模糊地不知道吐了多少次，眼泪伴着呕吐干涸在脸上睡去。

白雪皑皑，年轻的女孩在雪地里奔跑，笑容那样明媚，谁家的姑娘，苏星辰走近去看那张脸，渐渐清晰，原来是自己，她很惊讶，可是怎么穿了一件夏天的裙子在冬天的雪地里奔跑？然后就被冻醒了，她睁开眼，被子已经不知被踢到哪里，自己还穿着昨晚回来时那件衣服，费了好一会儿工夫，才认清自己是谁，梦的惯性太大，让她和现实脱节。她坐起来，感觉头痛欲裂。她捂着脑袋感觉好像有什么盯着自己，侧过头一看，邵波坐在沙发上看着她。

"你怎么在这儿？"

"哼，多新鲜呢！"邵波双手抱在胸前问苏星辰，就好像他第一次见到她时那样颐指气使。苏星辰看着他一脸黑的样子，有点尴尬。

"你来干什么？"

她哑着嗓子发现床头柜子上刚好有一杯倒好的水，拿起来便咕咚咕咚喝了下去。

"你昨晚喝了多少啊？"

"一瓶红酒。"

"一瓶红酒！林老板可真疼你，"邵波带着嘲讽说，"大半夜还穿那么好看。"

"你怎么来了？"

"你还记得昨晚发生了什么吗？"邵波问。

苏星辰用力地想啊想，可是真就想不起来了，她摇摇头，头又开始一阵剧痛。

"忘得真干净，你吐了一夜知道吗？就吐在地板上。"

苏星辰看着地板和床，都很干净。

"不用看了，我跪在那里给你擦了一夜你知道吗？你这女人真够可以的，我从小到大，都是别人伺候我，你欠我的太多啦。"

苏星辰真是惊讶得一句话也说不出，还是第一次有父母以外的人为自己做这些事。

"真的吗？那也太对不住了，这……我……"

"你还记得别的吗？"

"真的不记得了。"苏星辰感觉一大早被包公审问。

"不记得了？真会忘，这么精彩的内容。你拉着我的手说你爱我你不记得了？抱着我不让我走你也忘了？你这女人酒品怎么这么差。"

苏星辰被说得一愣一愣的，她看着邵波的眼睛。

"你瞎编的吧？！"

"有一说一。"

"那又怎样？你又不会有什么损失。"

"我怎么就没损失？"邵波有些委屈，"你这是精神上强奸我。"

"我呸！"苏星辰准备下床，"我要上班了。"

"你这什么态度？"邵波走到床边，"昨天晚上我帮你清理你的呕吐物，跪在那里擦地板，你怎么忘恩负义？"

苏星辰心里涌起一阵感动，但是邵波走这么近让她很尴尬。

"行、行，谢谢，回头请你吃饭。让开！"她站起身往洗手间走。

"白眼儿狼。"邵波坐在沙发上胸脯一起一伏。

刷牙的时候，一个问题在苏星辰脑海中盘旋：为什么邵波身边总换妹子，可看到他的时候，又总是一个人？

"钱什么时候到账？"苏星辰坐在副驾驶的位置问邵波。

"明天吧，你跟我助理对接下。"

车缓缓停在了苏星辰公司楼下。

"我上去跟林总打个招呼吧，"邵波提议，"都好久没去了。"

"你还是别上去了，"苏星辰解开安全带，"公司新招了好多姑娘，你一去，容易乱。"

"那我必须得去。"

邵波照了照后视镜，又戴上了墨镜，很酷地朝苏星辰望了一眼，看得她一激灵，赶紧下了车。夏天到了，各种花的香气扑面而来，那种混杂的无可名状的芬芳伴着夏的节奏逐渐热烈起来。

41

邵波跟着苏星辰一路上了楼，果不其然刚到门口，女孩子们就连连投来目光，有的好奇有的惊讶，邵波戴着墨镜，一副旁若无人的样子，两个人径直来到了林总办公室，敲门进去一眼看见曹世刚也在。

"巧了，"邵波摘下墨镜，"都齐了。"

"你来得正好，"林道说，"一会儿楼下一起吃个饭。"

中午收盘后，几人来到楼下的徽菜馆吃饭，林道顺带叫上了叶薇。

"林总最近业绩做得不错，"曹世刚说，"我看这个大盘势头也挺好的，好像有那么点意思了。"

"后面还会更好。"林道的眼神里透着前所未有的活泼，这个一向沉默内敛的人自打赚了第一桶金后，话和笑容逐渐多了起来。

"都3500点了，"邵波看着手机上的大盘，"再涨下去，就是个大牛了。"

"林总在去年就预测今年会是个大年。"苏星辰补充道。

林道看了苏星辰一眼。

"成！反正今年就靠林总带我们赚大钱了。"曹总说罢叫服务员给每一位的杯子里都倒上了红酒。

"我来吧，"叶薇接过服务员手中的红酒，脸上带着温和的笑意，"我来给各位添酒，祝大家在接下来的项目中达成所愿，大赚特赚。"

曹世刚喜上眉梢："我这个前助理还是这么会办事，有了叶美女的协助，林老板的规模上百亿也是指日可待啊。"说完拍了拍叶薇的后背。

林道嘴角也挂上了一丝微笑，他抬起眼皮看向叶薇："我们后续的融资这边确实要多靠叶薇。"

"林总过奖了，"叶薇一个一个将酒倒过去，"还是苏经理这边立下了更多功劳，星辰虽然年轻，可是各方面能力都不差的。"

怎么说到自己了，苏星辰有点儿没反应过来。

"没有、没有。"

说完这四个字，她就不知道该说些什么了。

"怪不得我的那些同学啊，哥们儿都开始搞着要转型。"邵波笑了一声接过话题，"牛市确实适合转型，而且最近有个比较搞笑的，我一个朋友家里世代是养猪的，竟然也嚷着要转型。"

"你说的是鑫仙猪肉家的徐公子吧，"林总望向邵波，"这事儿市场上都传开了，主要是他要转型的产业确实不一般，一般的科技转型也就罢了，他直接推到金字塔尖，要搞芯片产业。"

"养猪的要搞芯片？"曹世开始放声大笑，"这年头年轻人什么都敢想啊。"

"不过，他最近做得怎么样呢？"林道问。

"团队已经搭建好了，而且在海外看上了一个不错的标的，有个百十来亿的规模，真弄上了，那市值怕是要上千亿了。"

"哦？"林道推了推眼镜，"那倒是值得期待了，而且今年的猪瘟让猪肉的价格也突飞猛涨，但是鑫仙猪肉的经营模式刚好不受猪瘟影响，股价不跌反涨，如果真要转型芯片成功，估计会出大白马。"

"不过还要看并购这事儿能不能真正落地，不然空赚吆喝。"曹总补充道。

"近期上涨主要是大盘带动，"苏星辰看着手机上鑫仙猪肉的K线说，"看来市场还没有将两种利好反映出来。"

"嗯，"林道应道，"你回去保持关注吧，重点调研。"

"瞧瞧，明明是来吃个庆功饭，成了选股现场，得，这话题结啦，别再说了。"曹总嘱咐道，"菜都齐了，我先敬大家一杯。"

"你没事儿真应该和叶薇学学。"开车回来的路上邵波和苏星辰说。

"啊？学什么？"

"你看人家在饭局上多周到。"

苏星辰低下头，叹了口气："是啊，我觉得自己好木讷。"

邵波侧过头看了她一眼："唉，还是算了，估计你这辈子都学不会。"

"谁说的？"苏星辰音调提高了，"只要我想，我就一定能学会，而且能学得比谁都好。"

"行了，你这是励志成功学看多了，有的东西就不属于你，你天生不带那种气场。"

"哪种气场？"

"那种女性的温柔和顺从，还有迎合他人。"

"为什么要迎合？能解决事情不就可以了吗？"

邵波斜睨了苏星辰一眼，冷笑一声。

"你这什么态度？"苏星辰火不打一处来，"我还没问你，昨天去我家做什么？"

"本来有个问题想找你商量。"

"什么问题？"

"算了，不说了。"

"哎，你这人。"

"你以后大半夜不要出去喝酒了。"

"嗯，应该不会了，林总估计都不爱带我了，我太没有女性的温柔和顺从，还有迎合他人。"

"哈哈哈，你学得倒挺快。"

林道从饭局上结束后准备送叶薇回家。叶薇有点儿喝多了，两人去停车场的路上，她有点儿站不稳，加上穿了高跟鞋，没走几步突然抓着林道的胳膊。

"林总扶我一下。"叶薇娇滴滴的声音传过来。

林道伸出手去，叶薇将手搭在他的手上，胳膊也搭在他的小臂上："谢谢林总。"她笑盈盈地看着他。

林道别过脸，不去看她的眼睛，默不作声地往车位方向走去，可是没走两步，叶薇的身子也贴了上来，许是喝了酒的原因，他觉得她浑身冒热气。她就这样两只手搂着林道的手臂上了车。司机刚启动车，林太太的电话打了过来。

"还有多久到家啊？"电话那边传来温柔的声音，"今天可是双胞胎的生日。"

"今晚不回去了，要陪客户。"他看着旁边用蒙眬醉眼看着自己的叶薇，"你们早点休息吧，挂了。"

挂了电话，他揽过叶薇吻了上去。

"昨天的那个女的是谁？"杨芷晴坐在车里愤怒地看着方文强。

"哪个？"方文强带着一脸茫然看着前方的路面。

"你说哪个？"杨芷晴语气冰冷，"你不是昨晚还和人家吃了晚饭？"

"啊，你可不可以不要这样？"

"怎样？"杨芷晴的火噌地蹿了上来。

“可不可以不要这样可爱？”

方文强挤出一个孩子气的笑容。杨芷晴突然无语了，怎么不按套路出牌？

“你吃醋的样子好可爱嘛。”方文强宠溺地捏捏她的脸。

杨芷晴打掉他的手："你少给我转移话题，怎么这么厚颜无耻啊你？"

“不是啦，那个就是普通的同事交流，公司那么多女同事，我还是要正常打交道的呀。”

“可你现在是有女朋友的人，就要懂得避嫌。”杨芷晴开始吼了起来。

“避险，我不是避了吗？我都很注意的呀，亲爱的你没事吧？”方文强过去抱住杨芷晴。

杨芷晴一把推开他："你……你怎么这么无赖？！"

“无赖也是你自己选的呀，”方文强朝她眨了眨眼，“好了，宝贝，不要生气了，你看这是什么？”

方文强从口袋里掏出了一个丝绒的小盒子。杨芷晴心头一颤，一股夹杂着甜蜜的不知所措涌上心头，脸唰地红了。

“打开看看。”方文强将盒子塞到她手上。

杨芷晴拿起盒子，呼吸都变得急促了起来，她看看方文强，这有点太快了吧。她深吸一口气打开盒子，一个千纸鹤映入眼帘。那一刻的心情是释然还是失望她不清楚，不过方文强昨天约会其他女孩的事早就被冲到不知哪里去了。

“我特地为你学的哦。昨天折了一晚上，”方文强从后面拿出一个袋子，“还有一堆残障纸鹤。”

杨芷晴看着那个袋子里各种奇形怪状的纸鹤“扑哧”一声笑了出来。

“你还挺用心。”

“也不看看对谁，你就是我的‘小公举’呀。”

"你肉不肉麻？"杨芷晴带着一脸嫌弃羞涩地笑了。

"可我说的都是实话呀，"方文强无辜地看着她，"你就是我的小公主。"

"别说了，我都饿了。"杨芷晴打断了他，"我们去吃什么？"

"要不今天去你家吃吧。"方文强提议，"我给你烧。"

"你还会烧菜？"

"当然呀，今晚给你露一手。"

杨芷晴搂着他的胳膊，将头贴在上面。

"好，那去我家。"

季霞最近变得越来越拼了，同事们都怀疑她根本不需要睡眠，她不仅在白天的时候用消息和报告轰炸你，就连晚上也不放过，策略组的群里经常凌晨收到她的报告。就连霍总都听说了这位劳模的存在，因为经常有其他公司的基金经理来和她反馈，说那个季霞的报告覆盖得十分周到。她经常出现在各种基金公司，和基金经理保持积极的互动。不仅如此就连上市公司那边也知悉了这个人，因为季霞不仅紧跟上市公司动态，还和上市公司董事长、总经理、董秘等各个领导层打好关系，强关系维护，弱关系刷脸，久而久之大家就都知道了有这么个谦虚勤奋又平易近人的分析师。

此刻她正在翻找资料，那是一份马上要用到的会议资料，她今天要去万秦汽车见董秘，这是她跟踪了很久的一家上市公司，这公司三年前的股价一塌糊涂，几乎没有分析师覆盖，也没有研究员愿意往那里跑，普通人觉得上市公司都很高大上，可在分析师眼里，上市公司中也存在马太效应。

蓝筹大牛股，主动去覆盖讨好的分析师不计其数，而弱势中小盘就很少得到卖方的推荐，这也成为市值上不去的一个因素。而上市公司对这些分析师和研究员也挑挑拣拣，没名声的分析师甚至得不到董秘的接见，名气大的金牌分析师有一堆上市公司想要合作。

一些长期盘旋在低位的上市公司甚至没有分析师去调研，甚至连股民可能都很少光顾。因此在这个时候来访的分析师，一般都会受到上市公司的厚待。三年前她"慧眼识光"挑选了万秦汽车，那时候只有她一个人没事就往那边跑，和董事长聊业绩聊市值，她当时没有想那么多，只是真诚地觉得董事长是个踏实肯干的实业家，自己可以尽一份绵薄之力，也可以跟董事长多学习，甚至没有对后来的市值增长抱有太大的预期。然而这几年这家公司一直都在稳步增长，虽然股价表现不是很突出，可也不差劲。这和季霞的风格很像，稳扎稳打，因此她看待公司就像看待自己的孩子一样。

10分钟过后，季霞还是没有找到要用的资料，眉头上拧起了小疙瘩。正在这时王红妹来到了她的面前。

"季霞姐，你这份报告写得好专业哦。"

王红妹手里拿着一沓资料看着她。季霞看了一眼资料。

"这资料怎么在你这儿？！"她尽量用一贯温柔的声音说。

"我早晨看你放桌上啦，就拿过来看看。"王红妹带着轻松的口吻说，"果然你的专业水平一流。"

怎么这么没规矩？季霞心里想。她看着那份报告，王红妹丝毫没有还给她的意思。

"季霞姐，"王红妹眨着天真的大眼睛说，"你愿不愿意来我们组？这家上市公司你来后我配人帮你覆盖。"

直接吃现成的！季霞还没见过这么理直气壮的"伸手党"，王红妹的语气就好像在施舍自己，她气不打一处来，从王红妹手中直接拿过文件。

"谢谢，不用。"

王红妹愣在那没反应过来，季霞第一次这样粗鲁地拒绝她让她感到很没面子，她已经不是刚来时候的晚辈了，现在的她是整个宏博的金牌分析师，带着一个十人的调研团队，在资本市场也是赫赫有名。她错愕地站在那里。

"季霞！"

已经迈开步伐的季霞惊讶地站住了，王红妹第一次直呼其名，季霞回过头，王红妹冷漠又犀利的表情持续了3秒，旋即露出一个春风满面的笑容。

"路上慢点。"

季霞觉得莫名其妙，应了一声便离开了。

42

邵波坐在世梦会所门口的房车里，目光一直注视着会所大门口，没一会儿，果然见周丹丹从里面走了出来，他拍了拍司机的肩膀。司机从车上下来，走到周丹丹面前，跟她说了一番话，周丹丹便尾随着他走了过来，邵波紧张又激动地看着这一切。

房车门打开，周丹丹上了车坐在邵波面前。

"好久不见，丹丹。"邵波感觉喉咙有点发干。

周丹丹狐媚的大眼睛望着邵波，眼神中有些惊讶，可脸上却故作镇静，小巧的嘴巴紧闭着，白皙的皮肤在昏暗的车灯下使整个人看起来更加柔和。

"四年了。"周丹丹吐出这三个字，"阿波你最近还好吗？"

邵波有些激动，他低着头不敢去直视周丹丹的目光。

"我挺好的，你喝水吗？丹丹。"

"不用，我一会儿还有事，你找我有事情吗？"

邵波搓着双手，稍微抬起头看着周丹丹，刚想讲出话又憋了回去，脸越涨越红，两人就这样沉默了1分钟。

"丹丹，我不知道怎么讲，你最近是不是和曹世刚走得比较近？"

周丹丹低下眼帘，抿了下嘴唇，大眼睛扑扇了几下。

"和你有什么关系呢？"

邵波感觉心头一颤，像被一盆冷水淋了。

"丹丹，你爱他吗？"

话刚出口，邵波就有点儿后悔，最近怎么变这么直接。周丹丹的脸上呈现出一股尴尬的表情。

"这你管得太多了吧？"

"你需要什么我可以帮你，你不用去找曹世刚。"邵波的眼睛里闪烁着真诚。

周丹丹惊讶地盯着邵波，旋即嘴角挂上了一抹冷笑。

"不可理喻。"

她去拉车门准备下车，可是邵波却拉住了她的胳膊。

"我是认真的，你有什么需求可以来找我，我尽全力帮你。"

周丹丹甩开邵波的胳膊，又坐回了座位上。

"你总把自己想象得很重要，然而事实并不是。我和曹总有我们之间的感情模式，他成熟体贴，还懂得欣赏我，而不是一味地消耗我的爱，和他在一起我无比开心和轻松，你的误会太大了。"

"那这是怎么回事？"他指着周丹丹手臂内侧的一处淤青问："曹世刚对待他前几个情人什么样我不知道吗？丹丹你可别……"

"可我不是他的情人，"周丹丹怒气冲冲地看着邵波，"我是他的正牌女友，"她扬起手上的戒指，"我们是要结婚的，你这个外人管多了。"

邵波的眼神黯淡了下来。他嘴角抽动了一下。

"丹丹，你做的这一切，是不是为了惩罚我？"

周丹丹满脸震惊地看着邵波："你把自己想得太重要了。"

她拉开车门，摔门而去。邵波一脸错愕地坐在车中，回忆像暴风雪一样席卷了大脑。

六年前他们都在英国读书，也是那个时候两人相识，被彼此吸引，男帅女靓的一对，很快成为朋友口中的天作之合。周丹丹性格安静内敛，邵波却热血且躁动，很多时候都是周丹丹迁就着他的坏脾气，他在心里深爱且依赖丹丹。可是在两人毕业的时候，丹丹却发现了他劈腿的事情，他长相帅气，即便不主动，也有无数的女孩子扑上来，丹丹不是第一次睁一只眼闭一只眼了，可是那次实在太恶劣了，搞得整个圈子的人都知道了，周丹丹撕心裂肺地哭了三天，从此以后再也没有出现在邵波的生活里。

她是邵波最爱的人，可如果说邵波只爱她一个，那是不可能的。但是这些年的愧疚也没少折磨邵波，直到后来知道周丹丹转型做了演员，而且名气越来越大，邵波才开始恍然大悟，他总觉得周丹丹是在向自己证明着什么，或者让他看到她，他承认自己总是自信过度，但是这种感觉很强烈，但他不想看到周丹丹这样。如果丹丹真的是为了惩罚自己而和曹总在一起，那么自己一定要阻止，这件事情他有责任。

他望着窗外周丹丹离去的那个方向怔了好久，内心有一股说不出的痛苦。他欠丹丹的太多了，惩罚别人的人，自己最痛。

周丹丹从邵波那里离开后直接回了曹总的别墅。

"那辆车里的人是谁？"曹世刚一脸冷若冰霜地看着她。

周丹丹一惊，脸色开始发白：他都看到了。自己的一举一动都在曹世刚的监控下，因此平时都格外小心。

"邵波找我有点事情。"

"他找你干什么？"曹世刚放下手里的雪茄，"你们不是很多年不联系了吗。"

"没……没什么。"

她换好鞋往房间里走去，平静了一会儿后她去洗手间准备洗脸，看着镜中的自己，突然曹世刚的脸出现在了镜中，她的心一激灵。曹世刚拽着她的头发便向房间里拖去，一把把她扔在了床上。

"你别以为我什么都不知道，"他解开皮带指着周丹丹，"我告诉你我什么都明白，你心里还爱着那个男人是不是？"

"我没有。"周丹丹从床上坐起来，"你不能我见哪个男人，你就怀疑我，是你有病。"

"我有病！"曹世刚眼睛红了，"好，我今天就让你看看我怎么有病。"

手里的皮带一下子抽在周丹丹身上，她疼得眼泪瞬间就下来了。曹世刚扑到她身上压住她，不知从哪里掏出了一把刀，抵在她的脸上，周丹丹被吓得不敢出声，惊恐地盯着他。曹世刚露出满意的笑容，眼神像魔鬼一般冷血，将刀片在她脸上轻轻地划来划去。

"你这张脸，我越看越好看，如果我把它刮花了，那小子还会再爱你吗？"

大颗大颗的眼泪从周丹丹眼角滑落了下来，她依然惊恐地看着他。曹世刚放下刀，开始撕扯周丹丹的衣物，周丹丹紧闭着嘴唇，无声地流泪。

"你给我叫。"曹世刚捏着她的脸命令，"不许排斥我，是我给了你第二次生命，难道你不要报答我？"

周丹丹固执地咬紧嘴唇不吭声，曹世刚便扇了她一巴掌，她闭上眼睛，一颗热泪滚落下来，嘴里开始呻吟。

43

季霞半夜醒来，习惯性地去刷一下公司内部的消息群。今天的群里格外热闹啊，季霞点进去仔细一看，原来是王红妹刚发布了一篇报告，公布了自己接下来将要重点去推的公司。可是看到那份报告和公司的名字时，季霞却傻眼了，然后就失眠了。第二天一早，她来到公司，径直走到王红妹工位前，将手里的报告摔在她面前。

"你给我解释解释，"季霞一脸愠怒，"这报告怎么就跟我的那封几乎一模一样？"

王红妹看着季霞的脸，睬都没睬桌子上的报告，却"扑哧"一声笑了：

"季霞姐，这大早晨的，你就来用这么无厘头的理由和我兴师问罪，说不过去吧？那报告除了这样不就是那样？还能写出怎样？又不是写小说，难道需要杜撰些情节出来？"

"好，且不提内容是否相同，你为什么要覆盖万秦汽车这只票？全公司都知道，就连万秦汽车内部的人都知道，是我在跟踪这只票，你要给我个说法了。"

季霞的脸涨得通红，一直以来她选择隐忍、退让，可是却让那些心怀不轨的人变本加厉，此刻她再也压抑不住，火山一样喷发了出来。

"季霞，请你注意素质好吗？"王红妹耷拉下脸，开始一本正经，"谁规定这票只有你一个人能覆盖？"

"公司之间是要有隔离的，你要是别的公司员工我就不说什么了，可在宏博这票一直以来都是我负责，它的第一封研报也是我发出来的，你难道就这么没规矩吗？"

"规矩，"王红妹冷笑了一声，"你跟我谈规矩，霍总什么时候把'隔离'这件事立法三章贴在墙上了？说到规矩，我是一个团队的老板，位置在你之上，有你这么跟老板说话的吗？到底是谁不懂规矩呢？"

周围的同事全部停下手里的工作，带着一脸惊慌默默地观战，季霞这个平日里说话轻声细语的人发起火来格外引人注目。

"你少跟我来那一套，"季霞拿起那份报告指着王红妹说："我今天敢来跟你叫板，就想好后果了，我知道我拿你没辙，但我告诉你这事儿不能就这么算了，你说霍总是吧，今天我就要找霍总给个说法，到底是有人鸠占鹊巢,还是我季霞无理取闹。"

"霍总她出差了,"王红妹不屑地端起桌上的咖啡,"她老人家日理万机,你就不说心疼,我们底下员工这点屁大的小事儿,也要她亲自出面?怪不得你这么多年也混不出个名堂。"

"你!"

季霞看着王红妹,脸涨得通红。王红妹坐在那里淡定地啜着咖啡,季霞努力压制住眼里的泪水,转身回工位上拿起包离开了公司。

季霞在小酒馆里点了两瓶清酒,杨芷晴坐在对面看她一杯接一杯地喝。

"季霞姐,"杨芷晴的手伸出来压住了季霞的手腕,用心疼的眼神看着她说,"不要再喝了,你还是哭一哭吧,情绪宣泄出来就好了。"

"悲伤的人才哭泣,"季霞说,"我不悲伤,我只是想不通,你能明白吗?我想不明白为什么这世界上有这么多的不公平、这么多的求而不得、这么多的无奈和无力反抗,你能给我解释下吗?"

季霞的眼神里带着愤怒、无奈和悲伤,那种真情的流露让人心疼,杨芷晴平日里虽然佛系又钝感,可是此刻也感受到了季霞身上所散发出来的痛苦。

"你是不会懂的,你从小也锦衣玉食,到了上海,完全不要操心这些事情,我们这种人和你不一样。我所获得的每一样都是我自己拼命努力得来的,我比你和星辰年纪大,我这个年纪不结婚没恋爱,一心在工作上,结果迟迟也不见个起色,我难道不焦急吗?我过年的时候,都不敢回家,家里的七大姑八大姨,哪个不是催婚催房催生娃,说我再不抓紧就错过行情了。行情!可笑,我是股票吗?我是人啊,怎么像个商品一样有价格有行情!你说这社会疯了,还是我疯了?"

季霞说着,眼泪下来了。杨芷晴伸过手去拉住季霞的手,用眼神安慰着她。

"季霞姐，我都懂，我虽然没经历过你的那些事，但是我特别理解你，"杨芷晴美丽的大眼睛里闪烁着真诚，"我陪你喝酒，霞姐，喝完了一起想办法。"

说完杨芷晴举起面前的清酒杯，一口气干了下去。

喝完酒，两个人打算去苏星辰公司，苏星辰最近忙得很，已经好久没有三人聚会，于是二人打算不请自来，偷偷打了车到苏星辰公司。刚一进门，二人便直奔苏星辰办公室，却被前台小姑娘拦住了。

"二位找谁？请登记。"

"登记，"杨芷晴看着季霞笑了，指着自己鼻尖问，"我们还用登记？把你们苏老板给我叫出来。"

喝了酒的女人不能惹啊，小姑娘看着杨芷晴一脸为难地眨了眨眼。

"算了，不跟你说。"杨芷晴扯着季霞就往苏星辰办公室走去，门也没敲，直接开门进去了，一进去只见苏星辰对面还坐了一个人，季霞的脸瞬间凝固了，杨芷晴还嬉皮笑脸地问：

"呦，这位美女是谁呀？"

苏星辰尴尬地看着季霞，对杨芷晴说："你带霞姐先去会议室，我一会儿来找你们。"

杨芷晴悻悻地被打发出来，一脸的不高兴，却见季霞的脸色更加惨白了。

"季霞姐，你没事吧。"

季霞嘴唇翕动着说："她怎么会在这里？"

"谁呀？神神道道的。"

"王红妹，"季霞说，"刚刚在星辰办公室的就是王红妹。"

苏星辰打开会议室的门，一眼就瞧见杨芷晴晕乎乎地靠在季霞肩膀上。杨芷晴见到苏星辰进来立马坐了起来。

"怎么回事？"杨芷晴音调提高了八度，"她来干什么？"

苏星辰将手指放在嘴唇上："祖宗，你能不能小点声？"

苏星辰从门口踱进来，走到季霞和杨芷晴身边坐下来："季霞姐，我听王……听她说了。她是我们公司新来的同事介绍过来的合作伙伴，林总很喜欢他们团队，安排我接洽，这不今天就被我撞到了。"

季霞刚想开口说话，却被一旁的杨芷晴搭了茬："你接洽，那最好，你赶紧把跟她的合作取消了，那是个'心机婊'你懂不懂？"

苏星辰笑了，端起桌上的茶喝了一口。

"苏星辰，你别笑，我认真跟你说的，"杨芷晴的脸气得红扑扑的，"那还不是一般的狐狸精我跟你说，表面上看起来跟兔子似的，专门悄没声地咬人，关键那牙齿还带毒，咬你一口就完啦。你知道她把季霞的项目怎么撬过去的？她现在没走我真要去找她算算账，怎么这么没规矩呢？有人撑腰就胡作非为了是吗？"

"行了，你别叫唤了，我都知道。"苏星辰皱着眉头按住杨芷晴的肩膀，转过头看着季霞说，"霞姐，万秦汽车这事儿确实出得很恶心，我怎么会不知道你在这个公司上花了很多心思？但是咱们在商言商，王红妹这边不是我能决定的，他们团队的影响和势力都很大，我们公司发展也需要相应级别的团队来配合。"

季霞脸上本来有的光彩黯淡了下来，苏星辰察觉到了不对。

"季霞姐，你别误会，我不是说你这里实力就不强，林总他接下来有个百亿计划，我们需要各种各样的团队配合，肯定不止一家，您这里和王红妹那边我们打算都合作。"

"你刚才竟然用了您。"杨芷晴惊讶地说。

"嗨，我这商务谈判了一天，一时纠正不过来。"苏星辰瞪了杨芷晴一眼，暗示她不要说话。

"万秦汽车这票我可能确实帮不上忙，但是我们有别的覆盖的票，我可以推荐你过去，我现在就给那边打电话。"

苏星辰说着拿起手机。

"不用了，星辰。"季霞带着尴尬的笑容看着她，"我不是来找你说这个事情的。"

苏星辰看了看季霞，又看了看瞠目结舌的杨芷晴，觉得自己仿佛陷在了一种思维里。她现在看面前的两个人不是像客户就是像合作方，就是找不到那种闺密的感觉。

"王红妹那边你们该怎样合作就怎样合作，难道霞姐会因为这点事情就和你怎样了？"季霞挤出一个微笑，"你也不要太忙了，没事多和我们聚聚。"

苏星辰一瞬间有些说不出话，反应了几秒赶紧挤出一个笑容。

"瞧我，可不，好久没聚了。"

"话说你们这个规模发展得还真快呀！"杨芷晴说，"现在融资多少了？"

"二十个亿。"

"二十个亿！"杨芷晴一下站了起来，"大佬，富婆，需要助理吗？"

"你别瞎嚷嚷，"苏星辰看了看办公室外面，"主要我们最近新来了一个销售总监叫叶薇，业务能力非常强。"

"叶薇？"杨芷晴歪着头看苏星辰，"是曹总之前的助理吗？"

"对，你认识的。"

"薇姐在我们那的时候就是销售总监兼任曹总助理，怎么到了这边还是。"

几个人突然沉默了。

"不该问的别问。"季霞捏了杨芷晴一把。

"我发现你们俩都越来越严肃了，"杨芷晴揉着季霞捏过的胳膊说，"苏星辰你也越来越像霞姐了，老是一本正经的。"

"是你太过随意了。"苏星辰瞪了她一眼，"走吧，去吃饭，我请客。"

"那必须你请，"杨芷晴指着苏星辰说，"我要点贵的。"

"随便点，祖宗。"

44

方文强推开门，兴高采烈地喊道："老婆，我回来了，人在哪里？快点让我看到。"

这时只见一个女鬼带着幽怨的眼神飘到了方文强面前，方文强本来在穿拖鞋，看到杨芷晴过来了，高兴地抬起头，却被那张扭曲的脸和吃人的目光吓得往后一退。

"你和谁一起出的差？"

方文强咽了下口水，赶紧将如沐春风的笑容挂在脸上："不就几个同事？"他捏着杨芷晴的肩膀，"老婆，你怎么啦？"

"一个还是几个？"杨芷晴推开他的手逼上前一步，"男的还是女的？"

"两个，"方文强缩到门口，"男……男的。"

杨芷晴的手用力地推了方文强一把，又将一把照片甩在他的脸上："你还狡辩。"

方文强从地上捡起照片，全部是自己和一个女人在车后座牵手接吻的照片，他以为自己掩藏得很好，这照片应该就是同行的同事拍的，他恨恨地拍了下大腿。

"宝贝啊，你听我解释。"

"你给我出去，"杨芷晴开始歇斯底里，"我到底……我到底，哪不好？"她抢过他手里的照片指着照片中的女人，又指指自己，"我的脸蛋儿不比她漂亮吗？我的条件不够好吗？我不够爱你吗？"

"好，"方文强一把抱住杨芷晴，"老婆，你最好了，这都是假的，这个女人主动的，我什么都没做，她勾引我。"

"你这个无赖！"杨芷晴一把推开他，"你以为我不知道你都背着我干了什么是不是？公司里到处都在传你的风言风语，我只是假装不知道。一直以来我隐忍、退让，因为我爱上你了，可你就这样回报我，你这个渣男，你这个，'海王'。"

"宝贝、宝贝。"方文强扑通一声跪了下来，"我不是'海王'，我一心一意只爱你一个人啊，你相信我，我本来打算这次回来就和你求婚的，你看我还给你带了礼物。"

方文强拿起地上的一个盒子，是他从成都带回来的土特产，盒子上赫然写着三个大字"狗屎糖"，下面小字写着"吃狗屎糖，走狗屎运"。

杨芷晴一把拉开门，将光着脚的方文强推出去，又将那几盒糖扔在他的脸上："你现在就给我带着你的狗屎糖去找你的狗屎运，给我有多远滚多远。"

"你就是我的，"那句"狗屎运"没说出口被他吞下去了，"不是，宝贝，喂，杨芷晴，你开门啊，我没穿鞋。"

苏星辰在电脑上敲着字开着免提，在电话里听着杨芷晴大呼小叫了有三分钟，直到她停止了哭喊，苏星辰拿起电话："要不我去把方文强砍了吧，弄死一个是一个，行不？"

杨芷晴在那头静止了下来："你说我怎么老是碰见渣男？"

"因为你就爱渣男那一套，你那个恋爱模式写成编码输入系统，电脑都能和你谈恋爱。"

杨芷晴"扑哧"一声笑了："你说我做得是不是太狠了？这大半夜的，他都没穿鞋，万一冻死了……"

"打住，"苏星辰喝道，"他又不是小猫小狗，人类社会还能冻死他吗？你要狠就狠到底，把他东西都给他扔了得了。"

"啧、啧，你太狠了。"

苏星辰被这句话噎得没了语言，她估计这次还是不要手刃渣男，看杨芷晴这架势指不定什么时候又复合了，自己已经不是第一次咸吃萝卜淡操心了。

"我看你也好了，挂了哈，有什么事再找我。"

挂了杨芷晴的电话，苏星辰转过头在电脑上继续敲字，最近公司账户里配置了一堆股票，她的交易任务很大，白天带着小朋友做交易，下午三点收盘就要选股。

"苏总，"苏星辰抬起头看着门口站着自己的助理，"林总叫您。"

"来了。"她合上手提电脑走了出来。

来到林道办公室，只见叶薇也在，最近公司的大小事务都有叶薇的身影，她甚至和林总有些形影不离了，苏星辰心中觉得有些异样，可是也讲不清这种感受，此刻叶薇正坐在沙发上用一贯温柔的眼神注视着她。

"星辰，快坐。"叶薇熟练地摆弄着工夫茶具，俨然一副主人翁的架势。林道坐在苏星辰对面，手里拿着一根香烟，林总什么时候开始抽烟了？苏星辰真的没有注意到，感觉自己好像有一个世纪没有见林道了。

"你汇报下最近的交易情况吧。"林道对苏星辰说，两人各自接过叶薇泡好的绿茶。

"已经开始建仓几只股票了，其中包括万秦汽车、鑫仙猪肉，以及郎普传媒，另外还配置了一些中小股，大概十只标的。"

"仓位怎么样？"

"建了30%。"

林道点点头："你后面带一带叶薇。"

"带一带叶薇？"苏星辰有点没理解林道的意思。

"嗯，对，交易上你教教她。"

"可是叶总不是负责融资上的事？"

"咱们是主做二级的公司，交易这块人人都要懂一些。"

林道说完看了一眼叶薇，她坐在沙发上朝他笑了一下，又给苏星辰添了一杯茶。

"星辰，以后可要靠你多指导我啦，我比较笨。"

"哪里，"苏星辰接过茶杯，"叶薇姐你那么聪明，一定很快就会做得很好。"

"没什么事你先出去吧，我和叶薇这边还有些事情。"林道说，"这几天抓紧建仓吧，我看大盘就要起来了。"

"嗯。"

苏星辰应了一声往门口走去，临关门的时候看到叶薇窝在沙发里暧昧地看向林道。是我眼花了还是多想了，怎么气氛这么不对？苏星辰想道。但是她也讲不清到底哪里出了问题。

邵波家的门铃响了，韩骁出来开门，苏星辰站在门口。

"你来了。"

"你也来了，他又怎么了？大晚上叫我过来。"

"唉，还是那一档子事。"

"啊？这回又是哪个？"

苏星辰一边在门口换鞋一边说："这换手率还真高。"

她走进门，只见邵波邋遢地窝在沙发里，胡子没刮头发也乱七八糟。

"你说你一个花心大萝卜，"苏星辰带着一脸嘲讽，"怎么老学金城武一副情圣的样子？"

邵波仰躺在沙发上没看苏星辰。

"他这次还真伤得挺严重的。"

"呦，怎么回事？"

"周丹丹的事你知道吧？"

"知道啊，他前女友，之一。"

"那是他初恋。"

"嗯，反正是过去时，人家现在是曹……"

"嘘，"韩骁捂住苏星辰的嘴巴，"别提曹总，他会疯。"

苏星辰掰开韩骁的手："到底怎么了？"

"周丹丹当初离开邵波就是为了报复邵波，她现在跟曹总在一起并不开心。"

"可不能瞎说，"苏星辰斜眼看着韩骁，"你怎么就知道人家不开心？虽然年龄上差不少，但是也可以有真爱啊。"

"你可停下吧，曹总那人你不了解吗？他以前就因为虐待女星事件被起诉过，不过由于财大势大压了下来，现在丹丹跟着他能好到哪去？"

"不会吧，可是周丹丹平时看着挺好的，不像被……"

"你又没见过她，今天邵波约她出来见了一次，发现她胳膊上有淤青。"

"他可真够操心的。"苏星辰望了一眼沙发上的邵波，"那怎么办？我们也没办法，一个愿打一个愿挨，也没人强迫周丹丹。"

"正是因为这个，邵波才更加痛苦，"韩骁继续说道，"丹丹当初离开邵波，就好像上了发条一样拼命努力工作。当初邵波把她伤得不轻，她哭了三天三夜后感觉整个人都变了。后来失踪了四年，然后就成了我们现在见到的大明星。"

"你是说周丹丹是因为邵波才走上这条路的？并且是因为邵波才和曹总在一起？"

"没错。"

"不一定吧，也许人家就是喜欢这行业，就是爱曹总这样的男人呢？"

"你不了解丹丹，她特别重感情，以前她对这些外在的东西根本不在乎的。"

苏星辰逐渐惊讶地放大了瞳孔。

"那这个邵公子可真是太渣了，祸害人啊。"

"别说这个了，他现在也想弥补，可是丹丹不听他的。"

"弥补啥啊，"苏星辰瞪了一眼远处的邵波，"人都死了，那颗心都死了，再弥补也没用。"

苏星辰走到沙发跟前，对着木讷的邵波说：

"嗨，听着，两个人相互吸引靠的是本质，你和周丹丹本质不同，所以注定不会在一起的，就算不是因为你，这事儿也会因为张波、王波、李波发生，你别自责了。"

邵波的眼珠子动了动，嘴巴微微张开了下，眼神有些浑浊，带着悲伤和无奈。

"我一直以为随心所欲就叫自由，可是现在我觉得自己再也不能随心所欲了，我害怕了。"

"自由要有边界，"苏星辰说，"再说你那不叫自由，你只是受莫名的东西操控，顶多是个木偶。"

韩骁用胳膊肘捅了捅苏星辰，她收住了口。邵波怔怔地望着天花板。

"太残忍了。"

"什么太残忍？"苏星辰问。

"你太残忍了，"邵波从沙发上坐了起来，"没良心的狗东西。"

苏星辰和韩骁对视了一下。

"行吧，我是狗东西，我们出去吃饭吧。"

上班一个星期了，杨芷晴都没有搭理方文强，可是方文强已经给她发了二百多条微信。杨芷晴既不删除，也不回复，选择冷处理。

这天公司同事季度聚会定了KTV包间，除了曹总所有的人都在场，杨芷晴喝了很多酒，和几个女孩子窝在角落里听歌。此时方文强正在和一个妹子友好互动，唱莫文蔚的《那么爱你为什么》，他如此投入，完全不在乎杨芷晴的存在。杨芷晴听着感同身受的歌词，又看着方文强和妹子互动得很来电，借着酒精，竟然开始号啕大哭。KTV吵吵嚷嚷的根本听不见哭声，只有旁边的两个妹子耐心地安慰杨芷晴，一个妹子走到方文强旁边和方文强说了杨芷晴在哭，他朝杨芷晴那边看了一眼，手里紧握着话筒，不愿意过去，刚想继续唱，另一个妹子过来夺过麦克风，推搡着把他押到了杨芷晴这里。然后其他人都和面前的痴男怨女保持了距离。

方文强坐在杨芷晴身边，手足无措，不知道该做什么，于是呆滞地望着桌子。杨芷晴依旧在哭，方文强便一把搂过她的肩膀，在她耳边说着什么，大概这样持续了半小时，两个人又出去了一会儿，回来杨芷晴就不再哭了。

第二天上午，杨芷晴趁午饭的时候，来到了方文强所在的工位区，方文强出去吃饭了，她一眼就看到了那天和方文强一起出差的女生，于是三步并作两步走到女生面前，女生被气势汹汹的杨芷晴吓了一跳。

杨芷晴一只手指着女生的鼻尖，脸上带着愠怒的神色："我警告你，以后不要再来勾引我老公。"

说完甩了下头发扬长而去，留下一脸惊愕的女生站在原地。

"你怎么能这样和芳芳说话呢？"晚上方文强回家后一脸怒气。

"我说的不对吗？"杨芷晴一脸无所谓，"是你告诉我她勾引你的。"

"不是，你就不能不去找她吗？她在我们那边哭了一上午，现在又要去曹总那边告状，我的事业会受影响的。"方文强一脸焦急地把着方向盘。

"她来告状，也不看谁的地盘。"杨芷晴一边抹着唇彩一边说，"再开两个小时就到了，你说我爸妈见到你会是什么反应呢？"

杨芷晴一脸期待地看着方文强。方文强不搭理她，一直到杨芷晴家，方文强都没有和杨芷晴说一句话。

可是随着车越来越靠近杨芷晴家，方文强被眼前的一幕惊呆了。

只见一排联排豪宅矗立在眼前，像一座城堡，黑色的巨大的门前，两个看门人站好，将他们迎了进去，他赶紧看了看导航。

"我们没走错吧。"

"没有呀，"杨芷晴开心地伸出双臂，"到家啦！耶。"

方文强吞咽了下口水，看着一脸兴奋的杨芷晴，还好她刚才没有和自己生气。

车停在一座豪宅门前。

"你别动！"

方文强停车前对杨芷晴说，他解开安全带，从车里走出来拐到杨芷晴这边为杨芷晴打开车门，护着杨芷晴的头：

"我的公主，怎么能让你亲自做这件事呢？"

他一脸宠溺地看着杨芷晴，杨芷晴笑着扑到他的怀里。

45

A股涨到5000点了，大街上随处可见谈论股票的人，券商营业部里每天来来往往人头攒动，开户的一直排到了门外。菜市场的阿姨懒得招呼顾客，拿着手机和旁边卖肉的一起讨论如何选股。各种关于股票的段子满天横飞，各种关于股票的交易群、研报群嘁嘁喳喳响个不停。

苏星辰看着公司产品的业绩曲线，这半年重仓押宝的几只票随着行情的上涨，全都翻了不止一倍。她和林道的个人账户，也都赚了很多钱。这种巨幅跨越式的成长经常让她有种不真实的感觉，自己出来创业一年多，又恰逢大牛市，运气、努力，加上林道这位好老师的带领，让她的成长速度远超同龄人。

这期间她回过一次家乡，曾经被父亲拍卖掉的土地和楼房她又买了回来，价格是上海的十分之一都不到。她看着昔日的家，房子还在，和以前没什么两样，只是内在的装修变了。不过没有了家人，房子就只是房子；没有了回忆，故乡就只是个地方。买下老房子的那天晚上，她坐在门外，看着车库，似乎父亲正要喜气洋洋地将车开出来，笑着对她说："辰，快看！爸又换了辆新车。"看着大门，似乎母亲就要从里面走出来问一句："今晚吃什么？妈给你做。"看着周围空洞的一切，车库是空的，门口也是黑黢黢的，她心里一阵寒凉，站在院子里久久地眼泪不止。她从没想到：那个回不去的过往，曾经的温暖，即便赚了再多的钱，也买不回来了。她多想让死去的父亲再看到这一切，

她多想再找回当年的同学伙伴，如果可以，她愿意用所赚来的金钱去换一个不受伤的曾经，母亲说："女人能够天真任性才幸福！"这句话苏星辰认同，却也不认同：如果不谙世事的天真依靠别人的保护来维持，那么一旦失去保护，这种天真就消失了。可是现在，她有能力保护自己，尽管不再天真，也不能再任性，可是心灵却要比以往任何时候都更加强韧，她可以骄傲地面对父亲，不是因为自己赚了多少钱，而是因为自己不再害怕未来的风雨险阻。

人是多么脆弱啊！苏星辰心里想，当初父亲怎么会一个想不开就自杀了？尽管她的心里无法原谅父亲的不负责任，但是对父亲的爱和思念碾碎了被抛弃的恨。她理解父亲，是因为无能，他才不能保护自己和母亲，可是到底是什么导致了他的无能？他被天性的贪婪所控制，仿佛被魔鬼攫获，一边哭一边笑，无力控制自己的心。想到这个场面，苏星辰就觉得心痛得像要碎裂掉，一个人真正的可怜不在于贫穷，而是没有心力去改变现状，将灵魂的一切交给生活，甚至扔给魔鬼。

可是人生的遥控器，应该牢牢地握在自己的手里！诚然自己是幸运的，可是机会来的时候，苏星辰没有犹豫，危机来的时候，苏星辰没有放弃，倘若有一天遭遇和父亲一样的困境，自己会怎样面对呢？她想象不出，过去已经走远了，太多熟悉热爱的人再也回不来了，苏星辰用手捂着心口的位置：可是他们的话，他们灵魂的力量，却牢牢地刻在了自己的心

里，有一天，他们的灵魂也会化作自己的灵魂。

　　自从徐野接受了投行的意见后，便将大部分现金都押在了海外收购的项目上。

　　这家被收购的海外芯片公司最大的价值就在技术这里，包含了一百多项技术专利，每项专利背后所对应的技术在国内都无法被超越。

　　海外的芯片公司要求徐野这边必须现金收购，因此徐野将公司的股票质押给了券商。徐野家公司市值300亿，质押后，券商给这笔资产打了6折，因此到账资金180亿，徐野便用这180亿对海外的芯片公司进行了收购。

　　这件事做得大刀阔斧，年轻人做事有激情，加上徐野的性格又雷厉风行，因此项目谈判周期短，仅用三个月的时间，就完全拿下了。单是项目谈判期间，徐野家公司的股价便上涨了50%，又借着这轮大牛市，股价直接翻了四倍，从300亿一路高歌猛进，在半年时间里跨越了1000亿大关。

　　鑫仙猪肉在历史上从未出现过如此高的价格。看着上涨的股价，徐野信心爆棚，自己接班不到两年，公司在自己的带领下不仅股价气势如虹，还成功转型高科技领域，鑫仙猪肉这颗冉冉升起的新星得到了市场主流资本的追捧，因此徐野最近频频露相各大媒体。可谓风光无限，成了二代圈敢想敢为的典型。

　　郎普传媒由于周丹丹电影《白昼》的大卖和牛市的带动，市值也翻了两倍，周丹丹也成为了炙手可热的顶级流量。曹世刚在这一轮牛市赚得盆满钵满，三家公司加起来规模已经超过200亿。

　　曹世刚有一家公司是做民间借贷业务的，叫一地资本，行业俗称P2P，从普通散户那里融资，最低2万也能投，融来的钱全部用于投资，这种平台这几年在上海发展得风生水起，很受散户和资本的欢迎，曹世刚光这个平台的资金就有100多个亿，周丹丹的电影《白昼》也是一地资本这个平台出资来投。一开始耗资十四个亿，可是由于周丹丹名气很大，剧组都是大腕，借助着牛市，资本疯狂追逐，竟然收到了20亿的投资金额，刷新了迄今为止电影投资的最高成本记录。尽管票房大卖，可是由于成本过高，这部电影并没有真正赚钱，吆喝声倒是赚了不少。可是曹世刚不在乎那些，借助这个电影，他的金融公司不仅声名鹊起，自己也赚得盆满钵满，现在竟然高调地去大学做起了演讲，到处去做慈善和募捐，俨然一副回馈社会的优良企业家架势。

韩骁最近接下了万秦汽车的项目，他由于在牛市中成功帮徐野家的鑫仙猪肉做了转型和并购，因此在公司连升三级，成为了部门老板。

韩骁对万秦汽车这个项目充满信心，三年的经验看下来，他评估这次的项目有很大的可能会成功。首先也是最重要的，他很看好万秦汽车这家公司本身，万秦汽车的董事长李未然是个兢兢业业做实事的人，和曹世刚那种资本家不同，李未然真正从企业的角度去考虑如何将企业做大做强；第二点也是关键的一点，李未然并不死板，尽管用了一生经历将汽车传感器做到了上市，但是脚步并没有局限于这个行业，因此万秦汽车目前也在积极寻求转型；最后一点就是韩骁的公司大力支持万秦汽车转型的推进，韩骁将项目上报以后，公司管理层高度重视万秦汽车，配合着韩骁团队积极寻找海内外的优质资产，而且目前已经寻觅到了几家优质的标的打算嫁接给万秦汽车。

此刻万秦汽车的会议室里，上市公司的人正襟危坐，对面是韩骁团队的投行人士。这已经不是第一次韩骁和万秦汽车的管理层谈判了，今天来差不多是要最后交牌，敲定最后协议的，终于到了这个时刻，韩骁有点紧张。

"李董事长，我们认为，将这家国外的企业名下多项专利，结合我们的技术团队，设计开发出能够安装在飞机和火箭上的传感器，"韩骁坐在董事长的对面继续说道，"到时候我们订单就不止汽车产业，连航空航天，甚至国外的订单都会接踵而至，市值百倍增长可期。"

董事长点点头。

"韩经理，我们公司内部管理层也一致认可这个项目，我曾经在部队里当飞行员，也一直希望能够有机会转型航空航天领域，对于贵公司向我们提供的资产情况，万秦汽车的专家团也评估过，没什么问题，我们今天主要就商量如何进行合作吧。"

韩骁这边听了董事长的一番认可，开始渐渐解除了紧张。

"我们也不是第一次接触了，"董事长话锋一转，"今天我直接一些，您这边想以什么样的资本模式参与到我们公司来呢？"

"现金入股，"韩骁说，这想法他早就准备好了，"我们这里会出一部分现金来购买贵公司股权，另一部分的并购资金我们会在市场上公开募资。"

董事长沉默了一下，目光快速地扫了一眼韩骁这边的人："那么你们打算买走多少股份呢？或者说，韩经理您这边觉得拿走多少股份比较合适？"

关键的问题来了，韩骁低垂着目光看着桌面，深吸一口气，抬起头看着董事长，说："我们打算成为万秦汽车的大股东，"韩骁顿了下，"第一大股东。"

"不可能！"董事长拍了下桌子，冷不丁一声响吓得韩骁一激灵，李未然将后背靠在椅子上，"韩经理，这几年来找我做并购的团队太多了，还没有一个敢开出你这样的条件。"

"也没有一支团队有我们这样的实力，"可是韩骁当仁不让气势不减，认真地看着董事长的眼睛说，"我们投行这两年在国内成长得是最快的，从第三变成了第一位。别人拿不到的项目，只要我们出面，99%都能拿到；别人搞不定资金，LP（投资人）排着队送资金过来，我们还要做个筛选；别人的项目嫁接过来后会出各种问题，而我们的项目百分百盈利。我今天开出这个条件，是因为我们值这个价格。"

韩骁目光笃定，说话抑扬顿挫，铿锵有力，气场完全不输对面的老前辈。李未然盯着韩骁，目光不似刚才那般犀利。

"韩经理，我了解贵公司的实力，您跟了我的项目这么久，我也尊重您的人品，我相信我们有共同的信念，那就是真正做好这家上市公司。您丢给我的那几个资产，我都认真研究过了，确实都非常优质，我们愿意在其中择优并购。可是让出大股东的位置，"董事长将身体靠前用严肃的目光看着韩骁，"那是绝对不可能的！就是把我这条命送出去，也是不可能的。我想今天的谈判就到这里吧，你回去再考虑考虑。"

46

上次的项目被王红妹截和后，季霞继续推进万秦汽车，王红妹经过这轮牛市成为了资本市场上最耀眼的分析师，成了宏博响当当的金字招牌。奇怪的是王红妹并没有再继续跟进这只股票，而是选择了其他标的，比如郎普传媒，这个牛市赤手可热的传媒股就是王红妹一手推荐的。季霞推测王红妹之所以放弃万秦汽车，是因为万秦汽车没有市场上主流资本的追捧，这票在牛市确实没怎么上涨，而且也只有少数的几个不知名分析师覆盖，季霞便是其中之一，而且是市面上70%有关万秦汽车的研报都出自季霞这里。由于牛市以来季霞的表现也不错，所以成功晋升为小组领导，她对自己目前的战绩非常满意了，稳扎稳打是她一贯以来的风格。

手机里来了电话，季霞接起电话。

"霞姐，你准备好了吗？快到宏博楼下了。"

电话对面传来杨芷晴的声音，季霞看着桌上的礼品盒。

"好了！我这就下来。"

苏星辰坐在家里的沙发上，对面坐着王红妹和叶薇。工作的原因，这半年三人经常走在一起，渐渐地几个人的友谊也升温了。

"星辰，你们家可真大！"王红妹的声音有些夸张，"你说你年纪轻轻，怎么做得这样的，简直了，你是我的偶像啊！"

苏星辰有些不好意思地笑了。

"你也太夸张了，王总你家里的豪宅更大啊，我这才哪到哪呢？"苏星辰说。

"不夸张，"叶薇说，"星辰确实厉害啊！是林总的左膀右臂，能力强，人又美，这大上海放眼望去也抓不到几个啊！"

苏星辰的脸有些红了。

"叶薇姐，你才是林总的左膀右臂啊，现在林总去哪里开会都带着你，"苏星辰转向王红妹，"而且叶薇今年给我们融资盘拉来了十个亿的资金，融资能力一流的。"

"我就说嘛，优秀的人有相同的气质，林总有你们两个左膀右臂太幸运啦！"王红妹说。

"不过今年的业绩还是多亏了你这边，"苏星辰对王红妹说，"还是你的号召力强，现在市场上哪家大佬不是跟在你后面买股票。"

"亏得各位大佬不嫌弃，"王红妹掩着嘴笑，"反正以后咱们在市场上相互关照，能认识两位好姐妹不容易。"

这时星辰妈端着一个果盘走了过来。今天是苏星辰的生日，她特地从老房子赶过来给大家烧菜。

"你们慢慢吃，好好聊哈，我出去买点菜，晚点就别走了，我给你们包饺子。"

王红妹和叶薇互看了一眼，没有接话，苏星辰感受到了气氛有些冷凝。

"妈，别折腾了，我们出去吃。"

"出去吃多费事，再说没家里干净，这不是你好朋友吗？好朋友就要在家里用心招待。"星辰妈笑呵呵地说。

"阿姨别麻烦了，多辛苦啊！我叫我家阿姨来给你烧。"说着王红妹拿出了手机。

"不用！"苏星辰说，"我们出去吃吧，妈你别烧了。"

"啊！你们都不在家吃啊？"星辰妈一脸失望。

"嗯，阿姨别辛苦了。"叶薇脸上挂着笑容，"包饺子多麻烦。"

这时，门铃响了。

"我去开门。"星辰妈走到门口，门一开，杨芷晴的笑脸闯了进来。

"阿姨好啊！"杨芷晴一下蹦了进来，后面还跟着季霞，"星辰在吗？我们不请自来啦。"

说着将一个果篮放在了门口。

"哎呀，杨芷晴你来得正好，星辰和两个朋友在客厅。"星辰妈笑着招呼两个人进来。

杨芷晴向客厅望过去，只见客厅里三双眼睛齐刷刷地看着门口，气氛瞬间达到了尴尬的顶点。

苏星辰起身走到门口，故作自然地说："嘿，你们俩也不打声招呼，快进来吧，正好一起聊聊，一会儿一起出去吃饭。"

"我们就不进去了，"季霞僵着脸挤出一个笑容说，"生日快乐！"

说着放下一个盒子向门外走去。

"霞姐，等等我，"杨芷晴喊道，"星辰，生日快乐哈！"她也放下了一个礼品盒，"回头我们再聚，今天你家客人太多了。"

看着杨芷晴追随季霞远去的背影，苏星辰愣在门口。

"欸，我这边也有点事，"王红妹看了看手机，"我男朋友来接我啦。"

"我搭你车走吧，"叶薇说。

"怎么你们也走？"星辰妈问。

"星辰，咱们下次聚哈，礼物你都收好。"王红妹临走前嘱咐，"你这人缘，"王红妹表情复杂地说，"还真是羡慕不来啊！"

几个人都走了，苏星辰看着门口放的两个小巧礼品盒，又看了看叶薇和王红妹留下的两个奢侈品包包，感觉自己的世界颠倒了，混乱了，一股陌生的力量注入了进来，这股力量让她害怕，却又让她着迷。

半夜睡不着，苏星辰穿上鞋走出了别墅，开始在小区里转悠，不知不觉竟然来到了老房子前面的湖边，这时一个人影吸引了她的注意，隐约看到两个小黑点靠在人影边上。她仔细定睛一看，竟然是邵波。

"我都忘了你也住这个小区了。"苏星辰站在邵波身后说，"大半夜怎么不睡觉？"

邵波看着苏星辰走过来，将手里的食物都扔在了湖里："你怎么也不睡啊？"

"想事情啊。"苏星辰走过去摸了摸天鹅的小脑袋，"你说，我怎么混得这么失败。"

"你都成新一代富婆了，就别在这矫情了。"

"可是怎么感觉朋友越来越疏远了呢。"苏星辰怔怔地看着水面。

"人和人之间，大差不差的就行了，你还指望多么深刻的友谊？"邵波一番话说得通透，俨然一副过来人的样子。

"是不是到了这个位置都这样？"苏星辰问。

邵波低下头，带着一股真实的忧郁，苏星辰很少见他这个样子，平日里那个不羁的小少爷不知道哪去了，此刻他正像她第一次见到时那样，表情腼腆，面色苍白。

"有些人的友谊仅仅建立在利益之上，利益结束，友谊也便结束了。"邵波说，"因此穷人和富人间是很难存在真正的友谊的。"

"太惨了，"苏星辰说，"感觉被架上去就下不来了。"

"有什么惨，你这样跟别人讲，当心被骂。"邵波白了她一眼，气势又回来了，"说明你进步了，脱贫了。只不过脱得太快，一时半会儿不适应。不过你还会有新的朋友的，你不会寂寞，总会有各种各样的人被你的能力、外表、内在，甚至财富所吸引，别担心，习惯就好了。"

"男友新的好。"苏星辰说，"可我感觉，朋友还是旧的好。"

"哈哈哈！少吹牛，我一个都没看你谈过。"

"你懂什么，"苏星辰瞪了他一眼，"一百次寻花问柳抵不过一次刻骨铭心的深爱，你不懂也正常，没吃过蛋糕，是不会怀念它的味道的。"

"我怎么不懂。"

"我还不了解你？"苏星辰说，"你的爱情就是沙画，过程再美，也能随时被你清零。"

邵波愣了下，旋即觉得说得有道理。

"确实给我当现任很折磨，"他旋即补充道，"可是给我当前任却很舒服，你要不要考虑当我下一个前任。"

苏星辰盯着湖面，思考着这句话，反应了一会儿终于反应过来，扑哧笑了。

"高手啊！"

"什么高手，讲真的，你不觉得咱俩合适吗？"邵波问。

"怎么就合适了呢？"

"你看哈，我家里有钱，你能挣钱，有脑子，见过世面，长得还算得体。"他像分析股票一样跟苏星辰掰着手指盘细节，"这世界的男女都爱听灰姑娘和王子变青蛙的故事，然而世间的逻辑并不是这样，只有同样优秀的人才能站在一起，我90分，你也不能低于80分，现实就是这个样子。"

苏星辰惊讶地盯着邵波的脸："我什么时候轮到你来指指点点？你90分那得看哪个老师打分，在苏老师这里你不及格！"

"你知道你在说什么不？"邵波笑了，"我看上你，你还不乐意！"

"我可担不起，"苏星辰望着湖面故作镇定，"你那些'早早'啊，

'晚晚''单单''双双'的，万一哪天不开心了，回来再撕了我，太恐怖了！"

"你还怕被撕啊？！你不是很有能耐吗？"

"我有能耐就要被花花公子祸害吗？珍爱生命，远离渣男！"

"哈哈哈！你真是太不懂男人。"

"怎么说？"

"男人在对待能娶回家的和可以谈恋爱的姑娘时是有区别的，你不要指望任何一个男人永远只爱你一个人，他的心里就是装得下很多人，你只是看到我这样的一面了，外面那些男人只是隐藏得好。一个男人只要最爱你就足够了，很可以了，尽管我这话不好听，可这是现实。"

"你是在说你最爱我，想把我娶回家吗？"苏星辰好奇地盯着邵波。

"我没有！"邵波躲开她的眼光看着天鹅，"你这简直异想天开，太自作多情，癞蛤蟆。"

这时天鹅叫了一声。"你看天鹅都不同意。"邵波哈哈哈笑了。

"那你紧张个屁！"苏星辰说。

"我就这样。你太强势了，苏星辰，没有你这样的，一点女孩的腼腆和娇羞都没有，逗你都没意思。"

"不是，我怎么就强势了？我只是比较有主见，从来都没有把自己想法强加给别人啊！"

"总之就是强势，再不就是凶，还急躁，太吓人，你看、你看，天鹅都跑了！"邵波指着游开的天鹅说。

"还真跑了，"苏星辰有些失落，"哎！算了，回去反思。"

"你给我回来！"邵波在后面吼，"你又丢下我！"

苏星辰没理他继续往家里走去。

47

中午林道急匆匆地来到苏星辰的办公室。

"你有没有觉得不对劲？"

"怎么了？"苏星辰问，林道很少这么直接地闯进她的办公室。

"今天收盘的那根阴线有些不正常。"林道的嘴角抽动着，脸上带有古怪的神色。

"涨太多了吗，"苏星辰靠在椅子上看着K线图说，"这两个月涨疯了，大回调也正常。"

林道摇摇头："你没经历过熊市，你不知道，我到目前为止至少穿越了三个完整的牛熊了，依我看，是时候减仓了。"

苏星辰经常有种感觉，就是林道有时候来跟她商量事情，并不是来听取她的意见或建议，只是找个人来倾诉自己的想法，每每有这种想法，她就有种深深的自责，想着自己什么时候能够有更独立的判断。

她将身体从椅背上坐直了："天尘生物、鑫仙猪肉和郎普传媒都涨得很好，只有万秦汽车，一直没怎么涨。我看那三个盈利的可以减一减，万秦汽车这个，即便大盘不好，应该也不会回撤多少。"

林道眯缝着眼睛思考了一会儿："这个策略是可以的，不过，我要你再彻底一点。"

"再彻底一点？"

"明天一早，你就带领小朋友们，那三只盈利的全部放掉算了。我们今年收工，就做到这里。"林道目光很是坚决，"先这样执行。"

"有必要这样彻底吗？"

"执行吧，别问那么多。"林道皱起眉头。

"好的。"

吩咐完这一切，林道便离开了办公室。

晚上下班后，林道直接来到了位于郊区的别墅，到了门口，未等敲门，叶薇直接将门打开，给了他一个拥抱。

"我老远就看到你的车。"她笑着把他迎进了门。

自从和叶薇在一起后，林道的笑容变多了，他已经好久没回家去住了。这半年来他购置了多处房产，大多都是叶薇帮他一起挑选，这个来自农村的女孩让他很是欣赏，看到她就好像看到了自己。叶薇来上海也有十年了，很会审时度势，甚至有些不择手段，可林道就是喜欢她这两点，像草一般有股野性的生命力。

"最近市场不错，"叶薇说，"咱们那几个产品收益率都翻倍了！"

"明天你跟着星辰那边一起减减仓位。"林道揽过叶薇的肩膀说。

"好的。"叶薇应和着靠在林道肩膀上，脸却严肃了起来，"我最近学习了不少，是不是可以单独管理账户了？"

"星辰怎么说？"林道的手抚弄着叶薇的头发问。

"她没说什么，可是我想自己管了，"她抬起头笑着对林道说，"账户放在我这里你不是更放心吗？"

林道看着叶薇，没有说话，手机突然响了起来。

"喂，今天不回去了。"林道在手机里回复妻子，"有事情忙。"

"你已经一周没回来了，"林太太在电话另一头说，"双胞胎都想见爸爸了。"

"没办法呀！太忙了。"林道看着乖巧地躺在身边的叶薇说，"我要回去的时候就会回去了。"

他挂掉了电话。

苏星辰在交易室里看着电脑屏幕上的走势曲线，鑫仙猪肉自打并购以来涨了两倍多，市值从300亿涨到了现在的1000亿。

"星辰，鑫仙猪肉出完了。"

一旁传来了郑翔的声音，半年前苏星辰回宏博将郑翔和老秦挖了过来，二人几乎没考虑就跟着苏星辰跳槽了。

"挺快的嘛，"苏星辰朝郑翔笑笑，"比以前麻利多了。"

"郎普传媒要出吗？"一旁的老秦问，"这票有回调趋势。"

郎普传媒就是曹世刚占股的公司，自打周丹丹电影大卖以来，股价借着牛市翻了两倍。

"全部出了，除了万秦汽车。"苏星辰向上扶了一下眼镜。

"这票没怎么赚啊。"郑翔说。

"不过基本面真的非常好，"苏星辰说，"只是一直得不到资本的追捧。"

"再等等应该没问题。"郑翔说。

交代完一切后，苏星辰回到自己的位置上。这一轮清仓后，公司规模从原来的20亿增长到了60亿，晚上还要去参加庆功会，林道的身价在出来创业的这两年飞速增长，成为金融圈的大佬之一，苏星辰也跟着成为金融新秀。

"星辰，大盘跳水了！"

苏星辰从沉思中回过神来，只见大盘上的走势图急转直下，大片大片的股票变成了绿色。大盘越跌越深，市场越来越恐慌。

"账户出得怎么样了？"

"除了万秦汽车都出掉了。"

"好。"苏星辰盯着屏幕，"慢慢观望吧。"

下午2点，一件更恐怖的事情发生了，大盘跌了几乎10%，也就是说所有的股票几乎都跌停了。苏星辰还从来没见过这样壮观的场面，大盘从上绿到下，没有一只股票不是绿的，而且几乎都跌在了10个点的位置。公司里电话里响不停。

"都出了？"

林道不知什么时候站在了苏星辰背后。

"基本上出了，"苏星辰说，"除了万秦汽车。"

林道点点头："这次我们损失了多少？"

"20%不到。"苏星辰说。

"还可以，"林道露出了笑容，"前期利润够厚，这些不算什么。"

苏星辰被那个笑容搞得心里发慌："可是接下来怎么办，万秦汽车。"

"先放着吧，"林道说，"我有事先出去下，你组织下会议。"

林道出门的时候在外面叫上了叶薇，他现在已经习惯出去谈事情带着她。

千股跌停的行情持续了一个星期，大盘从5000点一路跌到了3000点。

徐野坐在办公室里心急如焚，鑫仙猪肉这个在最高点涨到了1000亿的上市公司现在已经下跌到400亿。这股票最近出了利空，刚并购半年不到，里面原有的芯片技术以及订单合约全部过期。可是这个合约期限漏洞在早期的时候谁都没有发现。

"怎么办？"他看着对面银行的人，"当初做这个并购的时候，最有价值的就是这些合同。"

"没办法了，徐总。"银行的人说，"已经跌成了这个样子，早就超过了质押保证的价格，现在根据法律我们必须强制平仓您的股票。"

徐野将脸埋在双手中。

"真的没有别的办法了吗？"

"没办法了徐总，现在即便是把厂房土地都抵押掉，也弥补不了损失。"

徐野起身望着脚下的楼宇，千亿的股票，最后一地鸡毛，楼起得快，塌得也轰动，他闭上眼睛。

"那就强制执行吧。"

曹世刚和林道约在了世梦会所见面。

"最近的熊市你这边的产品没怎么受影响啊!"曹世刚满脸笑意地递过一杯红酒,"这个真是厉害的,市场上不受损的没几家。"

林道接过那杯红酒在手里摇了摇,眼睛注视着曹世刚手上的腕表,曹世刚眼睛斜瞟了下自己的手腕。

"林总好眼光,这表全球限量,"曹世刚说着摘下了腕表,"回头我让助理帮你订一块,不过这表有三款:黄金、铂金和钻石款,林总您要订哪一款呢?"

"当然是钻石。"林道看着曹世刚,"我这种身家,还需要考虑二等货色?"

"说得好,哈哈哈。"曹世刚饮尽杯中的红酒,"这也是我今天想跟你提的,我们现在规模已经做到这么大了,接下来你有什么想法吗?"

林道摇晃着红酒杯,嘴里也叼着雪茄。

"先歇一阵子吧,资本寒冬就要到了。"

"熊市才是真正赚大钱的时候,只是玩法不同。你有没有想过,"曹世刚向空气中吐着烟圈,"我们自己去搞一家上市公司,自己当大股东?"

"不是没想过,只是现在可能有些过早。"

"不早,现在遍地资产,白菜价格,正是买资产的好时机。"曹世刚将身体向前倾斜,"你最近有看到合适的标的吗?"

"你是指上市公司?"林道推了推眼镜。

"对,我们自己操盘,当董事长,并购资产。"曹世刚眼里闪烁着激动的火焰,"到时候就不是公司规模百亿了,而是你我的身家上百亿。"

林道被这个概念深深地吸引了,眼睛盯着前方沉思了好久。

"你说得对,以我们现在的实力,是可以搞这件事情了。"

"好,"曹世刚从沙发上一跃而起,端起酒杯,"你来选标的,我出资金，无论如何我们做一票大的，到时候上海滩就没有几个人的资产能够比肩你我。"

林道喝尽杯中的酒，缓缓说道："其实我最近就有个看好的标的。"

48

林道再次来到上海中心的最顶端。

"林总。"苏星辰从身后唤了他一声，"怎么约在这里？"

"带你来看看，你上来过吗？"

苏星辰摇摇头："一直没机会。"

"有个任务要派给你。"林道开门见山，"万秦汽车这只股票，我要你去跟董事长具体调研下。"

"怎么个具体？"

"不管你通过什么方式，"林道说，"见到董事长，和他聊聊产业，我有个大胆的想法。"林道站了起来，走向玻璃幕墙看着楼下，苏星辰也跟了过来，她有点儿恐高，但奇怪的是站在这里她并不恐高，因为上海中心实在是太高了，这种高已经不真实了，反倒不觉得自己站在高处。

"我想拿下这家上市公司。"

"不是已经成为十大流通股东之一了？"苏星辰看着他。

林道摇摇头，转过脸带着一丝浅笑看着她："还不够。"

"您想继续加仓，进前三大流通股东？"

林道的浅笑变成了微笑："也不够。"

苏星辰有些蒙："第一大流通股东？"

夸张的笑容挂在了林道脸上："再大胆一点。"

苏星辰眼神里带着难以置信，她用玩笑的口吻说："您不会要当董事长吧？"

林道的眼神变得认真了起来："没错。"

苏星辰的笑容凝固了，她认真地打量起林道，又转向玻璃幕墙，太高了太高了，她不知道该说些什么。

"你这次去，就帮我了解了解董事长的想法就可以了，算是个卧底吧。"

"卧底？"苏星辰感到不解。

"我自有想法。"林道看着外面的云和天，"这两年你做得不错，我们再往上走一步，就可以冲破这云霄了。"

苏星辰早知道林道有野心，只是一直不知道那张面具下到底掩藏了多大的野心，而今天她终于知道了，不不不，也许还不止如此。

"这事情不能和别人说，"林道认真地看着她，"除了你我，还有……"

苏星辰等着那个"还有"，林道却没有继续说下去。

"总之去办吧，越快越好。"

"好！"

苏星辰约了季霞一起去万秦汽车上市公司，季霞的面子要比自己大，一直以来都是季霞在跟进这只股票，上市公司对她的所有问题也都知无不言。

此刻两人坐在董事长办公室，李未然已经年近60了，慈眉善目地坐在老板椅上，竟让苏星辰想起了自己的父亲，如果父亲现在还活着，会是什么样子呢？

由于苏星辰是第一次来拜访，李未然便给她讲起了自己的创业史。这个20世纪50年代出生的老板从做汽车的传感器起家，那时候中国没有好的汽车，传感器全部是国外进口，中国在这块的技术非常落后。但是李未然有着兢兢业业的实干家精神，把国外的传感器研究琢磨了个透彻，在自己的摸索下生产了中国自己的传感器，经过几代人的努力，技术越来越先进，成本也越来越低。可是这几年由于汽车传感器市场销路并不好，董事长既想突破技术壁垒，又想扩大市场份额，因此积极寻求转型。

"苏经理既然是季霞的好友，"董事长带着慈祥的微笑看着苏星辰说，"那我就开门见山，季经理往我们这儿跑五年了，"说这句的时候他看了看季霞，眼神里带着感激，"从我们寂寂无闻跟到现在，我对她绝对信任。"

"我也对季经理十分信任，"苏星辰也看了季霞一眼，"我们做朋友也很多年了。"

"目前我们这边在接触投资并购方，希望借助资本的力量让公司市值更上一层楼，这么多年我们一直没有引入资本，全靠团队兢兢业业研发技术，开拓市场，确实有些难，这次也希望能够顺利接洽资本。"

"资本加持，企业发展提速是很正常的，"苏星辰说，"不知道您后面考虑的具体传感器转型方向是怎样？"

"在我们所洽谈的几家中，我比较感兴趣的方向是往航空航天产业走，"董事长说，"这是我的大致方向，后续还要一步一步走。可能会整合一个技术团队，然后再市场化。目前我们已经和一家本土的大投行开始谈判了，期待后续合作能够达成。"

调研持续了半小时，和董事长聊完后，苏星辰在回来的路上问季霞："你觉得董事长的这个计划可行吗？这个转型是不是有些大了？"

"是有些大，"季霞说，"不过你要是了解董事长，应该就能理解这个计划了。他是一个有情怀的实干者，不然不会在那个年代，带着一个什么都没有的团队，寂寂无闻地研究了几年，把技术琢磨透彻了又将公司做到现在这个规模。"

苏星辰点点头："到了这个年纪，也是该寻求一把突破，不然以后更没机会了。"

从上市公司回来，苏星辰便跟林道把情况汇报了下。

"林总您怎么看？"

"我看不到盈利。"林道将椅子转过来，"有点虚，做这事情就是赔钱，暂时没利润，而且会拖累上市公司主营。短期股价不会上涨，你想我们去年就进来了，到现在一直亏，我的目标是二级市场上赚一把，至于公司经营什么和我没关系，他就是装个殡仪馆进去，只要能涨，都比转型什么航空航天要强。"

林道站起身急躁地点了一根雪茄："总之我们不能让这票继续亏钱，你继续保持跟进吧，多往那边跑跑，有什么事及时和我沟通。"

第二天的交易市场上，万秦汽车在上午的时候暴涨4个点，又迅速地在收盘前被拉至涨停。

"怎么回事？"韩骁在办公室质问着手下员工，他现在已经成为部门领导，团队里有十余人，"这种突然暴涨可不利于我们并购。"

"刚刚上市公司那边也来了电话，"手下说，"要等三天后才能知道到底是哪方拉高了股价。"

"三天！"韩骁从椅子上坐起来，"要是对方故意为之，三天后什么都来不及了，这样我们的收购成本就会大大增加。"

"我再去跟董事长沟通下。"手下员工说。

"不用了，我去吧。"韩骁从座位里走出来，他打算亲自去一趟上市公司。

49

万秦汽车连续四天涨停，季霞气势汹汹地冲到苏星辰办公室，却看到韩骁已经坐在那里。

"怎么回事？"季霞看着坐在老板椅上的苏星辰问。

"什么怎么回事？"苏星辰反问。

"林道怎么会举牌了？"季霞问，"你们公司怎么会出现在二股东的位置。"

苏星辰摊开了手臂，努了努嘴："正常投资行为，难道不可以吗？"

季霞右手拍了下桌子："你明知道上市公司要进行收购，现在你举牌是什么意思。"

"什么意思？"苏星辰冷笑了一声，"没什么意思，你们两个一大早来找我，一个说我要阻碍你的并购项目，另一个又来质问我是什么意思。我能有什么意思，都是赚钱，我不过是用了对我利益最大化的方式。"

季霞看了一眼韩骁，他低着头在那里一言不发。

"我们二级市场买入股票，都是公开化的市场行为。"

"可你们现在很明显，"季霞的音调变高了，"是要取代大股东的位置。"

"那又怎样，"苏星辰的眼神里露出凶狠，"谁有实力谁上位，金融圈就这个逻辑。"

"星辰，"韩骁开口了，"那你也不能截和朋友的项目，我们已经在跟董事长接洽了。"

"又怎样？董事长只是在跟你们谈判，结果都没有定下来。"

"你也知道已经在谈判了，"韩骁有些愤怒，但还是尽力压着火说话，"虽然在僵持，你这样杀进来，两方都没法继续。"

"而且你让我里外不是人，"季霞声音里带着愤怒，"是我带你去见董事长，不是我的关系，他也不会跟你这样推心置腹，现在你上演的这出'门口野蛮人'，我在董事长那边就成了引狼入室的始作俑者。我跟了这票这么久，从来没出过岔子，现在对方完全不信任我了，你让我以后怎么见上市公司？怎么在资本市场立足？"

苏星辰看着愤怒的季霞突然笑了起来，她确实从来没看过这样生气的季霞，不过她早就预料到这件事情会发展成这样，她就是等着他们把情绪宣泄完。

"你呢？"苏星辰看着韩骁，"你有什么要补充的？"

韩骁没有说话。

"你们都别生气了，"苏星辰说，"我们增持举牌也是经过审慎思考的，怎么会做赔钱的买卖？这笔赚了的话，我保证分给你们的钱不少于500万，你们做投行，做分析师，一年下来又能赚多少？这算是一种超额补偿。"

季霞愣了，她看着苏星辰的眼神带着难以置信，旋即冷笑了起来："你简直不可理喻，你是不是觉得有钱就能够打发掉一切？"季霞咬着牙说，"之前我就觉得你变得有些唯利是图，那时候我还怪自己多想，现在我很确定你不仅唯利是图，还没有下限，没有原则。"

苏星辰的脸严肃了起来，韩骁也低着头，神情肃穆。

"我要是想赚钱，着急赚钱，用得着你苏老板给我发红包？我自己的机会不是更多吗？现在我跟你讲清楚，"季霞红着眼睛看着苏星辰，"一个园丁他辛勤浇水，将一棵树苗从丁点儿大小培养成小树，在小树马上成长成参天大树之前，你凭什么鸠占鹊巢，掠夺别人辛勤培养的果实？你凭什么破坏这个未来栋梁的生长？你又哪里来的自信，觉得所有的人都该听你的，都该……所有的资源都该倾向你？"

"凭我能赚钱，"苏星辰打断了她，站了起来，"我就是能赚钱，我就是能调度这市场上的优质资源，我就是可以做一个利益分配者。我就是有能力做到，弱者就该被分配。"苏星辰冷冷地盯着季霞。

季霞摇摇头，带着完全失望的神情："你现在，就像一个不讲道理的暴发户，'尊重'不存在于你的字典，看到的只有利益，利益面前，友情、道义、原则都可以放弃。我们没法谈了，就这样吧。"

"你说这话时候，"苏星辰冰冷地看着季霞，"带着良心吗？你推的那两只票，难道不是我给你的？你能上新财富，难道不是我帮你的？就连现在我赚钱都带着你们！说我没有原则没有道义，你问问你自己的良心。"

"你跟我提良心，"季霞一声冷笑，"那么反过来我可不可以说你利用我呢？在我的价值不如王红妹后，你又站队了她，今天你淘汰我，有一天你也会被这个市场上的唯利是图者淘汰。"

"可我现在不仅没被淘汰，还越活越好，到底是谁错了？"苏星辰双手抱在胸前，眼神里带着愤恨和不平。

"星辰，"韩骁抬头看着她，"季霞说的也不无道理，每个人都有自己的赚钱方式和成就体验，你不能用金钱去衡量一个微小梦想实现的快乐，不是短期内赚钱就皆大欢喜的。现在我和季霞确实都很难办，不是你分不分我们钱的事情。而是我们之前都是因为信任你，因为你是我们的朋友，才会把什么都告诉你。"

苏星辰对韩骁的这番温柔的指责有些吃惊，她一直觉得这个人应该无条件站在自己这边，即便是发火，也是假装发发火就过了，她没想到他真的开始指责自己，又在此刻的"对手"季霞面前，让她感觉腹背受敌。她直立起腰板儿故作镇定。

"我没什么好说的，"苏星辰坐在椅子上，"狼跟羊思维不同，我们早就不在一个水平面上思考了。"

季霞拿起包转身离开了苏星辰办公室，韩骁也站了起来。

"我希望你好好反思下你最后这一句话，"韩骁略带愤怒地看着她，"你是人，不是狼，我们也不是羊，是你的朋友，不是你的棋子。"

说完他也向门口走去，两人出门的时候刚好撞到了准备进来的林道，招呼也没打直接离开了。

"让他们走吧，"苏星辰心里道，"也许邵波是对的，我们早就不是朋友了，思维和理想不在一个层面上的人是无法做朋友的。"

那种鄙视他人的优越感覆盖了被朋友指责遗弃的痛楚，她觉得心脏又充满力量了，甚至比之前还要强壮。

50

　　这半个月苏星辰过得很充实，每天都带着团队做交易，那些小朋友带着崇拜的眼神看着自己，让她的心间涌起一股自豪感，她也开始喜欢给别人上课，季霞和韩骁与自己决裂的事就这样在忙碌中被抛诸脑后。

　　这天曹世刚过来和林道谈事情，杨芷晴也陪同着一起过来，她走进苏星辰的办公室，二人面对面坐了半天不知道说些什么。

　　"星辰，我听季霞姐说你们的事情了。"

　　"哦？"苏星辰带着眼镜从屏幕上转移过目光，"我不想再提那件事了。"

　　杨芷晴看着苏星辰，嘴唇抿了下："星辰，你有没有觉得你变了？"

　　"那不是很正常吗？"苏星辰向上推了一下眼镜，"人总是要变的，不然怎么进步呢？你说对吗？"

　　"我不知道该怎么说，"杨芷晴声音越来越弱，"我觉得你现在，"她咬了咬下嘴唇，"有点可怕。"

　　"是季霞叫你来说这些的吗？"

　　"当然不是，我只是从朋友的角度关心你，而且我觉得你和霞姐也不该这样，我们以前也不是没有过分歧和争吵，可是从来不会超过一个星期就和好了，可是现在。"

　　"别说了，别说了。"苏星辰挥一挥手，"我不想听，你管好你自己的感情，再来掺和我的事情吧。"

　　杨芷晴的眼神沉了下来："你什么意思？什么叫我管好我的感情？"

　　"看好你的方文强，"苏星辰嘴角挂上一丝嘲讽，"那家伙已经'海王'到尽人皆知了，某人还被蒙在鼓里管别人的闲事。"

杨芷晴的眼眶瞬间红了，她紧咬着嘴唇。

"苏星辰，你太狠了，"眼泪从杨芷晴的眼角滑落，"为什么要亲自揭我的伤疤？难道你以为我瞎？还是以为我傻？你一点也不懂感情。"

说完她起身跑了出去，在门口时还撞上了走进来的叶薇。

"怎么了这是？"叶薇走到苏星辰面前。

"没事，薇姐，"苏星辰笑着问她，"什么事？"

"林总叫你过去，好像是万秦汽车的事。"

"我整理下，这就来。"

叶薇出去后，苏星辰坐在座位上深吸了一口气，杨芷晴这样的大动干戈让她非常不爽，她现在终于理解霍总为什么是那样的性格了。

"林总您找我？"苏星辰从办公室门口往林道办公桌走去。

"你明天去趟万秦汽车。"

"任务是？"

"谈判。"

"谈判？"苏星辰一脸疑惑，"谈什么？"

苏星辰一早就约好了董事长，董事长今天没有约她在办公室里，而是在上市公司食堂的单独包间里，此刻她和董事长都坐在了餐桌边上。苏星辰带着镇定自若的表情和一丝笑意。

"苏经理这么年轻，就这么事业有成，相必有什么过人之处。"董事长坐在苏星辰对面说。

"哪有，不过是一股愣头青的冲劲儿。您过奖了。"

这时菜上来了，是一碗牛肉面，热腾腾的牛肉面摆放在苏星辰面前，看起来令人非常有食欲。

"苏小姐，我们今天的午饭就吃这个，您不会介意吧？"

"怎么会呢？"苏星辰的脸浮现出笑容，"一看就很好吃。"她拿起筷子将牛肉面往嘴里送。

"这个牛肉面是有个故事的，"董事长看着苏星辰说，"我最早出来创业的时候，那时候没钱，也吃不起山珍海味，有一段时间我们加班加点想赶一笔大的订单出来，就连吃了一个月的牛肉面，以至于后面再吃牛肉面的时候，有种想吐的冲动。不过那段时间的辛苦没有白费，我们成功打入了国内传感器市场，在遍是外资的海洋里有了一席之地。"

苏星辰没想到一碗牛肉面还有这么多的故事，她平时吃牛肉面的时候，可不会想这么多，此刻她面前的牛肉面变成了一碗充满力量的牛肉面。

"然后您就把企业做大做强了，还成功上了市，"苏星辰眉眼间带着钦佩说，"您是那个时代的英雄。"

董事长摆摆手："落伍啦，现在不行了，现在是你们年轻人的天下。"

苏星辰有些不好意思，自己今天本来是来谈判的，可董事长的谦虚让她有些不知如何开口。

"我当初在部队的时候，是个飞行员，还参加过多次中外联合军演。以前看到美国飞机火箭在技术上远超我们时，我就有个想法，自己有朝一日也要将企业做到天上去。这想法在我脑海中构建了好多年，最近终于有个机会要实现它了。"

苏星辰低下头有些尴尬，这是要打感情牌吗？

"苏经理，你别介意，我们上了年纪的人就爱忆苦思甜。人嘛，活到这个年纪了，就剩回忆打发打发空闲的大脑。"

"怎么会介意呢？我喜欢您的故事。"苏星辰真诚地看着董事长，"我也希望有一天能成为和您一样的人物。"

董事长摇摇头："你不会真正希望的，要是你知道我为了这项事业放弃了多少，要花多少时间才能将一个产品真正打磨出来。这种功夫是资本市场上的人懒得去投入的，你们更喜欢现成的利益。"

"我们也尊重优质的企业，"苏星辰说，"和有情怀的企业老板。"

董事长低头笑了笑："那么为什么不能在资本市场上做个支持者，而做个掠夺者呢？"

苏星辰僵在了那里，自己的目的和自己的道貌岸然确实形成了鲜明的讽刺。

"我抵押了全部房产。"

苏星辰抬头惊讶地看着董事长，这句话曾经那样熟悉。

"我没得选，你们的介入让本来对我们有兴趣的资本仓皇而逃，现在我找不到资本的支持。但是我就是不服啊，凭什么国外能有的技术我们不能有？凭什么人家能做到的我们不能？美国的火箭都去火星了，我们怎么就不能出马斯克这样的人？不过我们这一代可能是看不到了，你们这代还有希望。因此我砸锅卖铁拼了老命，也要把转型做下去。不能看着你们毁了我多年来的基业，企业就像我的孩子一样，就算我活不下去了，我希望他能够自由，能够活得好。"

苏星辰完全语塞了，她不知道该说什么好，自己的一切语言在这个充满情怀又破釜沉舟的慈祥老人面前都显得渺小空洞。

"苏经理我知道你今天来的目的，不战而屈人之兵，大家都少损失一些。可是我明确跟你说了吧，这是不可能的，就算背水一战，我也不会放弃一线希望，如果清家荡产，我就去投河跳江，断不会将自己的孩子就这样不明不白拱手送给狼群。你慢慢享用。"

董事长说完就起身朝外走去，留下错愕的苏星辰和一口没动的牛肉面。

51

苏星辰难以平复心绪。董事长的眼神和无奈深深触动了她,她站在湖边看着里面的天鹅,一边发呆一边思考着董事长今天的话。不知为何,父亲的脸总是出现在自己的脑海里,她听母亲说,父亲去深圳的时候,也是抵押掉了家里的房产,带着一大笔钱去了深圳,然后就陈尸河里,那笔钱也不知所终。

不知为什么,她觉得董事长的眼神好像自己的父亲,她记得最后一次见父亲的时候,还是在那个机场,他一言不发地看着自己,眼眶红着,眼神隐忍,破产对一个男人的打击多么巨大啊,那一眼就让她觉得父亲苍老了。她觉得心底一沉,仿佛感受到了那种濒临破产的绝望,感觉眼泪就要下来了,这时一只温暖的大手在她肩膀上轻轻拍了拍。苏星辰被吓了一跳,一回头,一张红光满面慈祥的脸映入眼帘。

"王阿姨!"苏星辰惊讶得瞳孔放大,"您怎么在,在这里?"

"哎呀你这孩子,真的是你,"王阿姨上去抱了抱苏星辰,"我在楼上老远就看到一个小人儿在这发呆,看着就像你啊,还真是。"

王阿姨温暖的手捏着苏星辰冰凉纤细的手。

"王阿姨,你怎么在楼上?"

"阿姨在这里有房产啊,"王阿姨眼神里充满喜庆,"走,去阿姨家坐坐。"

"王阿姨,"苏星辰音调都提高了,"你到底有多少房子啊?"

"嗨,没多少,老公死得早,给我们留了几套,又拆出了几套,我也没算过。"

苏星辰一边吃惊一边被王阿姨拉着往楼上走去。

王阿姨家里看起来很简朴,不过有种热热闹闹的生活气息。

"喝茶呀，星星。"

王阿姨递过一杯茶给苏星辰，她接过茶，安静地端详室内。

"你这是有心事啊？"王阿姨问。

"您怎么看出来的？"

"这还用看，你们小孩子想个啥，我们老年人一下就能感觉到，跟阿姨说说。"

王阿姨凑过身子挨着苏星辰坐下。苏星辰不知道从哪里开口，想着，王阿姨能听明白项目上的事吗？所以她尽量用通俗易懂的话把整件事情的来龙去脉以及自己内心的纠结讲给了王阿姨。

"嗨，就这么大点事，就把你愁成这样。"王阿姨低头在那削起了苹果，"阿姨跟你说哈，这人活着呢，就得按自己心意办事儿，早年你憋着忍着，觉着自己挺牛，过不了几年还是得按照自己性子来，天性这东西，你是违抗不了的。"

苏星辰点点头觉得很有道理。

"那我接下来该怎么办呀，王阿姨？"

"问我干啥，问你自己，人只要凭着良心，就永远知道该说什么，该做什么，可惜大多数人，不知道啥叫良心。"

王阿姨将削好的苹果递到苏星辰手里："吃吧。"

"阿姨，我发现你怎么都没有烦心事呢？老是乐呵呵的。"

"嗨，谁还没有点烦心事呢，只不过阿姨从来不把事情放在心上，到了我这年纪你就知道啦，多大的愁啊，喜啊，到最后，都没有生命的平和重要，人一死，一切烟消云散，所以活着的时候，就要开心，按心意来，否则生命是没有意义的。"

苏星辰惊讶地拿着咬了一口的苹果停在半空中，她没想到王阿姨对生命对人生会有这样深刻的感悟，她平日里见到的王阿姨都是乐呵呵的，好像什么都不懂，而今天的王阿姨好像一个往哲先贤，一瞬间她豁然开朗：我宁可做个可靠的平凡人，也不要做追名逐利的笑面虎。她突然笑了，上前握了握王阿姨的手：

"谢谢你啊，王阿姨，我终于想明白了。"

"真的呀？！孩子，想明白就好，阿姨给你煮点东西吃。"

"不了、不了，王阿姨，我还要回去处理事情，太谢谢您了，王阿姨。"

临走时，她拥抱了一下王阿姨，飞快地朝楼下跑去。

"林总。"苏星辰站在林道办公室门口。

"进，怎么样？"

林道带着期待的眼光看着苏星辰。苏星辰坐在林道对面，两只手在桌子下面互相捏来捏去。

"我认为，我们不该举牌上市公司。"

"哦？"林道挑了下眉毛，"原因是？"

"我昨天聊下来，发现董事长是个真正有情怀的企业家，"苏星辰眼里带着诚恳说，"这样的企业家现在太少见了，他是很认真地在想做转型这件事，和那些只考虑股价和利益的董事长不同，这是一个真正想做事情的人。另外，他已经质押了全部房产，明确表态不会和我们妥协。"

林道看着苏星辰笑了。

"是什么话把你打动了？还是他不妥协把你吓到了？"

"都不是，"苏星辰说："我只是开始怀疑，难道我们做资本不是为了辅助实体产业？怎么现在好像反过来了？大家为了赚钱而赚钱，为了赚钱而做事，为了赚钱而引入资本，我只是在思考资本真正的意义。"

林道的脸上没有表情："所以结论就是对方不配合？"

"绝对不会配合的，实际上……"

林道哈哈哈笑了起来："到底是年轻姑娘，别人说什么就信什么。"

"林总，你不觉得见到钱就赚，钱就变得没意义了吗？"

"哦？你有什么高见？"

"世界上赚钱的方式那么多。我承认很多人并不富裕，甚至温饱还成问题，钱是很重要。可是钱赚到一定程度，难道不是该有取舍吗？钱难道不是辅助自己实现自我和理想的工具吗？"

"可是如果这个人的理想就是赚钱呢？"林道说，"有的人的理想就是财富的积累，成为王者，俯瞰众生，那么赚钱就是他唯一的意义。"

苏星辰哑口无言，觉得这是个悖论，她想反驳，又无话可说。

"你有点儿理想主义啊！要知道做完这个项目，你的资产也过亿了。你还想去劫富济贫，当白衣骑士吗？"

苏星辰吃惊地抬起头。

"你的想象力很丰富，可都是瞎想，不切实际的幻想，而现在你面前的路，只要坚定决心就能够走过去的。"

"走过去了，朋友也没了，初心也不在了。"苏星辰说。

林道有些不耐烦了，他觉得苏星辰今天很反常。

"听着，"林道拍了下桌子，苏星辰吓了一跳，"我没时间陪小姑娘在这里伤感，我只问你一句话，你还参不参与这件事？"

苏星辰没想到林道突然的变脸，有些被吓到。

"我想参与，可是我认为可以换个方法，我们做二股东不行吗？辅助董事长转型，为什么要和他对着来呢？"

林道努起了嘴，眼神变得凶狠："我再问你一次，"他用手指着苏星辰，"我们还是不是一条战线？"

苏星辰看着林道的脸，心提到了嗓子眼儿，她点点头。

"很好，"林道放松了眉毛，脸上露出了一丝轻松，"出去吧。"

苏星辰起身往门口走去。

"站住。"

苏星辰停了下来。

"我要的是绝对的服从，你记住了。"

苏星辰没有回头，她感觉此刻林道是那样陌生，听完这句话她便走出了房间。

52

早晨去上班的时候，苏星辰一如既往地走到了交易室，准备给新人进行培训，可是打开交易室门的时候却愣住了，叶薇已经站在那里正在给新人讲事情。大家看到苏星辰站在门口，都有些错愕。

"你在这干什么？"苏星辰端着咖啡往里走，"不好意思我迟到了。"她抬起头对在座的新人说。

"呃，那个，不好意思，星辰。"叶薇带着歉意地看着她，"林总没跟你讲吗？"

"讲什么？"

叶薇有些尴尬，她环顾了一下四周，低声对她说："以后培训的事情，就交给我了，你事情那么多，又那么忙，这是林总交代的。"

苏星辰怔了一下，一丝难以置信挂在脸上："那他怎么不提前和我说？"

叶薇努了努嘴："那你就得去问他了。"

苏星辰看了看面面相觑的新人，又看着叶薇："你讲交易？你能讲得明白吗？"

叶薇被这一番话弄得无比尴尬："林总安排的，你有什么问题去问他吧。"说罢便不再理会苏星辰继续讲了起来。

苏星辰还想再理论些什么，可是叶薇并不理她，径自讲内容，搞得她像一个小丑，一股火气噌地涌了上来，她从会议室摔门而去，出来直奔林道办公室，可是林道竟然不在，她又怒气冲冲地走到了自己的办公室。想着给林道打个电话，但是又觉得这么小的事情不值得，可心里还是压不住那股火，于是拨通了电话。奇怪的是，林道的电话竟然怎么也打不通。这时叶薇敲门进来了。

"忘了跟你说，"叶薇带着一张没有表情的脸，"林总出差去深圳了，那边有重要会议，没什么事不要电话骚扰他。"说完叶薇就出去了。

骚扰，苏星辰觉得好笑，自己和林总通话什么时候成了骚扰了？叶薇一个后来的和尚凭什么对自己这个创业元老指指点点？她气不打一处来。此刻办公室似乎成了叶薇的天下，自己在这里完全不受欢迎。她拿出手机想要找好友出来聊天，却发现也没有谁可以吐槽。霞姐现在在干什么呢？还有杨芷晴？苏星辰呆坐在椅子上，感觉自己无事可做。

正在这时手机里进来了电话，是个座机打来的，苏星辰以为是骚扰推销电话，便挂掉了，可是没想到，过一会同一个号码又打来了，她只得接起电话。

"苏星辰小姐，您是辰宇公司的法人对吗？"

"对，"苏星辰回道，"怎么了？"

"我们这边是法院，请您带好身份证件来一趟。"

从楼上看着苏星辰离开的背影——

"你真的确定要这样做？"叶薇问站在身边的林道。

"这个人已经动摇了，"林道吸了一口雪茄，"不弃子，后面说不定出什么幺蛾子。"

"我觉得星辰不会的。"叶薇说，"她只是有些正直，但是她还是很忠心的。"

"别说了。"

"难道就没有别的理由？"

叶薇走到沙发前坐在林道身边，林道拉过她揽在怀里。

"不该问的别问。"

    林道将车开到宏博大厦旁边的上海中心地下停车库，电梯一路直达最高层，林道走出电梯来到了云端咖啡厅，靠窗处有一个人朝他招了招手，他走过去坐了下来。

    "好久不见啊，林总。喝什么？"

    "不用，"林道环顾了一下四周，将身子前倾靠近桌面，"她真的是那个人的孩子吗？"

    霍总啜了一口咖啡，轻轻笑了下。

    "想不到吧？"

    "可是他那年来找我的时候，叫赵生，而她。"

    "他化了名。"

    林道将身体靠向椅背，如梦初醒般呆愣在那里。

    "怎么会这么巧呢？"他猛然抬头，"是不是你故意安排的？你早都知道一切是不是？"

    霍总笑了起来。

    "我说林道，你还是和以前一样喜欢阴谋论，我做这些有什么意义呢？"

    "那你现在告诉我这些又有什么意义呢？"

    "不是我要告诉你。"

    "是董？"

    霍总点点头。

    "他到底要干什么？为什么要告诉我这些？"

    "没错，确实是有条件。"

    "什么条件？"

    "你放弃万秦汽车这只票。"

    "不可能！"

    林道猛地站了起来。

"他怎么就非要和我过不去呢？天尘生物这样，万秦汽车也是这样，市面上那么多票，为什么总要盯着我这里？"

一丝冷笑挂上霍总的嘴角，她也站起身来。

"这你就要去问他了，我只是来传话的，任务我完成了，你可以考虑几天，否则……"

"否则怎样？"

"你不妨直接问问他吧。"

霍总笑着离开了，留下林道错愕地站在那里。

苏星辰有些难以置信，林道让自己做法人的公司竟然负债3000多万，当初的缴纳金额是3000万，非实缴，而现在竟然莫名地负了债，自己也要跟着承担连带责任，缴纳那3000万的资金。

关键是她现在哪里去找那3000万来缴纳呢？自己刚刚全款买了房子，大部分资金又在公司的项目上，如果临时调度资金只能卖股票，或者从公司产品中赎回自己的资金，不论哪个方式都要给林道先打个电话，搞清楚到底是怎么回事。于是她又尝试着拨通了下林道的电话，可是仍然打不通，她开始感到心发慌。

晚上的时候，苏星辰终于拨通了林道的电话。

"你自己想办法。"林道一句话丢过来，"这事情我没义务替你扛。"

苏星辰在电话的另一头呆住了："当初不是你让我去担任法人的？"

"可你也没质疑，我也没强迫你，你当时如果不同意，我会另找别人。"苏星辰感觉心唰地凉了下来。她感觉有什么东西变质了，和原来完全不同了。

"可是我哪里有3000万呢？"苏星辰说，"我的资金也都在股票里了不是吗？除非你现在把股票卖出来。"

电话那头沉默了。

"你在威胁我是吗？"林道说。

"我在想办法走出困境。"

是你把我逼入困境的，这句话苏星辰卡在喉咙里没有说。

"这个没得商量，目前我是不会卖的。你不要太过分。"

"我过分？"

电话对面传来了嘟嘟声，林道挂了电话。

完了，听着嘟嘟声，苏星辰感觉眼前黑漆漆的一片，一切似乎都无法挽回了。

第二天苏星辰拿着那份股份代持合同找来了律师团队。

"我在道星资本的这部分股权，"苏星辰看着秦律师问，"可以卖什么样的价格？"

秦律师看了那份股份代持合同几分钟，用难以名状的眼神看向苏星辰。

"这……这份合同是不具有法律效力的。"

"不具有法律效力，"苏星辰提高了音调，"怎么可能？"

"这是一份假合同，所以相当于您一直以来都不是公司的股东，股东只有林道一人。"

苏星辰坐在那里，一句话都说不出。

53

苏星辰半夜又从噩梦中醒来，已经过去一个星期了，林总那边还是没有动静，她也已经放弃给林道打电话了。她越来越感受到害怕，自己仿佛被遗弃了，她看着手机，空空如也，只有催缴话费水费和催还信用卡的消息提示。没有老板找她，没有朋友关心她，也没有下属来咨询她。

突然间她有种深深的恐惧，辛辛苦苦积累的一切再一次像小时候那样，从她的生活中完全抽离了。水杯从手中滑落掉在了地上，砰地碎掉了，她看着碎裂的杯子，哇的一声就哭了。

她想起初出茅庐时的天不怕地不怕，想起第一次拿到奖金时的欣喜，想起刚出来创业时的忐忑、赚了第一桶金的成就感，所有的情绪一股脑儿涌来，她分不清是因为什么哭泣。在地板上断断续续哭了一个多小时后安静地坐在那里。

她开始思考自己到底哪里错了，她想起季霞、韩骁、杨芷晴、邵波，自己的好友一个一个离开自己，那些客户在自己没有了利用价值之后，也不再联系自己，自己此刻已经完全失去了价值，不仅是林道的弃子，也是这个市场的弃子。

如果没有走到过高处，此刻也就不会那么难过了，可是从高处跌落却比从未到过高处要痛苦得多得多，自己现在不仅不在原来的高位，还反倒欠了1000多万，一切好像一场噩梦，她想醒来了，可是她怎么醒来呢？她又能逃到哪里去呢？

父亲当初在失去这一切的时候又该是多么痛苦，此刻她大概能体会到了。父亲为什么选择了跳河，她也能理解了。他只是想从噩梦中醒来，因为在这个世界，他已经没有价值。

人的价值到底用什么来定义？

社会地位？财富积累？手握大权？

如果是这样，那么当这一切消失，人就失去价值了吗？

以前来不及思考的问题，现在她开始认真地思考。

她想着想着，感到烦躁无比，不行，自己不能就这样被动地任人宰割，她旋即拿出手机，拨通了叶薇的电话。

"薇姐，你能不能帮我跟林总说说？这中间是不是有什么误会？他怎么……"

"抱歉啊，星辰，我最近也联系不上林总。"

"薇姐，你别拿我当傻瓜，这事儿我都看清楚了，不管怎么样，我想要林总一个明确的表态，他这样不清不楚地把我扔在这里，我实在没看明白。"

"那你自己打给他吧，我很忙，每天公司事情一大堆，你这边我没时间。"

电话那头响起了嘟嘟声，打电话前，苏星辰就料到叶薇会是这个态度。也许王红妹愿意帮我呢？不管怎么样，她自己的社会地位和她家里的实力也许都能够帮我一把。于是苏星辰拨通了王红妹的电话，可是打了两个都没人接，她坐在地上考虑着要不要打第三个，这时王红妹主动回了电话。

"唉，星辰，我刚刚太忙了，没来得及接，什么事？"

"红妹，太好了，你能不能帮我个忙？"

"什么忙？你讲。"

苏星辰一时竟不知从何开口。

"咱们出来说吧，或者你来我这里。"

"哎呀，抱歉啊，星辰，我最近要忙死了。不过，我听叶薇说了你的事情了，怎么说呢，我也很同情你的遭遇，你有什么事情随时打给我哈，不过我现在要去开会啦，晚点打给你吧。"

"好的、好的，你先去忙。"

苏星辰赶忙挂掉电话，现在大家都在忙，只有她一个人很闲，还是不要打扰大家。她守着手机一直等到晚上10点，王红妹的电话一直没有打过来，她有些按捺不住，便尝试着拨一个电话过去，没有打通。

她放下手机，将头埋在膝盖上，这时手机振动了起来，她赶紧拿起了手机，是王红妹的短信："亲爱的，抱歉还在忙。"她又将电话拨过去，王红妹还是不接。明天再试试吧，她费力地从地上站起来，走回卧室，在地上坐了半天，四肢冰冷，可是心里更冷。

上海的雨季又到了，空气又潮又湿，走在路上，衣服总是湿漉漉的，连续一个星期，苏星辰的手机里一个电话也没有。阳台上全是烟蒂，屋子里乱七八糟，她黑白颠倒地睡觉，醒来的时候，就盯着手机。这期间母亲来了一次，母亲住惯了老房子，很少来别墅这边，偶尔过来打扫打扫卫生。苏星辰也经常两边跑，自打公司出事情后，苏星辰一直住在别墅，她不想看见母亲，或者说她不想被母亲看见。当母亲看见房间里乱七八糟的一切时被吓了一跳，问发生了什么事，苏星辰又不肯说，于是母亲默默地打扫房间。

"辰啊，"母亲坐在床边拉着苏星辰的手，"你为什么要这样急着赚钱？家里没有人要你这样做啊！"

苏星辰仰躺在床上，死鱼一样的眼睛盯着天花板不说话。

"辰，咱们不干了好不好？你这样妈心里也痛苦。"

"妈你回去吧。"

"妈想陪陪你。"

"我说了，你回去。"苏星辰吼道。

星辰妈眼泪掉了下来："孩子，你别这样。妈理解你。"

"我不需要理解，你别过来了，让我一个人安静安静。"

苏星辰将头埋在枕头上不说话。星辰妈在她身边坐了好久，苏星辰一直不理她。

"妈，我求你了，回你那里去，我想一个人待一待。"

"可你这样，妈妈怎么放心？"

"那你不走，我走。"苏星辰一下子从床上坐起来，眼睛通红地盯着母亲。

"好、好，我走、我走，孩子，你可别把自己逼得太紧，不管怎样，妈妈在后面支持你呢。"

你支持有什么用呢？苏星辰心里想。门关上了，母亲走了，苏星辰栽倒在床上号啕大哭，除了哭，她好像什么事也干不了。

空气阴冷阴冷的，周丹丹在家里翻着相册，上面是她和邵波大学时代的合影，照片里是两个人有些孩子气的脸，笑得那样甜。她一张一张翻着照片，时而微笑时而沮丧，烟蒂逐渐变短，烟灰落了一地，可惜那段时光再也回不去了。

曹世刚已经失踪一个星期了，最近金融行业出了很多事情，很多金融机构倒台了，影视圈也跟着受影响，她最近拍的几部电影，票房都很差，她也跟着被贴上了烂片女王的标签。更有甚者，媒体把她和曹世刚的事情都扒了出来，她每天待在家里躲避"狗仔"，已经近一个月没有出门。

她拿出打火机，在一个火盆中点燃了一张照片，她不停地将照片投到火盆中，看着熊熊燃起的火焰，眼泪一滴一滴地滑落。

"都不见了，都不见了。"

她嘴里念念有词，手上不停地往火盆里送照片。火越燃越旺，照片一张一张被烧毁，周丹丹看着火焰，看着家中的一切，这一切在她眼里都失去了意义。当初她想站在最高点，这样他就可以看见她。

可我都在做些什么呀？她突然笑了起来，笑自己的愚蠢，也笑自己的天真。

一切不过是一场梦罢了，梦里的是梦，不是梦里的还是梦，大家笑了散了，谁都不记得谁，她自始至终都没有获得过爱，邵波也不会再回来了。即便再回来，也只剩对自己的同情，可她要同情做什么呢？

她摇摇晃晃地握着手里的酒瓶，走到阳台边上，面对着无法拉开窗帘的阳台，想象着外面的世界。她就这样望着窗帘站了一个小时，回头看，照片已经燃成灰烬。她踉踉跄跄地走到浴室，雨季太冷了，她打开水龙头，躺进浴缸，温暖遍布了全身，她嘴角展开笑意，好想永远这样被温暖环绕。

第二天，周丹丹割腕死于家中浴缸的新闻上了各大媒体的头条。

54

苏星辰把自己关在家里有一个星期了，这一个星期以来，她一直关机。阳台上全部是她抽烟所留下的烟蒂，她拒绝见任何人，像个怪物一样在房间里飘来飘去。几天的郁郁寡欢加没吃东西，她开始发烧，于是一个人躺在床上，也没有吃药。就这样烧死吧，她心里想，反正我在这个世界上的作用都结束了，没人需要我，我也什么都不需要了。

她躺在床上，一会儿睡着一会儿醒来，感觉头像房间一样大，身体好像不是自己的，只要睡着就开始做梦，梦里不停地打工，在世界各地打各种各样的工。上一秒还在餐厅做服务员，下一秒就在擦地板；上一秒在做股票交易，下一秒就当起了老师。她就这样不停地干活，可是也不知道钱赚到哪里去了，醒来感觉腰酸背痛，好像真的打了全世界的工。可是刚清醒一会儿，又昏睡过去，她第一次不愿意睡觉，因为睡觉比醒着还要痛苦，可是她又醒不过来。迷迷糊糊，苏星辰感觉季霞在眼前，于是伸手紧紧地抓住她，搂着她的胳膊："霞姐，我错了，我好想你。"然后就开始哭，季霞哇啦哇啦地跟她说着什么，她清醒过来后季霞又不见了。这回换成了邵波，她想跟他吵架，可是一句话都说不出，他就看着她一脸嘲讽地笑，不停地跟她说："人和人要匹配，你这种人什么都不配。"然后是韩骁，他只是望着自己，一句话也没有，可那眼神带着前所未有的失望，她从没见过韩骁用这样的眼神看着她，她总觉得自己像他的小太阳，他在她身边时总是焕发活力。

这几个人的脸反复地出现了有几百遍，她觉得世界转啊转，终于一片漆黑，一切都静止了，有一瞬间她听见了杨芷晴的声音："她这样多久了？"

"一星期了。"是母亲的声音。

苏星辰唰地睁开眼睛，一个美女的身影出现在眼前，不一会儿变成两个美女。她一时没反应过来，等到渐渐回过神来，认出是母亲和杨芷晴。

"baby，你终于醒了呀。"杨芷晴温暖的手握着她冰冷的手，这是她几天来唯一感受到的温度。

苏星辰觉得渴得说不出话来，她看见杨芷晴，心情很是愉悦，轻轻捏了捏杨芷晴的手，感觉自己终于回到地球了。

她喝了几杯温水后，开始渐渐恢复意识，眼前的一切不再那么恍惚了。

"你消失这半个月都去哪里了？"杨芷晴眨着大眼睛关切地问，"都找不到你。"

"去全世界打工了。"苏星辰露出一个狡黠的笑，这时季霞手里提着一个塑料袋从门口的位置走了进来，苏星辰的目光凝滞了。

"霞姐，"苏星辰呆呆地望着她，"你怎么来了？"

苏星辰想要站起来，季霞坐到了她身边："我发现你这人，有事就爱硬撑。"

"霞姐，我……对不起。"可能是由于这句话憋在心里太久了，苏星辰其他的话都想不出。

"你别说了。"季霞打断她，"你在梦里已经说了好几遍了，我衣服都快被你抓破了。"

"啊！"苏星辰感到惊讶，"这么说，我看到的是真的，我梦见你们都来看我。"

季霞看着杨芷晴，两个人会心一笑："你都魔怔了，发烧也不吃药，赶紧吃点东西恢复恢复吧。"季霞说完将塑料袋里的粥拿了出来。

苏星辰将勺子举到嘴边又停下了："我……我吃不下。"

她哽咽着，感觉眼泪要下来。

"我现在……我现在……"

"别说了，"季霞说，"恢复体力才有力气思考。"

"是啊，baby，我来给你讲笑话吧。"杨芷晴一边将粥端到苏星辰面前一边欢乐地说。

"她吃饭你讲什么笑话？"季霞打断了她。

苏星辰喝了那碗粥，感觉精气神恢复了好多。

"曹总跑路了。"季霞说。

"啊！"苏星辰惊叹了一声，"你说什么？"

"曹世刚跑路了，"季霞又重复了一遍，"他的那个平台出问题了，'爆雷'了，他涉嫌洗钱转移资产。"

"什么？"苏星辰站起来，"怎么回事？怎么爆的？"

"客户赎回时，资金没有按时如数到位，就被举报了，这一举报，简直就是导火索，后面的一系列全部牵连出来了。"

苏星辰怔怔地望着前方又坐下。

"怎么……怎么这么突然？什么时候的事情？"

"就在你昏迷的时候。"季霞说，"现在人已经跑没影了，公司都被查封了。"

苏星辰转头看着杨芷晴："没影响到你吧？"

杨芷晴露出了个笑容："没有，我一个小助理，谁稀罕呢？不过就是失个业罢了。"

苏星辰对杨芷晴的毫不在意的态度感到折服，失业对她来说就像放个学那么简单，可是她失恋就完全是两个样子。

"那，林总他有受影响吗？"

季霞冷笑了一声："你觉得呢？林道那个老狐狸，早就撇得一干二净了，曹世刚对他来说不过也是弃子一枚，他不就擅长这一招？"说到这里，季霞意识到了不对劲，赶忙停了下来。

那个"也"字像一记重锤敲打在了苏星辰的心上。

"没事的，季霞姐，我早就看明白了，你说吧。"

"曹总这一跑路确实留下了个烂摊子，不过他也就只是林道的LP之一，他投了那么多项目，林道这个还算是赚了钱的，那些闹事儿的怎么也找不到那里去的。不过那天确实有一个人不知怎么三查五查地找到林道办公室去了。"

"林总怎么办的？"苏星辰捏着季霞的胳膊。

"林道做了个顺水人情，看人家是大妈，直接打了个50万，人家感恩戴德地走了，走时还夸林道是个大好人。不过确实，林道他在这个市场上的名声是越来越好了。"

苏星辰望着地面默不作声。

"他那个两面三刀的人能好到哪里去？这市场上的人都瞎。"杨芷晴愤愤地说。

"你不得不说人家手腕高明呀，"季霞继续说，"人们只相信自己亲眼看到的，谁关心面具背后真正的嘴脸和用意呢？"

苏星辰感到心里一片寒凉，如果林道真是这样，那么自己一直以来都错看了他，这样受害的人一定不止自己。她现在开始怀疑那个董建昌和林道，到底当初是谁害了谁。现在她大脑一片混乱，想不清这些事情。

周丹丹的葬礼上来了很多的粉丝和嘉宾，唯独曹世刚没有到场。邵波戴着墨镜站在她的遗像前，一句话都说不出。整个葬礼的过程他都没说一句话，韩骁站在他身边，两个人默契地保持着安静。

葬礼结束后，韩骁开着车，邵波坐在副驾驶的位置，还是保持着葬礼上的模样，戴着墨镜，没有表情。

"我要替丹丹报仇。"

"什么？"正在开车的韩骁怀疑自己听错了。

"就算挖地三尺我也要把曹世刚找出来。"

韩骁找了个靠路边的位置停下了车。

"大哥，你怎么就确定丹丹是因为曹世刚？"

"除了他还能有谁，他那样对丹丹，你看到尸检报告了吗？死者身上多处瘀青伤痕，别跟我说是丹丹自己给自己造成的。"

韩骁叹了口气："实际上，我觉得丹丹的悲剧不能怪任何人，这条路毕竟是她自己选的。"

"别说这些了，不管怎么说，我都要找到曹世刚，总之他脱不了干系。"

"好吧，"韩骁发动了引擎，"你要这样认为，我也没办法。"

55

雨越下越大，伴着天空中轰隆隆的雷声，苏星辰将车开到了以前租的房子这里，即便后来买了房子，她还是买下了以前的公寓，算是一个纪念，房子里的摆设丝毫没变过，母亲有的时候也会过来住。

她走上楼，楼道里的灯十分昏暗，大概由于风吹坏了电线，白炽灯一闪一闪的，好像灯泡随时要爆掉。苏星辰有点儿害怕，慌乱地从包里拿出钥匙准备开门。

"你回来啦。"

苏星辰"啊"地叫了一声，被这个突然出现的声音吓了一跳，钥匙掉在了地上。她转身，看到从楼梯口的黑暗处，一个人影渐渐靠近，她紧张得想要大叫。人影越来越清晰，走近才看清楚。

"董建昌，怎么是你？你来做什么？"

董建昌看着她，苏星辰竟然从那眼神中看到了慈祥，她感到惊奇。

"星辰，"董建昌用柔和的音调说，"可以进去谈谈吗？我有些事情要告诉你。"

"在这说不行吗？"苏星辰想着这样放一个男人到家里不太好吧。

"三言两语说不完，"董建昌带着一脸诚恳，"你可以开着门，楼下就是派出所，这小区非常安全。"

他怎么这么了解这里？

"那好吧，你进来吧。"苏星辰转过身去开门。

董建昌坐在沙发上搓着双手，看起来有些紧张，苏星辰将一杯泡好的茶放到他面前。

"你说吧。"苏星辰坐在了另一张沙发上。

"你这几年事业发展得挺好的。"董握着那杯茶打量着这个房子。

苏星辰看着董建昌那凹凸不平的脸，看不出情绪的小眼睛，一阵厌恶的情绪涌了上来。

"你想说什么呢？"

董建昌低下头，有些错愕："你最近遇到麻烦了。"

哪壶不开提哪壶。苏星辰对这句话感到反感，萍水相逢的，董建昌葫芦里到底卖的什么药？她看了眼敞开的门。

"你不都知道了吗？"她尽量客气地回答。可董建昌丝毫没有收敛的意思，他的眼睛几乎就没有离开过苏星辰，这让她感到恶心。她想赶走他，可又有些害怕，于是将手机握在手里。

"你妈妈最近还好吗？"

"和你有关系吗？"苏星辰眼神里带着不解和愤怒，"你到底要说什么？"

董建昌看着苏星辰，低头无奈地笑了笑："孩子，你别生气，别生气，先回答我几个问题。"

"你说。"

"你是不是毕业于中圣大学。"

"没错，宏博的档案里写得很清楚。"

"你的父亲叫苏文强，这个档案里没有，林道也没说吧？"

苏星辰抬头用惊诧的眼神看着董建昌。

"你家里原来是做钢贸钢材生意的，后来由于某些原因破产，然后你爸爸就失踪了，你和母亲流落上海，这几年日子才开始好起来。"

苏星辰说不出话来，喉咙像被扎了一根刺。

"你在大学期间一直有一个匿名的资助人，这个人你从未见过，但他一直默默关注你，支持你是不是。"

"你该不会是，"苏星辰惊讶地将手放在嘴边，"他的仇人？"

"我就是你的资助人啊！孩子。"

苏星辰呆愣在那里，头上像被重锤击了一下。

"孩子，你还愣在那里干什么呢？你难道不记得我了吗，小的时候我去过你家的呀，你要是翻翻老照片，估计还有我们的合影哩。"

苏星辰不想再听下去了，小时候她见的脸太多了，可是现在她一张都记不起来。

"孩子，我和你爸爸是多年的老友了。你没见过我几次，这是正常的，我和你爸爸曾经是战友，后来我被分配到了深圳，而他回到了东北。那时候你们家条件好，你父亲就在那边做生意，后来生意越做越大，他就鼓励我也出来做生意。

"后来你家生意越做越大，你父亲赚了钱后也很鼓励我出来创业，那时候他帮了我不少。你家里出事那一年，他很绝望地带了一笔钱来找我，说这是他最后的机会了，叫我无论如何帮帮他，我当时和林道在开公司。林道当时在做一个股票，跟你父亲说有一个股票一个月可以翻两倍，可是没想到股票出了问题，最后钱亏得一分不剩。你父亲想要起诉他，可是却发现合同是假的，没有法律效力。在高利贷债主的逼迫下，你父亲选择了结束生命。我因为想替你父亲报仇，便将林道的账户资产转移，骗林道说我把这笔钱投到了一个股权项目里后，便离开了林道，外界都在传是我骗了林道，但林道才是那个真正骗了钱的人。林道后来起诉我，追诉期有十年，这十年我隐居香港，将这笔资金慢慢套现，又用这笔钱去炒股赚了很多钱。但是为了保护你，就一直没有告诉你，只是一直暗中关注你。这十年我一直在暗中关注你的发展，后来我得到了某位大老板的赏识。至于霍总，她并不是什么坏人，只不过是个墙头草，谁强她就帮谁。"

苏星辰呆愣地坐在沙发上，董建昌的话让她难以置信，如果一切是真的，那么林道就是间接害死自己父亲的人。林道用同样的方式，一纸假合同不仅骗走了父亲的钱，也让自己陷入债务危机，这手法还真是让人觉得讽刺。

而更加令她无法相信的是，眼前的董建昌竟然就是那个一直以来默默关注与支持自己的恩人。她怎么也无法将这张凶神恶煞的脸和正义仁慈结合起来，可是看人确实不能只看表象，林道看起来那样地正直忠厚，可背地里什么阴险的勾当都干了。

此刻，她坐在沙发上开始怀疑人生，为什么人看起来总和实际上相差那么多？确实如刘秘书所言，每个人都带着各种各样的面具。有些人的面具那样精美，蛊惑了所有人；有的人戴着面具，渐渐地就成了面具；有的人面具粗鄙丑陋，却有一颗闪闪发光的内心。人还是不要根据外表去评判一个人，也不要被面具所蛊惑，语言总是带有欺骗性，一个人没说的也许才是他真正所想。

"你有没有想过接下来要怎么办？"董建昌看着发怔的苏星辰问道。

"有没有可能，"苏星辰呆望着前方，"有没有可能找出林道的把柄？他做这些伤天害理的事这么多年，就一点证据都没留下吗？"

"以前倒是有一个，"董建昌说，"他参与内幕交易，一个客户想要举报他，不过被霍总压了下来，不过那件事情的追述期只有十年，现在十年时间已经过了。"

苏星辰终于明白了霍总之前用来压制林道的"十年"，原来指的是这个。

"霍总当初，为什么要帮林道呢？"

"一部分是私人原因，"董建昌顿了顿，"还有一部分，就是林道的操盘水平确实不错，不过他这个人控制欲太强，总想掌控一切。"

苏星辰点点头，她怎么会不知道林道总想掌控一切。她感觉现在思绪极其混乱，也理不出个头绪，抬头看看董建昌，他还在用慈祥的目光注视着自己。

"董伯伯，这些年您辛苦了，为了我爸的事儿。"

"别这么说，孩子，我也不光是为了你爸的事情，我跟林道一起创业就没赚什么钱，自己也搭了很多钱进去，这些年我算是养精蓄锐，最后这不杀回来了？"

"不过，您是如何做到让宏博集团直接任命您为总经理的？"

董建昌露出了一个神秘的笑容："我这十年帮一个集团的老板理财，那个集团控股了多家上市公司还有赌场，实力背景哪是一个宏博比得过的？"

"我可以问问是哪家吗？"苏星辰有些小心翼翼。

"当然，孩子，你就像我的亲生女儿，我什么都可以告诉你，只是有些事你还是不知道的好，不过这件事我可以告诉你，就是邵家。"

"邵家，"苏星辰乌黑的瞳孔放得老大，"董伯伯，你知道一个叫邵波的人吗？"

"我知道，他就是集团的接班人，我就是给他爸爸打工，他们家族很大，资产遍布海内外。"

苏星辰惊讶地张开嘴巴，这一切都太巧合了。

喝了一壶茶后，苏星辰情绪渐渐平缓了下来，也开始恢复了理性。

"现在从法律层面是没法指控林道了，"苏星辰看着董建昌，"不过他近期在筹划一个项目。"

"你说万秦汽车，我有看到举牌公告，这件事很轰动，整个市场都知道了。"

"对，我想唯一能下手的就是从这里，"苏星辰眼里恢复了生气，"即便不能彻底打压他，也可以毁他一步棋。"

董建昌手指摩挲着下巴，思忖着："孩子，你想怎么做呢？"他眼里发出期待的目光，似乎只是想听听苏星辰的答案。

"只能找大资本去配合董事长那边，现在这票是烫手山芋，林道一介入，别人都退避三舍。"

"可我听说董事长可是不怎么配合资本，有几家去谈都吃了闭门羹。"

苏星辰露出了熟悉的狡黠的笑容："自然有办法让他配合，不过需要一大笔资金。"

董建昌看着苏星辰，眼睛里呈现出一股期待："这样吧，你可以来宏博，调度我这边的资金，万秦汽车的这件事，我不多问，资金上我全力配合你。"

苏星辰有些意想不到，董建昌竟然答应让自己调度资金来做万秦汽车的项目。

"您就不害怕我把盘子弄砸了？"

"这不是害怕不害怕的问题，年轻人要有试错的机会，而且我见过你的交易，做得还不错，不过你的性格，老实说……

"不太适合做个操盘手。"

董建昌尴尬地笑了："操盘手要少些情绪，不过做个二流的操盘手还是可以的。"

"这个我承认。"

两个人都笑了。

56

万秦汽车已经连续下跌了几天，林道站在屏幕前露出满意的微笑。

"这几个大单可是够万秦汽车消化一阵子了。"叶薇端着一杯泡好的茶递给他，"可是您这样做空，就不怕丢失了筹码？"

"这你就不懂了，"林道喝了一口杯中的水，"我这是用下跌的股价让董事长手里的资产缩水，这样就逼得那些债主为了保值而急于向他讨债。因为市面上没有什么买家，所以只要轻轻引导一下，空头就跟着出来了，就是要让上市公司那边焦头烂额，过来求着我。"

林道眼中露出凶狠的目光。

"继续给我砸！"

他对交易室里的员工下着命令，看起来像完全丧失了理性的猛兽。

这几天的万秦汽车内部人心惶惶，虽然林道因为向外卖出股票也损失了一部分筹码，但是此刻比他更焦急的是董事长。

此刻韩骁团队的人和万秦汽车董事长李未然坐在公司的会议室里。

"真的没有别的办法了吗？"董事长带着恳求的声音说，"我宁可把大股东的位置让给你们，也不愿让给林道那个炒股票的，毕竟你们懂产业，会真正从企业发展的角度考虑问题，可是林道他光知道赚钱，根本不顾企业死活，鑫仙猪肉就是很好的例子，好端端的一家过千亿上市公司，现在硬是被ST了。"

"您真的愿意让出手中的股份吗？"韩骁开口询问道。

董事长不说话了。这时助理从门外急匆匆地进来了。

"董事长，涨停了、涨停了。"

韩骁急忙翻看手机，万秦汽车真的涨停了，而且超大单封在涨停板上，让一切做空势力都消停了，整个世界好像都安静了。

另一头的交易室里。

"星辰，万秦汽车股价上来了。"马可的声音传过来，"股票被抢了。"

"买了多少了？"苏星辰问。

"刚4000万就这个样子了。"马可说，"市场情绪太高，这票最近太受关注。"

苏星辰盯着屏幕上的万秦汽车，那个深陷下去的坑就是林道威胁董事长的手段。

"可是这样不管不顾成本会不会亏钱？"马可问。

"我们现在要把货收足，这是最重要的，而不是考虑成本。"

"你挂涨停，"她吩咐道，"这四天都不要管价格。我们写一个完整的V字。

马可露出惊讶的表情，他回过头看了看董建昌，董建昌点点头。

晚上林道开车回到叶薇的公寓，刚一开门就发现门口处有玻璃碎片。他抬头，发现妻子紧握双手坐在沙发上，而叶薇头发散乱地坐在地上。林道的心噔的一下。他将公文包放在玄关处的鞋柜上，没有换鞋，径直走进客厅，扶起叶薇，三个人一起坐在沙发上。

林太太的脸还是红扑扑的，怒气未消，胸脯一起一伏，眼眶发红，嘴唇紧闭。叶薇只是低着头，微微噘着嘴，双臂抱在一起，一只手托着下巴。

"你想怎么解决都可以，"林道抬起眼睛看着林太太，"可是为什么要动粗？"

林太太的脸瞬间涌起一股巨大的悲伤，眼睛被一层雾气所覆盖。

"我没有动粗，这都是她自己搞的。"

林道看看叶薇，两颗泪从她眼睛里唰地落到了林道的手上。

"我没有。"

这三个字就像从蚊子的喉咙中发出，但是林道还是听到了。他刚想开口。

"别说了，"林太太打断他，"我知道你要说什么，这事情谁做的都无所谓，就算是我做的，也恰如其分，但是我不屑于做这种事。"

林太太鼻子里发出一声哼声，眼睛轻蔑地看了两人一眼。

"我早就知道你们的事情，我今天就想告诉你们，尤其是你，小姑娘，"她手指着叶薇，"我这个年纪的女人了，跟你要的不一样，我有一对孩子，你大概没见过他们，他们就是我的天使、上帝、生命的全部，无论你和林道怎样，我都不希望波及我的孩子。还有就是如我进门时跟你说的，你没有必要和我争，说白了，身为女人，都是弱者，你身边的这个男人，今天他用金钱再造了你，明天可以用同样的方式毁了你，或者再造别人。你们两个以后想怎么过我都不管，但是，"她目光对准林道，"请你把一切理清楚弄干净。"

说完她起身准备往门外走，走到一半的时候停了下来，转过身对林道说："有空回家看看双胞胎，他们想你了。"

话毕就听到玄关处一声厚重的关门声。

两个人静默地在沙发上坐了十分钟，林道仰靠在沙发上，闭着眼睛，叶薇陪伴在旁边时不时抽搭一下。

"别哭了。"

"我真的什么都没做，她进来就开始摔东西。"

"没关系，找人来收。"

"她还大呼小叫，搞得街坊邻居都知道了。"

"后面换个别墅住。"

"她还撕扯我的头发，还打我。"叶薇看着林道，眼神像受伤的小鹿。

林道带着一股巨大的失望和难以置信，斩钉截铁地说："不可能。"

叶薇怔了一下，捏着他衣角的手抽了回去。

"你那套把戏在我面前就省省吧，我和她这么多年，她什么样的人我还不了解吗？她不可能打你，也不可能摔这里的东西，她是个讲道理、懂隐忍、识大体的人，无论发生多大的事，她都不会去做这些，我看你是该跟她好好学学。"

264

"她这么好，你干吗不回去找她？当初和我在一起的时候，说你不爱她了，没感情了，现在又对她的各种好夸夸其谈，我看你是可以回去了。"

"我和她没感情了不代表我就不尊重她了，尤其她是我两个孩子的妈妈，她是个好妈妈，也是个称职的妻子。"

"你这话说的什么意思？"叶薇跪在林道面前用手扶着他的脸，"那你要我怎么办？我也可以当个好太太，我将来也可以当个好妈妈啊！"她将林道的手放在自己的肚子上，"我也想给我们将来的孩子一个真正的父亲，不能像现在这个样子吧。"

林道的脸上掠过一丝惊讶。

"多久了？"

"三个月，你最近压力大，一直没跟你说。"

林道嘴角挂起一丝微笑，扶起叶薇将她抱在怀里，旋即脸上又挂上了清醒的冷漠。

"太好了！但是你听我说，我真的不能离婚。我可以带你去任何地方，给你任何你想要的东西，甚至带你回老家过年，见我的父母，但是这个婚我绝对不能离。"

叶薇掰开他的手站起来。

"为什么？"她的声音有些冲动，似乎压抑了很久，"为什么不能离？我不想要一切，我只想做你的太太啊。"

"就是不能离，别问我为什么，我的孩子不能没有父亲，资产也不能被分割。"

"难道我的孩子就不是你的孩子吗？你怎么这样偏心？"

"别说了，别问了，我累了。"

林道起身想走，却被叶薇一把拉住。

"你主要是担心资产分割对吧，你辛辛苦苦的积累，"她从背后抱住林道，"我有办法，能让你离婚又不用分割财产。"

林道掰开叶薇的双臂，转过头用手指着她。

"你这个狠毒的女人。"

说罢上了楼，只听楼下叶薇一声嘶嚎，"咚"的一声倒在了地板上。

57

韩骁坐在星巴克等待苏星辰，今天是周六，万秦汽车连续四天的涨停，让他的心里微微有了些暖意，大老远他就看见苏星辰带着熟悉的笑容走了过来。

"来多久了啊？"苏星辰若无其事地打招呼，仿佛他们之间从未发生过矛盾。

"没多久，"韩骁说，"你不冷吗？"他看着苏星辰穿了一件薄风衣。

"冷啊，把你外套给我吧。"

韩骁刚要脱外套，苏星辰露出调皮的笑容拍了他一下。

"进去吧，谁让你在外面等呢。"

两个人对着来来往往的人沉默了五分钟，苏星辰先打破了沉默。

"万秦汽车你们还在跟吗？"

韩骁看着苏星辰的眼睛，没有说话。

"怎么现在连这些都不愿意跟我说了？"苏星辰笑了笑，"我有那么吓人？"

"我觉得还是公私分明的好，"韩骁一本正经地说，"作为朋友。"

"我们还是朋友哪？"苏星辰歪着脑袋问，"是朋友你半年不联系我。"

"这，"韩骁低下头，不知道该说什么，"你这半年过得怎么样？"

"不好，"苏星辰端起咖啡，"糟透了。"

"啊？"韩骁惊讶地叫了一声。

"我问你哦，"苏星辰严肃了起来，"你们还在和万秦汽车股东接触对吧？"

韩骁又低下头不说话。

"那就是了，现在你们面临尴尬，董事长不配合你们，市面上也收不到筹码，想要整合并购却怎么也推进不下去。我没说错吧？"

"这跟你有什么关系呢？"韩骁有些生气地说，"还不都是你和林道。"

"我们合作吧，韩骁，"苏星辰真诚地看着他说，"我和林道掰了，上周那四个涨停我买的，只要你跟我合作，我保证林道他举不了牌。"

韩骁怔怔地看着苏星辰。

"你又要玩什么花招，林道不举牌，你过来取而代之是吗？"

"我在你眼里就这么邪恶和不堪？"苏星辰点了一支香烟。

"这儿不让抽烟。"韩骁将烟从她嘴巴上抽出来掐灭，"越来越爷们儿了，怪不得没人追你。"

苏星辰笑了笑："你不生气啦？！咱俩涮火锅去吧，我都饿了。"

铜锅里咕嘟咕嘟冒着热气，热腾腾的羊肉、牛丸在红汤中翻滚。苏星辰的头简直要扎到火锅里了，韩骁一边往锅里塞蔬菜一边看着苏星辰，苏星辰似乎很习惯了这样的注视，自顾自地低头吃肉，两个人默契地一言不发。

"你怎么瘦了那么多？"韩骁问，"整个人都变了好多。"

"有变化就是好的，"苏星辰往韩骁的碗里夹了一筷子肉，"就怕没变化嘛。"

"所以这半年来你到底经历了什么啊？怎么和林道就掰了呢？"

苏星辰低着头拌着碗里的蘸酱："不重要啊！你倒是关心关心正事儿。万秦汽车现在完全被林道带了节奏啊，你们老大怎么说？"

"他都打算弃兵了，林道要真当上了大股东，估计会搅得天翻地覆吧，那时候也没我们什么事了。"

"他当不上大股东了。"苏星辰给韩骁添了一杯啤酒，"你们可以放心展开收购了，不要错过当白衣骑士的好机会。"

"你怎么那么肯定？"

"就是肯定啊，你到底要不要信我啦？"

韩骁看着苏星辰，苏星辰也一脸认真地看着他。

"你就是利用我。"

"切，你有什么好利用的？"苏星辰筷子又伸到了火锅里，"还不就是个呆呆。"

"我不吃了！"

韩骁起身挪开椅子就要走，苏星辰赶忙拉住他。

"还真生气啦，小心眼儿，"她赶忙挤出个笑脸，"咱俩好好合计合计。"

"你需要我怎么帮你呢？"季霞坐在小酒馆的桌子前看着对面苏星辰。

"现在万秦汽车已经得到了资本市场的关注，姐，这对你来说是个好事情，毕竟你跟这票跟了那么多年。我认为你现在可以大力地去推，让整个市场都关注到你是这只票最坚定的支持者和对它最了解的分析师，这样冲刺年底的新财富你就有希望了。"

季霞温和的眼神看着苏星辰，突然间笑了。

"你以为我是你呀？我早都不在乎什么新财富旧财富的了，这票我跟了那么多年，始终坚定它起来是早晚的事，现在市场上我的报告可以说占了一半，还……"

"不够，姐，"苏星辰认真地看着她，"你听我说，没有人能够真正地佛系，那都是骗人的，做人为什么要佛系，面对无可改变的结果你可以佛系，可是在走向结果的过程中，一定要功利，要拼尽全力，姐你还差一步之遥，要让市场上80%的报告都出自你。"

季霞看着苏星辰倒吸一口凉气。

"有道理是有道理，你让我考虑考虑。"

"有什么可考虑的？"苏星辰端起大麦茶，"临门一脚了，老想着佛系，你也不问问佛的想法。佛说：'我们系不要你，去隔壁金融系。'"

"哈哈哈哈！"杨芷晴爆发出爽朗的笑声，"哎呀，baby，我们都好久没有这样聊天了啊，这样的日子太好了。"

"是啊，"季霞说，"还是三个人一起最开心。"

"我今天来还有一件事要通知你们，"杨芷晴挑着眉毛伸出了自己的手，无名指上的戒指闪闪发亮。

"啊！"苏星辰大叫一声，捏住杨芷晴的手，"你订婚了？还是结婚了？"

杨芷晴拍了一下她的头。

"废话，当然是订婚，结婚你们会不知道？我今儿个就来预约伴娘，都给我把事情退了哈。"

"必须的！"季霞也捏过杨芷晴的手，"啧！这钻石也太小了吧，他就那么抠门儿？"

"订婚戒指要那么大的钻石干吗？"

"她现在是有情饮水饱，"苏星辰说，"不过你现在工作找怎么样了？"苏星辰问，"自打曹那边跑路以来，没人找你麻烦吧？"

"唉！曹这一走，确实给我们留下了一个烂摊子。天天有人上门讨债，在楼下拉横幅，都上到财经卫视了。那些投资者啊，都是些普通人啊，老百姓，几十万、几万块投在这里的也有，找不到曹，就拿总经理开刀，我们的总经理金总现在就被债主讨上了家门。"

"那你没事吧？"季霞问，"没人找你吧？"

"嗨，我能有什么事呀，一个小助理，不过见团队散了也挺可惜，以前的很多同事我们感情都挺好的，这几天在帮着收拾烂摊子，把以前的资料都打包整理后处理掉。工作的事情我打算先放一放，结了婚再说吧。"

杨芷晴笑盈盈地看着手上的戒指，苏星辰的眼睛咕噜转了一下。

"有没有可能，"苏星辰看着杨芷晴，"baby，我是说你在翻找资料的时候，有没有注意到什么特别的？"

"特别的？"杨芷晴的大眼睛疑惑地看着苏星辰。

"对，就比如说，类似于曹总和林道的转账记录，或者林道的交易记录之类的东西。"

杨芷晴侧着脑袋看着天。

"我想想哦，好像真的没有欸。不过我可以回去再找找，你都嘱咐了嘛，我多留意下。"

"对，你帮我回去查查看，各种有关两个人的，不，"苏星辰靠近杨芷晴，只要曹总和二级有关的都帮我留意下。"

"没问题的，baby。"

"搞得跟间谍似的。"季霞说，"要我说你也别计较太多了，早点和林道那边撇清了不好吗？何必再蹚这摊浑水。"

"撇不清了，"苏星辰望着远处的地面说，"我跟他这辈子都撇不清了。"

门铃响了，一个五十多岁的中年妇女出来开门。

"你是？"

"阿姨，邵波在家吗？我是他朋友。"

中年妇女打量着面前的女孩。

"在是在的，不过少爷最近不见客人，你跟他有约吗？"

"没有，那麻烦您跟他说一声，我叫苏星辰，问他要不要和我聊聊。"

"好吧!"

五分钟后,阿姨再次打开门。

"进来吧,在这儿换鞋,不过他已经好久都没有出门了,他愿意见你,你就和他好好聊聊,"阿姨看着苏星辰的脸叹了口气,"我看你这闺女挺面善的,好好劝劝他,说不定他能听你的。"

"这我可不敢保证,你家少爷倔起来谁的都不听啊。"

"这孩子,"阿姨指着前面的门,"喏,这是他的房间。"

"谢谢阿姨。"

苏星辰深吸一口气拧开了房门,房间倒是整齐,完全没有邋遢的样子,邵波站在窗前背对着苏星辰。

"老远就看见你进来了。"

"那你还不主动到门口迎接我?"

邵波没接话。

"听说你被林道坑得挺惨。"

哪壶不开提哪壶啊,苏星辰心里感叹。

"是啊,这不为了让你好过点,过来给你瞧瞧。"

"切,"邵波转过身走到沙发边坐下,"我是不会从林道那里撤资的,你们的私人恩怨和我投资没关系,在商言商。"

"谁也没叫你撤资啊,你有被迫害妄想症吧?"

"那你来找我干什么?"邵波窝在沙发里问苏星辰,"大姐你无事不登三宝殿。"

"我就是没事来看看啊,那么容易被你猜到,就不是你大姐了。"

"来看我憔悴难过,然后笑话我?"

"你不会不憔悴不难过?我不就不笑话了。再说我看你好得很哪,还有心情在这拌嘴呢。我确定你有被迫害妄想症。"

"哈哈哈!你都把我绕晕了。"

"哎哟，丹丹死后难得听你笑。"

"苏星辰！"

"哎呀，一高兴又哪壶不开提哪壶了，不过还是要面对事实，死了就是死了，我不说也还是死了。"

"你怎么老是戳我伤疤，"邵波吼道，"不是所有人都像你那样，你的心是铁打的，我的不是！"

他坐在那里别过头，声音激动地哽咽。

"哎呀，你别哭。"

苏星辰坐过去扶着他的肩膀，被他一把甩开。苏星辰有点想笑。

"那我把肩膀借你。"

"滚开！"

"哎呀，阿波，别这么小心眼儿。我16岁时候就死了爹我都没说什么呢，前段时间刚刚破产，我不比你惨多了？"

"你比我惨，你就有资格安慰我了？"

"没资格，我不配安慰你。我都是在自言自语，不过我一直都觉得哦，你可能不会认同，我一直觉得爱是一种信仰，你爱一个人也不是一定非要和她在一起的，把她放在心里，成为你好好生活的动力，人是因为爱才能把生活过得有滋有味啊。尽管爱看起来像美丽的折磨，如果能够把爱转化成信仰，折磨便会结出美丽的果实，使人心充盈，使生活丰富，黑白的世界充满彩色。"

邵波背对着苏星辰沉默地坐在沙发上，许久用手去擦拭下眼睛。

"你真是个魔鬼，有毒啊你。"

"对，我有毒，韩骁在楼下呢，要不咱们去吃火锅吧，喝啤酒也行。"

58

交易室里，林道有些焦头烂额。

半路上不知道杀出了谁，总是接走自己的筹码，他本来只是想吓唬吓唬董事长，将董事长抵押股权和土地使用权的账户逼到爆仓，这样自己就能坐收渔利。可现在他已经不敢再放货给市场，再放下去，别说取代大股东，就连自己二股东的位置也要拱手相让。

眼看着股价越升越高，自己已经逐渐失去了筹码，他万分不甘心，可是现在也只能跟着市场一起买进这只股票，因此万秦汽车在短期内遭到了哄抢，股价一路高歌猛进。

另一面万秦汽车董事长办公室里，谈判如火如荼地进行着，韩骁和董事长已经进行了一上午的谈判，目前承诺的条件是，由韩骁团队取代大股东的位置，但是保留原董事长的职务，公司经营权不变，董事长对这个问题已经没什么异议了，目前还在针对一些细节进行磋商。

"可是即便我将股权全部转让给你们，也不能保证你们是大股东，现在林道那边的筹码很重，市面上几乎没有能和他们抗衡的资金。"董事长担忧地说，"不过万秦汽车最近在市场上的表现不错，我那天看了股东名册，发现另一个资本参与了进来，规模虽然比不上林道，可是也造成了不小的影响。"

"嗯。"韩骁应了一声，并没有多说什么。

董事长看着韩骁，韩骁也看着他。

"韩经理，你看有没有可能，我们去和新介入的资本商量下？"董事长坐直了身体，"这股势力虽然不大，可是现在只要他站向哪一边，哪一边就有绝对的优势，我虽然不懂二级，但我认为有必要引入这样的合作方，毕竟，"他向上推了推眼镜，"我们并购整合，也需要二级资金的守护，如果他们能站在我们的立场，而不是投机套利的立场……韩经理，你认为我的想法可行吗？"

韩骁低下头，有些勉为其难的样子。

"只是不知道对方是敌是友，这样吧，我去沟通下。资本市场上我们团队的影响力，去谈一个资方还是很轻松的，我现在就回去尝试下吧。您说的对，我们确实需要这样的团队来配合。"

董事长露出激动的神情。

"那就麻烦韩经理了，赶走'门口野蛮人'就靠你了。"

韩骁走出董事长办公室的大门，脸上露出了狡黠的笑容。

"你说什么？"苏星辰从椅子上站起来，"董事长主动邀约合作。"

"没错，经过上一轮林道的教育，他现在在二级这块算是想通了，毕竟一级并购和二级的股价也息息相关。"

"太好了，"苏星辰在地上激动地绕来绕去，"真没想到他会主动邀约，这样就免去了谈判。"

这时韩骁的眼神黯淡了下来，他下巴抽动了一下。

"星辰，你有没有想过这样你可能很危险？"

苏星辰本来兴奋的眼神也跟着黯淡了下来，她低着头。

"可是我也没得选，我的父亲，"她抬起头，怔怔地看着韩骁，"我的父亲是林道间接害死的，我自己也是一步步被林道带到了今天的这个位置。小的时候，我看着爸爸去赌钱，满眼猩红，我就暗暗发誓，永远不要成为他那样的人，可是自打我入了股市，赚了钱，我就上瘾了，直到有一天，我发现我的骨子里和我的父亲一样，深深地热爱博弈和冒险。股市是个巨大的赌场，庄家为王，害得多少人家破人亡。我的父亲到死都不知道谁是凶手。"

"你有没有想过，"韩骁走到她面前，"是你父亲害死了他自己？抱歉我不得不说出事实，他的贪婪和急功近利害死了他自己。可是星辰你现在有选择，你不要毁了你自己，喜剧和悲剧不是结局，而是一种选择。"

"太晚了、太晚了，"苏星辰不去看韩骁，"你别跟我说了，说这些只会让我变得懦弱，这对现在的我来说没什么用，我现在只想赢，我父亲不能白死，林道两张假合同骗了我家两代人，总之就算搭上性命我也要跟他把账算到底。"

"那阿姨怎么办？"韩骁走到苏星辰面前，"你想过你妈妈没有？她希望看到你这个样子吗？她要是知道你这样想，她也会拼命去保护你，你这样年轻，何必拿人生去赌？"

韩骁的这番话说到了苏星辰的痛处，他太了解她了，让她有种无处可藏的感觉。

"你现在就收手交给我们来做，你什么都不要再参与了。让我为你做一些事情，"韩骁的眼神里带着温柔和恳切，"可以吗？"

苏星辰被那个眼神看得很不舒服，但还是有些感动。

"本来也没我什么事了，不是早就交给你了，你这个人老是马后炮，现在还说这些车轱辘话。"

"苏星辰，我知道你不需要男人照顾，可是不至于……不至于连我这点心意都看不出来。"

"至于，"苏星辰说，"我们什么时候和董事长去谈？"

"你别岔开话题！"韩骁看着苏星辰的眼睛，"高中的时候，你撩完我就跑了，然后我追着你到了上海，然后又从美国回来找你，你就这样一直回避我，从来不正视那个问题，不过这些都可以，你怎样对我都无所谓，但是现在你不能拿自己的余生去开玩笑。"

"行了，别说了，"苏星辰打断韩骁，"哪就有那么严重呢？你这搞得跟我要自杀似的。再说我什么时候撩你了？那时候小不懂事，谁想到你会追这么多年。"

苏星辰感觉脸上有点发烧，转过头不去看韩骁。韩骁绕到苏星辰面前靠近她，就在这时，苏星辰的电话响起了，她拿出手机，上面显示是林道的来电。

59

苏星辰来到了茶楼，林道已经坐在那里等她。一个男服务员在苏星辰进屋前将一个托盘伸向她，苏星辰默契地将手机放在上面。

"还有其他电子设备吗？"男服务员问。

苏星辰摇摇头。从她拉开拉门开始，林道的目光就一直锁着她，直到她落了座，他给她倒了一杯茶。

"你最近瘦了不少。"林道说，茶水汩汩地从茶壶中流出，整个茶室都氤氲着正山小种的清香。

"那不是很好吗？"苏星辰笑了笑，"女生都爱苗条。"

她端起茶杯啜了一口，想到如果在古代，这茶里怕是该下了毒吧，不禁哑然失笑。

"还是那么爱笑。"林道说，"压不住情绪。"

"嗯。"苏星辰轻轻应了声。

"你都知道了？"林道的眼睛盯着她，"全部。"

"还差一部分，"苏星辰放下茶杯，"等着您来跟我解答，徒弟怎么会比师傅知道得多呢？"

林道低下头发出一声冷笑。

"一开始我还真是没想到，你竟然是他的女儿，"林道说，"那年他来找我的时候，叫吴伟，他带着一堆钱，外加一副绝望的眼神，让你很难不去动容。"

"那您是怎样动容的呢？"苏星辰带着秋水一般平静的眼神问林道，"卷走了他所有的钱，把他逼到走投无路？"

林道摇摇头："话不能乱讲，你可是要有证据的。"

"有证据您就不会坐在这里了。"

"都是董告诉你的这些？"

苏星辰没有说话。

"过去的事就不要再提了吧，你爸爸的死也不能怪我，他破产这件事怎么能算到我头上来呢？你说对吧，做人说话要凭良心。"林道又给苏星辰倒了一杯茶，"最近市面上的筹码是你收的吧？"

"是。"她并没有遮掩。

"你是想干什么？诚心和我作对是吗？"林道捏着手里的茶杯。

"不是，"苏星辰说，"我是单纯地看好这个标的。"

"放屁。"林道将脸别向一边，"那么多标的你不去选，怎么就选中我这一只？你以为我不知道你打什么算盘，你可是我带出来的。"

"那您何必问我呢？"苏星辰说，"您今天就是来让我看您发火的？"

林道压下怒意："合作，五五分账，你接受的话就继续回来，我把一切还给你。"

"我要是不接受呢？"苏星辰说，"你终于肯承认你拿了我的东西，现在要还给我。"

"你别得寸进尺，"林道指着苏星辰的鼻子，"你觉得你玩得过我吗？我现在是给你机会，我要是真耗血本跟你们斗，谁也别想活着出来。"

"那你就试试，"苏星辰眼神变得冰冷了起来，"你不尊重市场，总想操控市场，资本在你眼里就是钱生钱的工具，即便今天没有我，没有这个项目，你以为你就再没有敌人吗？你这种方式又能在这个市场生存多久呢？"

林道冷笑了一声："资本不是钱生钱的工具又是什么？像那些做实业的辛辛苦苦一辈子可能都没有你一年赚的钱多，你想想，"林道眼睛变得猩红，走到她面前，"你年纪轻轻就能站在上海之巅俯瞰众生，所有的人都崇拜你，弱者惧怕你，听命于你，那时候，感情、情怀都算什么？那种感觉不好吗？"

苏星辰眯缝了一下眼睛，脑海中浮现出了林道所描绘的画面，有那么一瞬间她觉得自己游离了，沉浸在他所描绘的场景。

"我认为，资本该是辅助实业的工具，工具它虽然重要，可工具只能是工具，不能舍本逐末。人赚了一定的钱，也该拿这些钱去做些更有意义的事，而不仅仅是追求钱生钱。难道林总您生下来就想着赚世界上最多的钱，站在世界之巅？哪里有小孩子会对这些感兴趣呢？可回归到过去，也许儿时的梦想才是真正的梦想，可是人长大了，尤其做我们金融的，就很难再有金钱以外的梦想了。"

"你少来，"林道推翻了茶杯，站起来暴跳如雷，"我就问你，配不配合？"

"林总，我和您的思想早就相去甚远了，以后怕是也衔接不上了。"

苏星辰起身正打算往外走，林道突然笑了起来。

"你跟你那死去的父亲简直一模一样。"

苏星辰站住了，她转过身看着林道。

"他当初来找我的时候，带着一堆的钱啊，那个蠢货，紧张兮兮地，生怕别人抢了去。和那堆钱一起的，还有一双绝望的眼睛，那眼神简直绝望透了，真的，你很难想象，"林道的眼睛里露出阴冷的凶狠，"那是一个走投无路，抵掉所有身家，还欠了民间高利贷的绝望的人啊！"他一步步靠近苏星辰，"这个人，就是你的父亲。他曾经也是个杰出的企业家来着，可是搞企业碰到你父亲这种脑筋认死理的就糟糕透了，怎么搞得过玩资本的？"

苏星辰看着步步紧逼的林道，感觉眼眶红了起来，鼻子发酸，巨大的痛楚和心酸从心头涌起。

"但是这种人，这种垃圾，就该早点被社会淘汰，所以我，只不过是起到了一个催化剂加速的作用，他的死我完全没有料到，我没想到他这样脆弱得不堪一击。我现在倒要看看你这个小的能比老的好到哪里去。"

苏星辰迅速地扇了林道一个耳光，眼泪倏地落了下来，她双眼通红带着巨大的愤怒。

"我告诉你，这只是个开始。"

她转身拉开拉门，摔门而去。

苏星辰的心绪一直平静不下来。

从什么时候起，发现林道变了，她自己都没有意识到。一开始他是她的上司，真诚待她，一心一意栽培她，后来他们是合伙人，她信任他，对他忠诚，愿意为他铤而走险。后来他陷害她，还成了自己的杀父仇人，这一笔一笔账她根本算不清。

可他从什么时候开始变的呢？

从离开宏博的那天起？从赚到了第一桶金起？从认识了叶薇起？还是说他从来就没有变，他一直以来就是这个样子，只是被什么东西把心里的贪婪和自私激发了出来，或者他演技过关，一直以来蒙骗了所有人。

从茶馆出来后她一个人像幽灵一样走在街上，为什么心里会这样麻木？林道的侮辱，父亲的死，似乎在她心里都只是短暂地激起了一层水花，然后一切又都重新归于平静。自己什么时候也变了？这种心灵的钝感，就好像心上长了一层厚厚的皮质，依然柔软，却刀枪不入。她不知道这种钝感是好是坏，只是突然间不想再去想刚才发生的事情。接下来该怎么办呢？想办法解决问题才是最重要的，沉溺在情绪里是没有用的。

正在冥想之际，手机里来了电话，是杨芷晴。

"亲爱的，你在哪？"

苏星辰看看周围，自己不知不觉走到了杨浦区一个废弃的工厂旁。

"说不清楚，怎么了？"

"我跟你讲哦，"杨芷晴将音调压低，"我找到了很厚的一摞资料，和林总有关，我不知道这些对你有没有帮助，要不你来看看吧。"

苏星辰到家的时候，杨芷晴已经拿着资料在门口晃来晃去，看见苏星辰下车立马跑过去，两人迅速进屋开始翻阅资料。

苏星辰皱着眉头一张一张翻看，杨芷晴紧张地盯着她。

"这些资料，"苏星辰的眼睛里闪着激动，"这些资料都清楚地记载了曹和林道的转账记录，另外还有一些曹世刚的账户交易记录。"

"有用吗？有用吗？"

"有用，但是，还缺一些关键的。"

"什么呀？"

"我也说不清楚，总之还要有一些什么关键的资料，单凭这些还不足以定罪。"

"宝贝，我尽力了，能找到的只有这些了。"

苏星辰将手指放在嘴巴上。

"这样吧，我跟你一起回趟公司找一下。可以吗？"

"可以是可以，不过，现在公司已经被封了，就在今早，都贴了封条，所以可能进不去了。"

苏星辰皱起眉头，她站起身，走到阳台前。

"一定有办法的，我们得想想办法。"

夜深了，苏星辰和杨芷晴来到公司前，楼里已经没人了，保安也很少上来。苏星辰看了看那两条封条摸了下心脏的位置："还好这封条不是贴上去的。"

杨芷晴迅速地开了门，两人跨过封条钻了进去。

"喏，就是这间办公室，"杨芷晴压低声音对苏星辰说，"曹的资料都在这里了。"

苏星辰进入办公室，开始翻找起来。

"哎，你手电照清楚点，你抖什么啊？"

"宝贝，我有点害怕，"杨芷晴用小猫一样的声音说，"我还是第一次干这种事哪，有点刺激过头了，你说……"

"别打扰我！"

杨芷晴用另一只手捂住了嘴巴。苏星辰皱着眉头在那里翻找了半天。

"怎么都是一些没用的，还有他和叶薇的转账记录，这都什么跟什么。"

她开始有些恼怒，翻找的速度越来越快。

"baby，你是不是要快点呀，要是来人了怎么办？"

苏星辰没有回她，低着头依然在翻找。

"好像真的来人了，"杨芷晴支棱着耳朵听着，"baby，我们该撤了。"

"等一下，"苏星辰拿起两张纸，眼神里露出激动，"我想我找到了。"

她将两张纸放在一边，手快速地在其余的资料中继续翻找，完全无视杨芷晴刚才的提醒。

"baby，快点，真的来人了！"

苏星辰翻动的速度更快了。

"门你锁上了吧？"

"哎呀，你怎么不早说？！"

随着脚步声越来越近，保安出现在门口，他用手电筒照了照室内，用钥匙打开门，进屋扫视了一圈，发现没什么动静，便离开了。刚一离开，曹世刚办公室里的柜门便打开了，两个女孩长吁一口气。

"苏星辰，以后再也不跟你混了，太惊险。"

60

周一，苏星辰来到宏博交易室，然后她分配了今天的任务，只负责买进，不做卖出动作。

9点15分集合竞价。

苏星辰特意嘱咐不要挂单，也就是不要进行提前买卖交易，以免给对手放出有人要收筹码的信号。

9点30分交易正式开始。

万秦汽车上来就开始走红。苏星辰眼睛透过眼镜一眨不眨地盯着交易屏幕，摆在她面前的是四个大屏幕，外加一台手提电脑，一共五个屏幕。

"星辰，要开始买进吗？再不动手怕是股价要被拉高。"马可问道。

"不急，再等等。"星辰不慌不忙。

9点40分大盘涨了2%。

万秦汽车涨了5%，太快了，太快了，快得有点不正常，交易室里的五个交易员都有点急了，如果打到涨停板上，那么再抢筹码成本就要拉高，即便是拉高，能够抢到筹码也是好的，就怕市场一点机会都不给你。毕竟这是刚刚复牌，虽然复牌的原因并不是利好。

苏星辰仍是不慌不忙地盯着屏幕。

突然间整个大盘跳水，由原来的红色变成绿色，这一跌非常急，万秦汽车在4.8元又出现了一个10万手大单，也就是4800万的卖单。

"马可，开始买进，4.9，20万手，有多少收多少。"

下好指令，马可在1分钟内将单挂了上去，这个挂单非常迅速，不仅将10万手全部吃掉，还将之前的一些由于恐慌而带出的卖出筹码全部吸纳了进来。20万手不到5分钟全部吃干抹净，一共吸纳了将近1个亿的筹码。

"马可，用你的账户继续挂，每隔一毛钱挂2万手，一路往上，有货就收。"

"收到。"马可听到指令，右手划着鼠标，左手噼里啪啦地在键盘上敲着代码，市面上3000只股票，所有的代码他们都烂熟于心，灵活的手指在键盘上飞舞，带着欢快的韵律和节奏。

10点10分，星辰已经收了40万手的货。

成交资金2个亿。她速度太快，对手根本来不及反应，就让出了2个亿的筹码。由于星辰这边的大幅扫货，这只股票士气大涨，旋即出现了混乱，股票遭到了哄抢，尽管大盘跳水，这只票却上演了百家抢筹码的好戏。

"关了吧，上午到这里。"苏星辰摘下眼镜，对大家笑道，"今天上午大家表现非常好，成本控制在5块钱以内。"交易室里传来一阵掌声。

屏幕上，已经涨了8个点，股价到了5.2元。

身后，巨大的玻璃窗后，董建昌看着这一切，他觉得苏星辰比两年前变了很多，以前她是个初出茅庐的丫头，天真而又胆怯，而现在她对待一切那样从容，透露着胆识和沉稳，她这一年好像别人过了十年那样地成长起来。

整个开盘后40分钟的交易，董建昌的团队像隐藏很好的猎手，异军突起，攻势凶猛，根本不给对手反应的时机，等到对方反应过来，这边已经将两个亿的货收入囊中，结束战斗。进攻就是要快速，攻其不备。

"完美的交易。"董建昌从自己的办公室出来对大家说，"中午我请大家去吃饭，楼下徽菜馆。"

一行人来到了餐厅。

"星辰，我们在这儿复个盘，顺带说说你对接下来局势的判断吧。"董建昌说。

"今早开盘的时候，我和对手都在观望，初步预判今天的大盘都是下跌的，所以我们都在等那个回转的时刻，很明显对手想把股价再次压低，然后低价大幅买进筹码，这也刚好给了我们机会，所以在这个时候动作一定要快。对手在明，我们在暗，所以要打对方个措手不及，不能给对方反应的时间。我让马可放那20万手买单，就是一把虎口夺肉，估计现在老虎要被气死了，白忙活了半个月，却给我们做了嫁衣。"

"你这虎口夺肉一招做得漂亮，你说你一个女孩子，做起交易怎么跟个土匪似的？心狠手辣。"董建昌说。

"她要是土匪，那我们就是山贼了，咱们这也算劫富济贫吧，庄家筷子上的肉可是不好抢啊。"马可说。

"酒就别喝了，下午还有交易呢，就喝茶吧。"苏星辰说，"不过今天这交易也就这样了，继续观望吧。还是要感谢董总给我们舞台，我们一起，敬董总一杯吧。"

董总举起茶水杯："大家表现都很好，下午继续。"

大家笑着将茶水一饮而尽。

下午，万秦汽车的股价落了下来，到了5元，这时马可问道："还进吗？"

"不进，小鱼小虾，收不了多少。"苏星辰说道。

一直到收盘，他们都没有再动。

另一头的交易室，林道开始慌了，他本来打算将价格压到4块钱左右然后大幅扫货，但是不知道哪里来得"土八路"在4.8元的价格抢了他两个亿的货。

他恶狠狠地盯着收盘价格5元，这个价格跟他开始打压时候的价格之间已经没剩多少空间。他用了将近两个亿来将股价5.6元打压到4.8元，目的就是为了低价大幅扫货。他早就和焦峰一起集资了六个亿，在股票4元的时候就潜入其中。

他本想用余下的三个亿大幅扫掉所有的套牢盘，让他们割肉出来，他以为苏星辰这边的账户会就此收手，全部割肉卖出，这样股价可能被打到4元以下，然后他就可以大举买进，谁承想一笔资金半路杀出，在4.8大幅将货收了去，让他扑了个空，现在悬在5元钱这个不上不下的位置。

他气急败坏，摔了键盘，走到阳台上点了支烟，默默地望着远处。苏星辰的手法让他琢磨不透，甚至，他很难去相信一个女生会有这么犀利手法。如果这两个亿都是被苏星辰截去，那麻烦可就大了，他们应该囤好了粮草做好了长期战斗的准备。这场战役怕是要给万秦汽车做嫁衣了。

第二天，星辰没有动静，第三天仍然没有动静。

林道这边观察了两天，发现对手都很安静。初步判断应该不是苏星辰，应该就是几个大的游资看好这只票然后单纯买入而已。

周四的盘面突然多了很多卖盘，他便顺势引导，结果轻轻一砸，加上大盘不好，竟然一下砸到了跌停。他心满意足，觉得是时候开始捞鱼了。这时，只见跌停板上开始出现买单，一开始是很小的手笔一点一点吃进，他见势不妙，刚准备动手，只见一根超长的阳线，吃掉了所有的买单，迅速又像一根针一样，将股票拉至翻红。

林道惊了，中计了，原来是故意有人诱导他卖出，等他反应过来，已经来不及了，股价被拉至翻红3个点，两个亿的货就这样倒给了别人，之前在万秦汽车赚到的盈利也变成了亏损。现在再去买货成本可就太高了，那一路损失的筹码让他现在不敢再轻举妄动。若是先前没有大幅卖空，他现在应该会毫无顾忌地买，但是之前那种不甘心的情绪完全笼罩了他，他像醉酒一样感觉大脑不受控制，坐在交易室里，恨得牙根痒痒。

另一面，苏星辰又收了两个亿的筹码，而且将一开始的成本打到了4.7元，下降了很多。

董建昌走进交易室，对着星辰说："小姑娘呀，想不到你不仅是个土匪，还是个优雅的土匪。"

"董总何出此言。"星辰好奇地问道。

"今天的交易手法就是庖丁解牛，深入肌理，不急不躁，杀敌人于无形，干得漂亮。"董总激动地说道。

"董总过奖了。"苏星辰没想到她简简单单的一个策略，竟被董总理解成这个样子，是不是有点过度解读了？

今天收盘价在5.3，明天是本周的最后一个交易日，真正的好戏明天才开始呢。

今天不能再跌下去了，即便是拉高成本，今天也要收回全部的筹码，不然就要错过这班车了，即便现在成本在6元，后面还是有很大空间的，我再做做差价，做出个翻倍收益没问题。林道如此忖度着。他现在已经完全失去了方向。

还没开盘，林道就在集合竞价5.4元那里挂了5万手买单，一开盘，股票便遭到了哄抢。李未然一路高歌猛进地买，生怕错过了末班车，将股票买到了涨停板，自己吃得饱饱的，三个亿的成交量在开盘20分钟内完成，又挂了一个亿的单死死地封在涨停板上，5.8元。

这时，不知道哪里开始放量，涨停板的一个亿被吃掉，然后股价被一泄如注地打下来，引出了所有的恐慌盘，小散户开始往外抛。李未然吓得从椅子上跳起来。

此时大盘也开始跳水，给向下的趋势一个很好的东风助力，恐慌盘随着股价的一泄如注越来越多，由涨停又开始翻绿，一个猛子往下扎，一直到负6个点，价格一度又接近4.8元。

此时苏星辰又下达了指令。

"马可，贴近市场，仓位打满。"星辰下好指令。

"你已经输了。"她在心里默默想道。

截止到收盘，苏星辰这边所有的账户全部打满，成本由前期的5.8元高位坚持不懈地打到了4.6元。

这样一路下来林道损失了将近20个点，即便等到停牌涨停，也很难将利润做回来了。

该休息一阵子了，这场战役的格局目前已经奠定了，后面就看怎么出货了。苏星辰摘下眼镜，关掉电脑，拿起手提包，走出办公室。今天的夕阳，如血一般，有一种壮烈而又残酷的美。

这时林道接到一个卫星电话，那电话没有名字。

"明天把我的货全出了。"

"可是，好不容易买进了，再等等就可以涨回来了。"林道说。

"你没机会了，这账户是有杠杆的，你已经把成本全部亏掉，我不会放过你。"

对方挂了电话，林道呆坐在交易室，无论长期如何，他已经输了，输得一败涂地，被别人玩得团团转，最终为他人做了嫁衣，他双手捂住脸，长长地叹了口气。苏星辰，我不会放过你！

61

高跟鞋声音咯嗒咯嗒地撞击着路面，叶薇若有所思地走在路上，突然身前出现了一个人影，她吓得尖叫一声，缓过神来一看，竟然是苏星辰，又被吓了第二次。

"苏星辰！"叶薇眼睛瞪得老大，"你……你怎么在这里？"

"我又没死，怎么不能在这里？"苏星辰翻了个白眼，"你这眼神跟见到了死人似的。"

叶薇后退一步，下意识地捏紧包。

"你来干什么？"

"你那么紧张干什么？我又不打劫，穷成要饭的也不会打劫你啊！"

叶薇站正了，挺了挺胸脯。

"你和林道的过节，你找他去，和我可没关系。"

苏星辰"扑哧"笑了。

"我今天来不是找林道，我就找你，你怎么就确定，你和林道没过节呢？"

叶薇睁大着眼睛看着苏星辰，苏星辰旋即拿出一个塑料封袋，从里面取出一张合同。

"好好看看吧。"她将合同竖在叶薇面前。

叶薇刚想拿过那纸合同，却被苏星辰抽回去

"哎，别，就这样看。"苏星辰指着纸上的一行字，"看到了吗？你以前帮曹世刚收款、倒钱的记录可都在这里。"

叶薇后退了一步，脸唰一下白得像一面墙："你从哪来的这份资料？"

"你以为呢？"苏星辰收回那张纸，"当然是林道的电脑里，我跟他创业这么多年，还是掌握了他一些资料的。"

"不可能，林总那么谨慎，而且你怎么会有林总电脑密码？他的电脑连我都打不开。"

苏星辰邪魅地笑了下。

"你甭管我怎么打开的，这交易记录不差吧，"苏星辰用手划拉着那几行，"你确确实实做过这些交易吧。这可都是违法的哦，毕竟曹世刚那笔是黑钱。还有，"苏星辰拿出另一张资料，"这是你在林道这边留的底，你自己看看吧。"

叶薇用力从苏星辰指尖抽走那张纸，瞪了她一眼。

"不要紧，我还有很多，这只是复印件。"

叶薇看着那张合同，手开始颤抖，整张脸都发黑了，她抬起头带着难以置信的目光看着苏星辰。

"这些，真的都是你在林总电脑里找到的？"

"除了他的电脑，还哪里有呢？"苏星辰说，"我只是不希望你也受到伤害，林道这个人不是他看起来的那个样子，我们都被骗了，我们都是受害者。"

"可是我跟你不一样，"叶薇将那份合同紧紧地捏在手里，"林道爱我，并且我们有孩子了。"

"爱你？"苏星辰露出一个忍俊不禁的表情，"我真的不知道要说什么了，也许是真的爱你吧，可他的爱只是一时的，他也许曾经给过你承诺，在你耳边甜言蜜语，可是到了利益抉择的关头，他一定会毫不犹豫地弃掉你。"

"你胡说，"叶薇指着苏星辰的鼻尖，"你是因为嫉妒，因为林道不稀罕你了才这样讲。"

"我才不稀罕林道的赏识，你用你的脑子好好想想，当初林道是怎么在关键时刻放弃我，然后是曹世刚，他的妻子，甚至，"苏星辰眼神中涌现出激动，"我的父亲，我告诉你，我认识林道可比你要早十年，他的为人我再清楚不过。正常人有原则、有性格、有底线，可是这些林道都没有，你无法用任何一种特质形容他，他就像一个无面人，你看到的他外在表现出来的一切都不重要，他的心里随时可以为了利益，为了他想要的东西，放弃任何爱情、友情，甚至亲情，跟着这样的人你不觉得恐怖吗？"

叶薇脸颊抽动了下，嘴唇微微颤抖。

"想必你也早就发现了，"苏星辰乘胜追击，"如果说一个人有所畏惧，有他的做人准则，那么这个人还可以被掌握。可是林道他没有，他随着环境和身边人的改变随时切换嘴脸，可是唯一不变的一点就是他心狠手辣，在利益的这条路上谁都无法阻挡他。"

"可……可是，我刚认识他的时候，他不是这样的，"叶薇看着路面回忆道，"那时候他为人大方仗义，处处护着我，什么都是为我着想，提拔我，鼓励我，后来我就渐渐爱上了他，然后他给我别墅。"

叶薇有些说不下去了："就像再一次被赋予了生命，感觉是他再造了我。"

"今天他再造了你，明天他就可以轻而易举毁了你，再造其他女人。他有钱有势力心又狠，他可以按他的想法再造很多很多人，也可以随时毁掉很多很多人，我们都不是唯一的受害者。他用善良朴实的面具引诱无数人上钩，然而这面具背后的真实嘴脸，怕是没有一个人描绘得清。"

叶薇踉跄了一下，眼神里流露出恐惧。

"你不过也是林道的一枚棋子，如果有必要他一定会弃掉你。"苏星辰上前一步拉着林薇的手，"我不能在这里待太久了，他快回来了，总之我们合作吧。"

"不可能，"叶薇甩开她的手，"他毕竟是我孩子的爸爸。"

苏星辰望着大门的地方有些着急了："该说的我都说了，你自己权衡下吧，你觉得有必要就联系我，我始终认为，人生要给错误设置一个止损点，无论损失了多少，都不要再继续博下去了。"

说完这番话苏星辰转身离开了，留下叶薇一个人突兀地站在路灯下。

林道一夜没有合眼，也没有回叶薇的别墅，他在办公室里待了一夜。万秦汽车这只票是没有办法再按照原计划实施狙击了，他在办公室一夜都没有想出很好的方案。此刻他眼睛里布满血丝，望着天边逐渐升起的红日，恍惚地站在玻璃幕墙前。也许是该收手了，一直以来光顾着往前冲，回头看看，自己的收获还是非常大的，是该停下脚步休息一阵子了。

三年前他还什么都没有，而如今已经成了身价几十亿的行业大佬，这样的进步速度很可以了，自己应该知足。只是实在有点不甘心，他一只手用力地拍在玻璃窗上，苏星辰，明明是自己带出来的毛丫头，他眼神中充斥着怒火，旋即又笑了。

他掏出手机，拨通叶薇的电话，可是没人接，又打了一遍还是没人接，微信也没有回。

"叶总怎么没来？"林道问前台。

前台同样一脸疑问地看着林道："我也不清楚，她没有通知我这边。"

林道点点头往办公室走去，心里有种莫名的担忧。冰冷犀利的目光盯电脑上的股票走势图，他再次拿出手机，打开地图，上面显示着叶薇的行踪，他一点一点放大地图上的那个小圆点，上面显示着叶薇具体的位置，他的瞳孔逐渐放大，一丝震惊夹杂着复杂的表情僵在脸上，叶薇怎么会在警察局？他的心坠了一下，直觉告诉他出事情了。这时门外一阵骚动，有人来了，于是他随手超起旁边的水杯倒在电脑键盘上，屏幕暗了下去。

人呼啦啦走进了办公室，脚步声越来越近，林道的心渐渐提到嗓子眼儿，门被打开，出现在眼前的，竟然是霍总。

前台被吓了一跳，一群警察在10点钟的时候鱼贯而入。

"林道在吗？"

"不……不在，"前台姑娘站起来说，"9点钟的时候就出去了。"

带头的警察和身后的警察交换了下眼色。

"你们这里的人都跟我们去一趟派出所吧，林道的案子需要你们协助下。"

公司里的前台、交易员、研究员全部瞠目结舌，今早上班之前，谁也没有料到今天的工作需要在派出所进行。

已经三天了，派出所还是没有林道的消息，叶薇举报了林道后警方就开始逮捕行动，可是林道就像人间蒸发了一般，整个上海都没有找到，也没有他的出市记录。于是警方在全国范围内开展了搜捕行动，林道和曹世刚这两个曾经的合作伙伴，现在全部成了在逃通缉犯。

62

郎普传媒由于曹世刚的丑闻一路大跌，现在几乎被ST了，再跌下去怕是要退市了。而这只股票作为王红妹团队的首推股票，也为宏博带来了不小的影响。现在市场上到处充斥着骂王红妹团队的声音，说这个团队和曹世刚沆瀣一气，一起骗资本市场上的资金。从山脚走到山峰王红妹用了三年，可是从山峰摔下来只用了一个月，这一个月霍总已经把她叫去开了五次会，她的职位也从金牌分析师变成了普通分析师。

而此刻的季霞顾不得别人的八卦，对手变弱并不会使自己变得更强，她甚至希望王红妹能一直牛下去，这样自己奋斗着才不至于那么无聊，不过相比于靠关系和背景，她更希望王红妹是个真正值得尊敬的对手，不过现实证明王红妹似乎不是，那么这样的人又有什么值得她浪费时间和心思呢？她在电脑上飞快地敲击着键盘，快到5点了，她想起约了苏星辰晚上7点钟见面，于是合上电脑，飞快地朝电梯冲去。

韩骁从车库里将车开了出来，到了恒隆百货商场的时候，顺带接上了杨芷晴和方文强。

"还好你就在这楼上上班，"杨芷晴兴高采烈地跳上了车，顺带拉了一把方文强，"星辰他们已经到了吧。"

"还没，"韩骁说，"也是堵在路上，今晚都是出来吃饭的。"

"baby你今天这一身实在太美了，"方文强说，"太适合你了。"

杨芷晴双手捂住一脸娇羞："哪里有不适合我的呢？"

"你说的好有道理哦，baby。"方文强带着可爱的声音说，听得前面的韩骁一脸作呕的表情。这一对今天腻得死去活来，明天就能分得惊天动地，两个人吵完后跟没事儿人一样，可是这帮作为朋友的每次都要遭受一遍十万伏特的暴击。

几个人的车再次停在了小酒馆，这家店今天已经爆满了，还好苏星辰提前定了包间，又早早地和邵波来占座。本来邵波邀请大家到外滩高级一点的餐厅去吃饭，被苏星辰嫌弃太"资本"了，而且小酒馆已经成了他们熟悉的地盘，老板和他们都熟了，来到这里就像回家了一样。几个人陆陆续续地到了，菜也逐渐地上来了。

"我先敬大家一杯，"苏星辰举起了酒杯，"不管是一年的友谊，还是三年，五年，七年，希望我们永远不要走散。"她的目光一一扫过邵波、杨芷晴、季霞和韩骁，声音竟然有些哽咽。

"就别伤感啦，"邵波放下酒杯说，"就我是新来的，承蒙大家不嫌弃。"

"承蒙邵公子看得起我们呀，"季霞露出一口小白牙，"我们这些金融民工，您不嫌弃就好啦。"

"嗨，季霞姐哪里的话，你们是我遇到的最真诚最仗义的一群朋友，以后可不要抛下我。"邵波也赶紧举起酒杯敬大家。

"谁先脱队谁是小狗儿。"杨芷晴一脸调皮地举起酒杯，还朝方文强挤了个鬼脸。

第二杯酒下肚后，韩骁端起了酒杯："星辰，这杯我单独敬你。"

苏星辰被韩骁这一个举动搞得慌了神，他从来没这般正经客气过，让她有些不知所措。

"谢谢你最终能站在我这一边，从刚进大学到现在，每一次你都是站在我这一边，我想我……"

韩骁满脸憋得通红，一句话塞在嗓子眼儿里，看得所有人都跟着捏一把汗。

"我们真的是最好的搭档呀。"一句话出来，他松了半口气。

苏星辰也松了半口气："快别这样讲，我也都是为了我自己，大学那会儿，我主要就是懒得操心，所以你的决策我都无脑支持了。"

在座的都笑了起来，韩骁憋着通红的脸坐了下来。

"不过我确实要和你，"苏星辰转过脸看向季霞，"和季霞姐道歉，我想你们是对的，人无论在什么时候不能为了逐利而舍弃掉基本的原则，感谢你们能原谅我，还让我归队。"

季霞赶紧上前拉住苏星辰的手。

"哎呀，今天这搞得怪伤感的，"邵波在一旁说，"季霞姐怎么可能真生你气，就算季霞姐生你的气，韩骁永远不会这样做，对吧，哥们儿。"他用手肘杵了杵韩骁。

"对啊。"韩骁应道。

"那就完了，这话题结束了啊，别这个道歉那个道歉的了。"

"我说你这人，怎么老是来破坏气氛呢？"苏星辰嚷道，"你没来的时候我们都不这样的，你怎么老乱带节奏。"

"你那节奏不对，你看你把大家弄得那么伤感，哪有你这样的，女人就是女人。不对，你顶多算半个女人。"

"那你顶多算半个人、半只鹅。"

"行了，你俩又开始了。"杨芷晴在一旁说，"不过这气氛就对了，上菜了，别掐了。"

饭吃到一半的时候，苏星辰的手机突然响了，是个陌生电话。

"喂。"她接起电话。

"苏星辰。"

她惊讶地站起来。

"是你，你在哪？"

一桌人都停下来看着苏星辰。

"你的董伯伯在我这里，"电话对面是林道的声音，"你要带钱来他才安全，我要300万。"

"我凭什么信你？"苏星辰握紧了手机。

"你看手机信息里的视频。"

苏星辰从耳朵旁边拿开电话，发现真的进来了一条信息，她点开那条视频，是董建昌被绑架在仓库里的画面。

"可以，你不要伤害他，"苏星辰开始有些慌了，"去哪里给你？"

"时间地址我发你了，别报警，一个人。"

说完挂掉了电话。

"怎么了，星辰？"季霞问，"你脸色怎么这样难看？"

"董伯伯被林道绑架了。"

"啊！"

"什么？"

"怎么会这样？！"

几个朋友全都十分惊诧。

"所以现在到底要不要报警呢？"杨芷晴问。

几个人从小酒馆出来后就来到了邵波家里，此刻正围坐在客厅里开会。

"好像电影里都是'暗戳戳'地报了警，然后警察最后出现。"邵波说。

苏星辰瞪了他一眼。

"还真是，"杨芷晴说，"要不我们也'暗戳戳'地报了吧。"

"不行，必须保证董伯伯安全，"苏星辰说完转向邵波，"另外你可不可以借300万给我？林道要这些钱。"

邵波的瞳孔都放大了。

"有你这么借钱的吗？你这是讨债吧？？不是，你和林道给我把盘子都做崩了，现在还颐指气使地跟我要钱，我脸上有'好欺负'三个字是不是？"

"江湖救急嘛不是，"苏星辰说，"忽视我的态度吧，大少爷。"

"他不借我借，"杨芷晴说，"亲爱的，你保证你自己安全就好，我立马让我爸汇钱过来。"

几个人倒吸一口凉气。

"我也没说不借啊，"邵波拿出手机，"我跟你一起去。"

"林道说只能我自己。"

"那你跟前老板请示下能不能再拼一位。打个折，300万一位也太他妈贵了。"邵波拨通电话后开始吩咐助理去取现金。

"还是我陪你去吧，"韩骁说，"你一个人去怎么行，阿波也不行啊，他要是出点什么事。"

"亿万家产就没人继承了。"季霞接腔道，"我也陪你去吧。"

"一看你们就不懂哲学，"邵波鼻子里哼了一声，"那个火车是压死五个人还是一个人的经典案例没听过吧？"

"别废话了。"苏星辰说，"我一个人去。时间是明天，地点在，深圳。"

"深圳？！"几个人异口同声。

"对，在深圳。"

63

苏星辰开车到了码头，正准备上船的时候听到后面有人在唤她。她回头一看，竟然是邵波。

"你怎么来了？"苏星辰一脸惊讶，"我不是叫你别来吗？"

"我不来。"邵波指了指车后装得满满的两麻袋现金，"你抬得动吗？"

"我不会找人帮我吗？"

"拉倒吧，找别人帮你放心吗？"邵波一边说着一边从车上吃力地卸下麻袋，"别废话了，船要开了。"

他将两个麻袋搬运到苏星辰租来的小游艇上，游艇开动了，两个人坐在船舱里望着海面许久都没有说话。

"你说你来干什么呢？"苏星辰先打破了沉默，"要是出点什么事，你们家族不得满世界追杀我？"

邵波瞪了她一眼。

"你可真是厉害了，陪你送死还得有资格才行，"邵波说，"林道怎么选在海上交易啊？你会游泳不？"

"浅水区还行，两米以上就不行了。"

"那就是不会游！"

"是在船上交易又不是在海里交易，你瞎担心什么？"

"我没跟你开玩笑，"邵波的眼神突然严肃起来，"你有想过可能的结果吗？今天的谈判。"

"想过，但是没想过你会来。你为啥要来啊？"

"因为林道欠我钱。等会儿你要是看情况不对可千万别逞能。"

"怎么着我要往海里跳吗？"苏星辰看着邵波说，"上了贼船就下不来啦，倒是你现在回去还来得及。"

"是前面的那艘船吗？"邵波指着海中央的一辆游艇说，"好像是曹世刚的游艇。"

苏星辰和邵波两人费力地将现金从租来的小游艇运到了林道的游艇上后，小游艇便开走了，两个人面面相觑，有点不知所措。这时曹世刚出来了，看着眼前的两个大麻袋，露出了笑容。

"进去吧。"曹世刚说。

船舱里，苏星辰见到了林道，和他一起的还有曹世刚和被绑在一边的董建昌，董建昌看起来瘦了好大一圈。林道和曹世刚看到邵波也来了，眼睛里露出复杂的神情。

"董伯伯！"

"孩子，你还是来了。"董建昌先开口说话了，他闪闪发亮的眼睛看着苏星辰，"你真不该来。我一大把年纪，本来就活不多久，你说你何必来冒这个险？不过伯伯很感动，真的很感动。"

苏星辰感觉眼泪都要下来了。

"这一出女救父还真是感人啊，"林道在一旁说，"这么多年了，老董你得感谢我，不然还不知道你在小丫头心中这么重要。"

"我真的是要感谢你，"董建昌带着那张粗糙狰狞的脸，却用温和善良的声音说，"我没有白白资助星辰这么多年，这几年虽然是你教她带她，但是她完全没有沾染你的恶习，而是学来了你的优势，星辰，董伯伯感到很骄傲。但是你今天真的不该来。"

他叹了口气，还想继续说什么，却被曹世刚打断。

"行了，没人在这看你们血浓于水，你钱带来了吗？"

"带了，"邵波指着身边的两个麻袋，"300万在这里。"

"我不是叫你自己来？"林道阴冷着声音对苏星辰说，"你违约了。"

"你自己违的约还少吗？"邵波反问道，语气中带着嘲讽，"你也不想想300万有多重，你们做资本的还真是对现金没概念，光看数字波动了，苏星辰那小身板能扛得动这么多现金？清醒一点。"

林道看着眼前装得满满的两个麻袋没再说话。

"可以放人了吧。"苏星辰说。

"放了人你们又能跑到哪里去呢？"林道在一旁发出冷笑，他站起来走近苏星辰，"我想你没搞清楚，今天你们是回不去的，你看这海，近处远处，哪里有你们逃生的地方。"

"我们现在开往哪里？"邵波问。

曹世刚翻着麻袋里的现金，眼睛被人民币映成了红色，"应该不会少。"大致估摸了一下后曹世刚对林道说，林道嘴角扯过一丝微笑。

"最后那笔交易是你干的吧？"林道问苏星辰。

"你不是都知道了吗？"

"我是知道，只想听你亲自确认。"

"是我，"苏星辰说，"现在上市公司的并购转型在顺利推进了。"

林道目光扫了一圈海面，最后停留在苏星辰身上。

"你知道你父亲当初怎么死的吗？"

苏星辰怔了一下，往后退了一步，她盯着林道的脸，等着他继续说下去。林道点了一只烟，猛吸了一口。

"上次在茶馆我们说到哪里了？"林道夹着香烟踱了两步，"哦对，说你父亲拿了一大袋的钱来找我，就像今天这样，欸对，特别像。"

苏星辰紧抿着嘴唇盯着陈道，邵波担忧地看着她。

"然后我就收下了那袋钱，你董伯伯去存的银行，转到了账户里，然后我用这笔钱放了杠杆压了一只股票，这些也都是事先和你父亲商量好的。可是你爹，就是苏玉卿，他亏了不认账，非要来找我要回那些钱，还要去举报我，一副输不起的架势。我们这行你知道的，盈亏自负，玩不起当初就不要玩。"

"放屁，那笔钱当初你就没入账，也没炒股票。"董建昌狠狠地补充了一句。

"你住口，"林道用手指着董建昌，旋即从怀里掏出了一把枪顶在他头上，"不要乱说话，谎要撒得圆满，小姑娘临死前也好清清楚楚。"

林道旋即又转向苏星辰。

"然后我们就带他到赌场，带着仅剩的100万跟你父亲说，能不能回本就看今晚了。然后他像发疯了一样地押注，眼睛猩红地赌了一晚。后来我才知道他那晚为什么那样焦急与暴躁。"林道脸上扯过一丝变态的笑容，"因为你和你妈妈都等不起了，你们变卖了所有的资产逃到了上海，苏玉卿他没得选，如果再不回本，他将失去一切。于是他就变成了野兽，完全失去了理性，真的，你从没见过那样的眼睛，那是我见过的最绝望，最无助又最充满斗志的眼睛，尤其是他满眼猩红，像一头走投无路的狮子。"

"够了！"苏星辰捂住心脏，眼泪从眼角滑了下来，"你就这样，你就这样对一个走投无路的人。"她哽咽着无法再说下去。

"说话要凭良心呀！怎么能怪在我头上？你父亲要炒股，我就帮他炒了，他要回本，我就帮他回了，这一切都是他自己的选择呀，即便我不帮他，也会有王道、李道帮他，你还没明白吗？路都是人自己选的，他就那个心性，怎么走，遇到谁，结果都一样。明白了吗？不是其他人杀害了你父亲，是他自己。"

"你骗人，"苏星辰对着林道吼了一声，"你在狡辩，是你害死他的，你设计了这一切。最后是你把他淹死的对不对？"

林道将烟头扔在地上，用鞋底踩灭，他拿着枪走到苏星辰面前。苏星辰后退了一步。

"这我可真要和你好好说道说道，"狡黠的表情挂在林道的脸上，"你父亲在输掉了那最后的100万后，又借了300万，就在那一晚上都输掉了。然后他发疯了似的找我，我没有出现，他便一个人来到河边，喏，那条河就通往咱们现在所处的这片海，然后他跳了下去，那是在冬天，估计几分钟就断气了吧。警察和法医说他是被溺死的，被冻死的，要我看，都不是，他是被懦弱和贪婪害死的，你认为呢？"

苏星辰双手用力地推了一把林道，却没有推动。

"他是你害死的，"她对着他大吼，眼泪不住地流出来，看起来精神就要崩溃了，"都是你害死了他。我的父亲，他尽管懦弱，可是他善良，尽管好赌，可是也总是留有余地，可是自从他去找了你，他就像着了魔一样再也不是他自己。你这个魔鬼，是你把他引向万劫不复，是你在悬崖上推了他一把，是你最终卷走了一切害得我们家破人亡。"

林道将手指放在嘴上嘘了一声。

"小姑娘，话可不能乱讲，真正卷走一切的人，在这呢，"林道用枪指着董建昌的方向，缓缓地向董建昌走过去，将枪抵在他的脑袋上，斜眼看着他，"这个人他最后把我的钱全部套了出来，然后就失踪了，还拿走了我的交易记录，试图威胁我。这十年来我在宏博不敢轻举妄动就是因为他，你的董伯伯。说到这，我不得不佩服你，老董，你还真是重情重义啊，暗中照顾了她们母女那么多年，我都要怀疑苏星辰是不是你的亲生女儿了，毕竟她妈妈还真是个美人儿啊！"

"你给我闭嘴，"董建昌啐了林道一口，"你以为男人都像你和曹世刚那样？你们这群道貌岸然的伪君子，玉卿和我是战友，在我经商失利的那几年帮我渡过难关，我把他引荐给你，本想让你渡他一把，谁承想被你搞出了这样一出惨剧，你还有没有良心啊？！你也有孩子，如果有一天你看到他们流落街头，有家不能回，你不会伤心得撕心裂肺吗？"

"如果我的孩子真的混到流落街头的地步，我丝毫不会可怜他们，那是他们无能、软弱，被人性的弱点占据了灵魂，就算是死在街头，我也看都不看一眼，即便他们不死，我也亲自将他们的头往墙上撞去，这世界本就属于强者。"

"没人性啊！"董建昌感叹地说，"你真是个疯子。"

"我是疯子？"林道的枪用力地抵着董建昌的脑袋，苏星辰和邵波的心都提到了嗓子眼儿，"我分别给了你、苏玉卿，以及对面那个姑娘机会，你就这样对待你的老板、你的上帝、再次给你们生命的人？学了本事不说，最后还来和我作对，你们这群忘恩负义的浑蛋。"

"你真是个王八蛋。"邵波恨恨地骂了一句，刚想给林道一拳，却被曹世刚的枪抵在了头顶："阿波，你还是不要乱来。"

"曹叔，你。"

曹世刚的眼神有些动容："你为什么要蹚进这摊浑水？我都没法跟你父亲交代。"

"你不用跟他交代，我跟他早不联系了，我的死活他也不会管。但是曹叔我有一件事情要搞清楚，"邵波的眼神变得忧郁起来，"丹丹她到底……她最后是为什么死的？"

曹世刚后退了一步，手也跟着抖了一下，他垂下眼帘。邵波看着机会来了，趁势一把夺过曹世刚的手枪，左手扣住曹世刚的脖子，右手拿着枪指着曹世刚的头，对林道笑了下。

"现在扯平了，你也不要乱动，电视里都这么演的。"

林道的眼睛冰冷地盯着邵波，脸上看不出任何表情，像一个没有脸的机器。

"没用的，年轻人，"他将枪从董建昌的头上拿了下来，"其实今天到这里，大家谁都别想活着离开，这艘游艇屏蔽了信号，警察也找不过来，即便现在我放了所有人，你们也离不开，出去只能喂鱼。"

"所以你到底想要干什么？"邵波问，"就是想在这里同归于尽吗？"

这时董建昌突然从林道的背后袭击了他一拳，绳子不知什么时候被解开了，两个人在地上扭打在了一起。曹世刚也挣脱了邵波的束缚，两个人争夺起了枪。苏星辰在一旁看愣了，不知道该做什么好，焦急地看着几个人在争夺两把枪。

四个人从船舱打到了船头，在船头边缘撕扯着，突然一阵浪袭来，船身一个倾斜，林道和董建昌落入水中。可两个人在水中仍不放过彼此，依然在扭扯厮打。这时董建昌被逼到了船身边上，林道狠狠地一击，董建昌的头撞在了船的凸起处，瞬间失去了知觉。

"董伯伯！"苏星辰站在船上大喊。

这时邵波一下子跳进了水中，游到董建昌身边试图救起他。

耳边传来了"轰隆隆"直升机的声音，警察带着救援队一起赶过来了。

64

医院里苏星辰和邵波焦急地等在门外，这时医生从急诊室出来了。

"怎么样？"苏星辰冲到医生面前。

"病人头部受到强力撞击，导致颅内出血，情况危急，"医生带着有些冷血的平静说，"你们准备好后事吧。"

苏星辰用手捂住嘴巴。她第一次这样直面死亡，这感觉那样不真实。

她冲进急诊室，董建昌满脸苍白地躺在那里，看上去就像个死人，苏星辰感觉浑身发麻，她将温热的手轻轻地放在董建昌的手臂上。

"董伯伯，"她唤着他，眼泪却下来了，"你应该能听见我的话的吧，我有些话想要对你讲。"

董建昌的手指抬了抬，似乎花费了身上大部分力气。苏星辰握着他的手。

"董伯伯，谢谢你这么多年来一直默默守护我，我在大学的时候就想，这个暗中帮助我的恩人到底长什么样子？好想见到你，亲自和你说一声谢谢。"

董建昌的眼角抽动了下，皱纹更明显了，这个天生长着凶恶脸的男人，此刻失去了生机，像个玩累了的孩子，虚弱疲惫地躺在那里，已然是个龙钟老人。

"我知道您听得见的，"苏星辰拍了拍他的手背，眼泪止不住地往下流，"我和妈妈刚来到上海的时候什么都没有，那个时候我就好希望有一天自己强大起来，可以保护妈妈，也可以找到爸爸，那个时候我真的很痛苦，无法适应生活突变的落差，要不是因为您的鼓励和赞助，我真的不知道如何挨过那段时光，没有您的帮助就没有今天的我。"

董建昌的手指再次动了动，幅度要比之前大了一些。

"要不让董伯伯歇会儿吧，你这样讲话他太累了。"邵波在身后建议。

"让我说完，"苏星辰抹抹眼泪，"我太急于成功了，太想改变这一切，我不认为这是错的，可我还是犯了错，在利益中迷失了自己，在贪婪中失去了方向。我当时的感觉就是亲情友谊这一切人类的感情都不重要，都可以被用来换取利益，当我有了这种感觉，我觉得自己强大了，但是心好像被抽空了，即便安静的时候也感受到巨大的压力和莫名的乌云在头顶。所见之人都是唯利是图的嘴脸，所想之事都是不惜代价成功的途径。这种痛苦是没有边界的，就像失去了方向，在茫茫海面上不知驶向哪里，不知下一步是对是错。可是在我们相认后，我感觉心就像渐渐回暖了，您的善良和坚持从心底里打动了我，让我下定决心做一个好人。做真正的我自己，我想如果爸爸还活着，也不希望我做一个唯利是图的笑面虎，而是真正做一个踏实本分的好人，如果我有孩子，我也希望他能够按本心去活，永远充满善良的光芒，因为善良使人幸福，我说的对吗？董伯伯，你要不要夸夸我？"

董建昌的眼角抽动得更厉害了，眼角纹变得更深，他努力地将手抬起，捏着苏星辰的手，吃力地放在心口处，眼眶变红了，眼珠在闭着的眼皮下打转。

"好孩子，好孩子。"

邵波在身后看着这一幕，眼泪也流了下来。苏星辰感觉董建昌的手渐渐地变冷了，眼珠也不再转，旁边的仪器上显示心跳逐渐归零，他走了。

苏星辰木讷地放下董建昌的手，向窗外望去，烟花升起，城市处处充满着欢乐的圣诞气息，这个慈祥的善良的有良知的老人，终于和守护多年的老战友团聚了。

由于操纵股价恶意做空上市公司以及参与曹世刚洗钱，林道最终被判了二十年有期徒刑。苏星辰由于轻度违规而被没收财产并且终身禁入证券市场。

林道被关押进去后，苏星辰来探视他，他们隔着一张桌子静默地坐在那里。

林道带着不屑一顾的表情看着苏星辰，似乎现在的他对什么都毫不在意了，他卸下了伪装，摘掉了面具，看起来无比轻松。

"这是你满意的结果？"林道笑着问苏星辰，"二十年哪。"他比出两根手指。

"二十年换我父亲和董伯伯两条命，"苏星辰冷漠地望着林道，"这公平吗？要不是没有充足的证据，一定叫你以命抵命。"

林道开始大笑了起来。

"那两个人的命本来就不值钱，一个懦弱，一个太讲情义，他们的命就该承受这些，每个人都要为自己的弱点买单。"

"那么你自己呢？"苏星辰盯着林道的眼睛，似乎想看穿这个鬼一般的灵魂，"你的命又是什么形状？你贪婪、自私、功利、为达目的可以牺牲一切，什么又是你灵魂的归宿？"

"你搞错了，小姑娘，"林道脸上的笑容凝固了，"贪婪、自私、功利是所有人的属性，而不单单属于我，你也有，你爹也有，这世界上每个人的身上都包含有各种各样的属性，关键在于激发，你应该感谢我激发了你有潜力的一面。你在赚钱的时候，在股票涨红眼的时候还有考虑贪婪不贪婪、自私不自私吗？资本是很功利的，只有输赢。"

苏星辰眼睛里流露出一股难以置信，渐渐地又转为愤怒，可愤怒的火焰又渐渐平息。

"林道，我觉得你可怜。你邪恶、黑暗、懦弱，却偏偏要装作正派、忠厚和强势的样子，你这样的强行解释不过都是为了掩饰你内心中的虚弱不堪罢了。"

"你胡说，"林道朝苏星辰吼道，"那都是你以为的，你根本什么都不懂。"

"人最大的悲哀就是总认为自己是个完美演员，而周围的观众只是不去拆穿。"苏星辰笃定地看着林道，"你到头儿了。"

她站起身开始往外走。

"你就不想知道，"林道阴冷的声音从背后传来，"到底是谁站在我和你董伯伯背后？"

苏星辰停下来，回头望着林道。

"单凭我们，你觉得会揽得动这么大的事情？而且，几条人命又怎么会悄无声息地被压下来？"林道脸上带着乖张的冷笑。

"探监时间到了。"狱警走到林道身边企图带走他，林道的目光紧锁着苏星辰不再说话。

"你什么意思？"苏星辰走到他面前，"把话说完。"

林道开始放声大笑起来，整个监狱似乎都在震颤。

"探监时间到了，请回吧。"狱警的胳膊拦住苏星辰。

"你把话说完，你这个无面小人！"

林道的笑声更夸张了，背影逐渐消失在走廊里。

65

新财富的年度评选大会上，季霞紧张地坐在台下。这个一年一度的颁奖典礼在香格里拉大酒店举行，来参加的都是每个公司的头部分析师，今年的盛况一如往常，台下人山人海坐满了人。季霞今年业绩表现突出，在预先投票阶段就已经处在了前几名，因此有资格来参加年底的最佳分析师角逐。

她朝着观众扫视了一圈，看到了王红妹的身影，王红妹坐在人群里，朝季霞微笑着摇了摇手，刚想说什么，季霞却收回了目光，转过头盯着颁奖台。季霞今年推的几只票表现都很亮眼，尤其是万秦汽车，随着投行并购团队的顺利接入，万秦汽车在市场上引起了轩然大波，尽管在熊市，股价却一度突破新高，成为了熊市里的大白马。作为这只票的坚定拥护者和守护神，季霞也收获了大量好评和名气。

会议如火如荼地进行着。看着几个熟悉的朋友已经开始上台领奖了，她开始有些紧张，今年如果再与新财富失之交臂，下一次就又不知道要等到什么时候了，毕竟推出万秦汽车这种穿越熊市的妖股，也不是什么时候都能做到的。万一，不行不行，没有万一，季霞咬了咬嘴唇，即便今年不得奖，也要有百倍千倍的信心，能持续推出牛股，我季霞的成功靠的不是运气。她扇了扇面前的空气，责怪自己不该有错过今年没明年的投机想法。于是挺直了腰板，泰然自若地坐在那里。

"季霞！"

颁奖台处传来了她的名字，刚才溜号儿的工夫自己又错过了什么？她再一次见到朋友和同事的目光向自己投来。我又得奖了？一丝欣喜在心头跃跃欲试，她依旧坐在那里，想真正确认这个消息。

"本年度最佳策略分析师，季霞。"主持人又重复了一遍。

真的！她心里涌起一阵雀跃，真的得奖了！新财富——最佳分析师！

她双手捂住嘴巴，觉得奥斯卡影后也比不过此刻自己所感受到的幸福。

韩骁西装革履地坐在飞机的头等舱里。万秦汽车的项目现在由他全权负责，他成功晋升为部门的领导，带领了十多个手下满世界地看项目和"灭火"。他一年要看几十个项目，问题层出不穷，他便成了空中飞人，虽然年薪涨了三倍不止，但是也忙碌不停。不过他也喜欢上了云上的日子，年纪轻轻就事业小成让他对自己的未来更加充满信心。他在万米高空望着窗外一闪而过的云，感觉自己随时都能鼓胀起来和云一起翱翔。

霍总从来没想过宏博的规模会在熊市的冲击下受到如此大的影响，宏博的业务规模缩减到了原来的五分之一，人员也裁掉了好多，原来公司里的老员工老骨干全部跳到了别家公司，现在宏博剩下的大部分人都刚来不到三年，而且这些人大部分都是她亲自招兵买马聘过来的，家世背景不错，可是说到能力，就逊了很大一截，大部分都是游手好闲的富二代，拉拉自家关系还可以，要是真办什么事，很快就放弃了。

刘秘书依然坚定地追随着霍总，这个老实忠厚的骨干，追随了霍总一辈子，兢兢业业做事，每天一副乐呵呵万事不愁的表情，对所有事情都拿捏有度，成竹在胸，一副人生大赢家的模样。

曹世刚被捕入狱，由于涉案金额过大而判处无期徒刑。日子依旧向前，没有因为哪个大老板的倒台，哪个重要人物的死去而稍作任何的停留。这个时代充满诱惑，激励着人不息上进；同时又充满惩罚，所获得的一切都终将尘归尘土归土。

　　苏星辰气喘吁吁地跑到池塘边。

　　"买到了！"她将一袋小鱼干递给邵波，"是这个牌子的吗？"

　　"是，"邵波接过小鱼干，"可你怎么买了辣的？你要辣死它们吗？"

　　"啊？我没注意，"苏星辰看了看封袋，"怎么办？我拿去换吧。"

　　"哎，蠢死了！"邵波摇着头感慨，"算了。"

　　他站在池塘边招呼着天鹅过来，几个小家伙兴高采烈地扑腾着脚掌游了过来。

　　"不过没事的，"苏星辰说，"我小的时候养了几只小鸡，我就经常喂它们吃辣椒酱，它们胃肠消化功能很好的，你不用担心。"

　　"你可拉倒吧，"邵波打断了她，"哪只鸡要是被你养也太惨了，死都不知道怎么死的。"

　　"是哦，我养的动物都死得很惨。"

　　"怎么讲？"

　　"我的小黄鸡被人踩死了，我养的鸽子被爸爸的车压死了。"

　　"被车压死了！"邵波说，"我没听错吧？这鸽子该不会是个智障？"

　　"那倒不是，很聪明的，只是，吃太多了，反应比较迟钝，倒车的时候没看到，就扁了，内脏都被压出来了，红彤彤的。"

　　"啊啊啊啊啊啊！"

　　"我还因为这件事哭了很久，踢了爸爸几脚。"

　　"果然你养的东西都没好结果，离我的天鹅远一点！"

　　"我不！"苏星辰过去摸天鹅的头，"哎，你怎么不学鹅叫了，叫两声我听听。"

邵波白了她一眼。

"不过也真是巧，"苏星辰感慨，"你说你怎么就是韩骁的同学，要不是那天韩骁带你来，咱们就不会认识了。"

"哼！"邵波鼻子里发出一声，"说你缺根筋呢，你可真是不给自己长脸。你以为靓仔会无缘无故跑到你眼皮子底下？"

"啊？"

"不解释，你睡觉都不脱衣服的吗？工牌都不摘。"

"哪跟哪啊？！"

"滚开，我不跟蠢人聊天，容易被传染。"邵波说。

"你这人有毛病，我跟你聊不到三句就崩。"

"我也不爱跟你聊！"

两个人不理彼此站在池塘边上，天鹅一家在水里安静地吃着水草，时不时投来可爱的目光。

66

外滩的宝格丽酒店今天特别热闹，一共有三对新人举行婚礼，苏星辰来的时候，差点走错了场，她看着眼前的杨芷晴，激动得泪水都要出来了。

"天仙啊！宝贝。"她围着杨芷晴转了好几圈，"你要是出道，那个迪丽热巴、Angelababy啥的，都要没饭吃了。"

杨芷晴捂着嘴笑："太夸张了，就你会说话。"

"不过星辰今天可没夸张，"季霞满脸喜庆地说，"确实是个尤物啊。"

虽然听惯了赞美，可此刻杨芷晴的脸还是红了。

"我怎么这么紧张啊？！"她努力地扇着面前的空气，"有没有觉得透不过气？"

"别紧张、别紧张，第一次结婚都这样。"苏星辰拿了把扇子帮忙扇着杨芷晴面前的空气。

"你这个手抖什么？"杨芷晴看着苏星辰扶在她肩膀上的手，"怎么比我还紧张？"

"我没有啊，"苏星辰把手拿下来，"有点激动。"

杨芷晴看着苏星辰故作平静的脸，眼底闪过一丝忧郁，可转而又被笑容覆盖掉："你去看看伴郎吧，帮我监督下帅哥到齐了没。"

苏星辰出了新娘化妆间，在大厅里就看到了邵波和韩骁，俩人在那对着一群美女指指点点，看到苏星辰走了过来，韩骁赶紧收回了目光。

"看上哪个了啊，邵公子？"

邵波摇摇头："都不行，今天来的都不够优质。"

苏星辰瞪了他一眼。

"你今天真好看，"韩骁说，"平时都看不到你化妆哦，对吧，阿波？"

"还行吧，也就比平时好看点，不过丑还是丑，顶多就是没那么丑了。"

"狗嘴里吐不出象牙。"苏星辰跟他翻了个白眼。

苏星辰一出去，化妆间里只剩下杨芷晴和季霞两个人。

"霞姐。"杨芷晴看着季霞，两滴眼泪扑簌就下来了。

季霞慌了，连忙蹲在杨芷晴面前："怎么了？快别哭，妆都花了。"

可是杨芷晴却按捺不住自己的情绪，眼泪一颗接着一颗滚落，甚至开始抽噎，季霞看着杨芷晴，旋即意识到了这个情绪应该不是因为紧张。

"霞姐，我……我……和方文强……离婚了。"

"什么？"

"而且，我还怀了他的孩子。"

"你到底在说什么？"

随着婚礼进行曲的响起，杨芷晴从开启的门后缓缓走出，在父亲和伴娘的陪伴下，走过那条长长的红毯，她目视着新郎的方向，面纱下美丽的脸上几乎没有表情。苏星辰故作镇定地有些不会走路，季霞的脸上却挂着勉强的微笑，那条红毯对她来说无比地漫长，她时而看看杨芷晴，时而看看苏星辰，看起来忧心忡忡。

在父亲的引领下，杨芷晴走到了新郎身边。方文强带着微笑看着她。就在牧师即将宣布仪式开始的时候，礼堂的门被打开了，晃眼的光线中，走进来一个人，这个人看起来上了年纪，可依旧身板笔直，剑眉星目，仪表堂堂，不怒而威。紧跟在他身后的是一个中年男人。

苏星辰惊讶地张开嘴巴，林道竟然被放出来了！只见邵波从伴郎团中走了出来，走到上了年纪的男人面前。

"爸，你怎么来了？！"

邵父拍了拍邵波的肩膀。

"我和你杨叔叔是至交了，他嫁女儿我怎么能不来呢？"

邵波看着他身后的林道，几度欲言又止，他又回头看了看苏星辰，苏星辰显然没反应过来，还因为眼前的一切而呆滞着。

"我来给你介绍下，"邵父指着林道对邵波说，"这位是陈乔堂，咱们家族基金的总经理，以后投资方面的事全权交给他。"

邵波眼中带着难以理解的疑惑。

"快别这么兴师动众，婚礼还要继续，我去那边坐了。"邵父朝杨芷晴的父亲点了点头，坐到了第一排空出的两个位置上。

苏星辰满脸费解地看着林道，又看向邵波，邵波也一脸疑问。教堂里笼罩着一股巨大的疑问，好像阴谋正在发酵，阴影呼之欲出，陈乔堂坐在观众席，朝苏星辰露出一个狡黠的笑容。